Michael Wanner

Letzte Stunde

Michael Wanner

Letzte Stunde

Ein Baden-Württemberg-Krimi

Silberburg-Verlag

Michael Wanner, geboren 1954, hat in Tübingen studiert. Als Jurist vertritt er Gewerkschaftsmitglieder vor den Arbeits- und Sozialgerichten. Er lebt mit seiner Frau, die wie er Kriminalromane, Drehbücher und Theaterstücke schreibt, in Tübingen.
www.storystore.de

1. Auflage 2015

Umschlaggestaltung: Christoph Wöhler, Tübingen.
Coverfoto: © Joe Belanger – 123RF.
Druck: CPI books, Leck.
Printed in Germany.

ISBN 978-3-8425-1398-3

Mittwoch, 12. Juni

»Papa! Bitte! Beeil dich! Wenn wir jetzt nicht endlich losfahren, kommen wir noch zu spät!«

»Stimmt, Opa, Mama hat recht! Wir müssen wirklich los, wenn ihr noch einen Platz ganz vorne haben wollt!«

»Ja doch. Ich komm ja schon«, versuchte Friedrich Holzwarth sowohl seine Tochter Magdalena als auch seine Enkelin Friederike zu beruhigen.

Er stand vor dem Spiegel im Schlafzimmer seiner Wohnung im Hennentalweg in Tübingen und kämpfte damit, seine Krawatte so zu binden, dass am Schluss ein wenigstens einigermaßen vorzeigbarer Knoten herauskam. Seit einigen Jahren weigerte er sich konsequent, ein solches, seiner Auffassung nach vollkommen sinnloses Kleidungsstück zu tragen, das – zumindest bei ihm – überdies ständig der Gefahr ausgesetzt war, in Suppenteller eingetaucht oder mit Eigelb bekleckert zu werden. Für den seltenen Fall, dass er zu einer Beerdigung oder einer Hochzeit gehen musste, hingen ein schwarzer sowie ein blau-rot gestreifter Langbinder im Kleiderschrank, die er jedes Mal nach seiner Rückkehr nur so weit lockerte, dass er sie über den Kopf ziehen konnte und beim nächsten Gebrauch lediglich wieder festziehen musste. Aber jetzt blieb Friedrich keine andere Wahl, als sich mit dem dezent gemusterten Stück Stoff abzumühen, das Magdalena für ihn nach einer Inspektion seiner Garderobe eigens für den heutigen Tag in einer Herrenboutique erstanden hatte. Zunächst hatte Friedrich sich standhaft geweigert, seinen Widerstand aber letztlich Friederike zuliebe aufgegeben. Schließlich war es der große Tag seiner Enkelin. Im Rahmen einer Schulfeier sollte ihrer Klasse der Preis offiziell überreicht werden, den sie bei einem Wettbewerb der Landeszentrale für politische Bildung wegen ihres gemeinsamen Projekts »Maßnahmen gegen die Politikverdrossenheit Jugendlicher« gewonnen hatte. Und Friederike war diejenige gewesen, die das Projekt maßgeblich vorangetrieben und gelegentlich aufgetretene Motivationskrisen bekämpft hatte.

Normalerweise drückte Friedrich sich nach Kräften und mit pfiffigen Ausreden vor offiziellen Veranstaltungen wie Dienstjubiläen oder Verabschiedungen, die er eigentlich als Leiter einer Mordkommission besuchen musste. Aber Friederikes Bitte, ihn zur Preisverleihung zu begleiten, wollte er unter keinen Umständen abschlagen. Bei Licht besehen konnte er eigentlich nie eine Bitte seiner Enkelin abschlagen. Aber in diesem Fall kam noch erschwerend hinzu, dass Friederike schon auf die Begleitung ihrer innig geliebten Großmutter verzichten musste. Die Germanistikprofessorin Hanna Kirschbaum konnte nicht an der Schulfeier teilnehmen. Sie hatte eine Gastprofessur an der University of California angetreten und würde frühestens zu Weihnachten wieder für ein paar Tage zurück nach Tübingen kommen.

»Opa! Jetzt komm doch endlich! Ist doch piepegal, wie das Ding um deinen Hals aussieht. Von mir aus kannst du es auch ganz weglassen. Hauptsache, wir kommen jetzt endlich mal in die Gänge!«

»Ja … wenn es Friederike egal ist … es ist immerhin ihre Feier.«

Friedrich schenkte seiner Tochter kurz ein Siegerlächeln, zog sich die Krawatte vom Hals und preschte zwischen Tochter und Enkelin zur Wohnungstür.

Dort blickte er sich um und wandte sich bester Laune an die beiden, die noch immer unter der Schlafzimmertür standen: »Worauf wartet ihr beiden denn noch? Abmarsch!«

* * *

Alexander Schief hatte keine Eile. Er würde ohnedies wieder zu früh kommen.

Er kam ständig zu früh.

Die Feier, zu der er eingeladen war, begann um 14.30 Uhr, also in einer knappen Stunde. Trotzdem stand er bereits jetzt frisch geduscht und rasiert vor dem Schlafzimmerschrank und überlegte, welches Oberhemd er zu seinem dunkelblauen Anzug mit Weste tragen sollte. Dabei fiel sein Blick in den Spiegel, der in die Innenseite der Schranktür eingepasst war. Er sah die Fotografie hinter sich an der Wand, die Doro und ihn erschöpft, aber glücklich auf einem Dolomitengipfel zeigte.

»Wenn du doch nur noch bei mir wärst!«, seufzte er und hatte Mühe, die aufsteigenden Tränen zurückzuhalten.

Er verließ das Schlafzimmer in der Unterwäsche, setzte sich im Wohnzimmer auf das Sofa, auf dem er unzählige Abende zusammen mit seiner Frau vor dem Fernseher verbracht hatte, verbarg sein Gesicht in den Händen und blieb regungslos sitzen.

»Wie habe ich mich auf meinen Ruhestand gefreut!«, dachte er bitter. »Darauf, nicht mehr unterrichten zu müssen. Davon befreit zu sein, renitenten Rotzlöffeln Latein und Griechisch beizubringen. Endlich mit Doro zu reisen. Indien. Bali. Die Vereinigten Staaten von Amerika. Australien.«

Er zwang sich aufzustehen, ging zurück ins Schlafzimmer. Sein starrer Blick schien auf den offenen Kleiderschrank gerichtet zu sein. Aber statt seiner Hemden sah er, wie die Bergwacht Doro tot von dem Felsplateau zurückbrachte, auf dem sie nach ihrem Ausrutschen und folgenden Absturz liegen geblieben war.

Er zwang sich, das Bild zu vertreiben.

»Jetzt habe ich Zeit ohne Ende. Genau das, was ich mir vor allem in den letzten Jahren an der Schule so sehr gewünscht habe. Und jetzt weiß ich nicht, was ich damit anfangen soll.«

Er schloss die Schranktür, um die Fotografie nicht mehr sehen zu müssen, und ging erneut zu seinem Wohnzimmersofa.

»Meine Güte! Wenn mir vor einem Jahr einer erzählt hätte, dass ich meine Arbeit noch einmal vermissen würde! Ich hätte ihn für verrückt erklärt! Und jetzt freue ich mich wie ein Schneekönig, weil ich zu dieser Feier eingeladen werde. Nicht weil ich dort gerne hingehen will. Sondern weil mir so ein weiterer von diesen öden Nachmittagen erspart bleibt. Weil ich so nicht wieder in diesem Sofa sitze und die Wand anstarre, bis ich endlich den Fernsehapparat zur Tagesschau anschalten kann.«

Er blieb noch einige Zeit sitzen. Dann aber raffte er sich entschlossen auf.

»Doro würde das nicht dulden!«

Er zog sich vollständig an und marschierte ausgehbereit in seiner Wohnung von einem Zimmer ins andere. Immer wenn er am Bad vorbeikam, trat er ein, blickte kurz in den Spiegel und überprüfte den ordnungsgemäßen Sitz von Krawatte und Einstecktuch.

Nach fünfzehn Minuten hielt er es nicht mehr aus. Er setzte sich ins Auto und fuhr zu seiner Schule, die nur wenige Straßenzüge entfernt lag. Er stellte den Wagen auf denselben Platz, auf den er ihn in all den Jahren zuvor gestellt hatte, und betrat das Schulgebäude. Auf dem Weg zur Aula begegnete ihm niemand, sodass er überlegte, das Schulgebäude noch einmal zu verlassen, um nicht allein in dem großen Saal sitzen zu müssen. Aber dann hörte er, dass hinter der Aulatür Kammermusik gespielt wurde. Er öffnete die Tür so leise wie möglich. Die vier Schülerinnen, die an der der Tür gegenüberliegenden Seite hinter ihren Notenständern saßen, ließen sich dadurch nicht aus der Ruhe bringen und musizierten weiter. Schließlich stand ihr erster öffentlicher Auftritt als Streichquartett unmittelbar bevor.

Alexander Schief warf einen Blick auf das festlich geschmückte Podium, das den Saal etwa im Verhältnis zwei zu drei teilte. Hinter dem Podium standen wie immer vier Stuhlreihen, die für die Lehrer reserviert waren. Auf der gegenüberliegenden Seite des Podiums war für die übrigen Besucher der Feier aufgestuhlt worden.

Alexander schlich von der Eingangstür auf Zehenspitzen geradeaus zu den für die Lehrer reservierten Plätzen. Auch jetzt noch fühlte er sich eher als Lehrer denn als Gast der Schule. Er setzte sich an das der Tür zugewandte Ende der vorderen Sitzreihe, wo er bei ähnlichen Veranstaltungen während seiner aktiven Zeit auch immer gesessen hatte, und freute sich, dass die Schülerinnen seine Wartezeit verkürzen würden. Er mochte Mozart zwar nicht besonders, aber der Musik zuzuhören war allemal besser, als in der Sackgasse auf- und abzumarschieren, an deren Ende das Hermann-Hesse-Gymnasium lag.

* * *

Friederike saß wie auf Kohlen. Aufgrund eines harmlosen Auffahrunfalls, den ein Fahrer drei Autos voraus verursacht hatte, staute sich der Verkehr. Beide Fahrspuren waren blockiert, so dass Friedrich auch nicht wenden konnte. Sie wollte auf gar keinen Fall erst ankommen, wenn alle Plätze in den vorderen Reihen bereits belegt waren.

»Opa, kannst du nicht deine Sirene anstellen? Dann machen alle Platz und wir sind ruckzuck raus hier!« Auch wenn sie Friedrich sonst problemlos um den Finger wickeln konnte, glaubte Friederike nicht wirklich daran, dass ihr Opa der Bitte nachkommen würde.

Und tatsächlich brummte Friedrich: »Das kommt überhaupt nicht in Frage. Schlag dir das aus dem Kopf!«

So blieb Friederike nichts anderes übrig, als nervös mit den Fingern auf ihrem Sitz herumzutrommeln. Dabei war ihre Sorge um gute Plätze für Mutter und Opa nicht der einzige Grund für ihre Nervosität. Wenn es jetzt nicht bald weiterging, hatte sie auch keine Chance mehr, vor Beginn der Feier noch mit Flori zu reden.

Flori.

So nannte sie insgeheim den drahtigen, 1,83 Meter großen, muskulös gebauten Studienassessor für Mathematik und Sport Florian Schneider, der vor knapp einem Jahr den Mathe-Unterricht der damaligen 8 c übernommen hatte. Schon nach der ersten Stunde war es um Friederikes Seelenfrieden geschehen gewesen. Sein dunkles, halblanges, welliges Haar, seine sehr engen Jeans, die er zu dezent gemusterten Hemden trug, und vor allen Dingen sein strahlendes, fast lausbubenhaftes Lächeln lösten bei Friederike Empfindungen aus, die ihr bis dahin unbekannt gewesen waren. Wenn sie Flori mit den anderen Lehrern oder gar mit ihren Mitschülern verglich, so lagen ihrer Auffassung nach Galaxien dazwischen. Vom Normalsterblichen zum Gott mutierte Florian für Friederike spätestens in dem Moment, in dem er mit der 8 c auf der Neckarinsel das Vermessen von Flurstücken und Abständen zwischen einzelnen Platanen demonstrierte. Die Schüler hantierten eifrig mit Maßbändern und rot-weiß gestreiften Stangen, als plötzlich vom Fluss her Hilfeschreie zu hören waren. Alle Kinder liefen zum Ufer. Offensichtlich waren zwei Stocherkähne zusammengestoßen und in der Folge davon ein Kind über Bord gegangen, das nicht schwimmen konnte. Es paddelte zwar wild mit den Armen herum, konnte aber trotzdem nicht verhindern, dass es flussabwärts trieb und immer wieder mit dem Kopf unter Wasser geriet. Florian Schneider spurtete zum Ufer, hechtete, ohne anzuhalten oder Kleidungsstücke abzustreifen, in die Fluten und kraulte mit kräftigen Zügen zu dem Kind. Zurück am Ufer begann er sofort mit Wiederbelebungsmaßnahmen. Zehn Minuten später konnte ein völlig aufgelöster Vater sein Kind wieder in die Arme nehmen.

Noch während der ersten drei Gymnasialklassen waren Friederike die sportlichen Erfolge mit dem Mädchenteam ihres Fußballvereins, des FC Tübingen, wichtiger gewesen als französische Vokabeln oder mathematische Formeln. Sie brachte deshalb in aller Regel lediglich Noten im Bereich »befriedigend« mit nach Hause. Seit Florian Schneiders Heldentat strengte sie sich vor allem im Mathematikunterricht, aber allmählich auch in den anderen Fächern mehr an. Entsprechend wurden die Ergebnisse der Klassenarbeiten sehr zur Freude ihrer Eltern und Großeltern besser und besser. Nur bei Friedrich wuchs die Befürchtung, seine Enkelin könne vielleicht etwas *zu* viel von der aus seiner Sicht überkandidelten Intellektualität ihrer Großmutter, seiner Exfrau Hanna, geerbt haben.

Allerdings blieb abzuwarten, wie sich Friederikes Noten in Zukunft entwickeln würden, denn seit Ende des letzten Schuljahres nahm sie sich wieder weniger Zeit für ihre Hausaufgaben. Statt wie früher nur einen kurzen Blick auf die Artikel des Schwäbischen Tagblatts zu werfen, in denen es um Landes- und Bezirksligaergebnisse der Fußballer von TSG und SV 03 Tübingen ging, vertiefte sie sich jetzt anhaltend in den politischen Teil der Zeitung. Und wenn sie damit fertig war, schnappte sie sich dicke Sachbücher, die sie in der Stadtbücherei ausgeliehen hatte und in denen ebenfalls politische Fragen im Mittelpunkt standen. Das ging so weit, dass ihre Mutter sie sogar einmal darauf hinweisen musste, es sei Zeit, zum Fußballtraining aufzubrechen. Grund für diese neueste Entwicklung war, dass Friederike gegen Ende des letzten Schuljahres erstmals in ihrem Leben das Tübinger RACT-Festival, eine Mischung von Open-Air-Konzert und politischer Information, am Anlagensee besucht hatte. Eine Mitschülerin, die am Tag zuvor bereits dort gewesen war, hatte berichtet, dass Florian Schneider hinter einem Stand von Attac gestanden hatte, um eifrig mit Festivalbesuchern über Globalisierung und Finanzkrise zu diskutieren.

Ohne Flori wäre Friederike sicher nicht auf die Idee gekommen, eine solche Veranstaltung zu besuchen. Zu diesem Zeitpunkt interessierte sie sich weder für die Auftritte lokaler Rock- und Hip-Hop-Bands noch für Workshops zu Themen wie »Inklusion als Herausforderung der Schule von morgen« oder »Kampf ums Wasser – Ressourcenverteilung in der so genannten Dritten Welt«. Aber die Chance, außerhalb der Schule und sozusagen auf Augenhöhe mit Flori reden zu können, war zu verlockend.

Friederike kam mit sehr gemischten Gefühlen vom Anlagensee zurück. Die vielen Informationsstände, der an vielen Stellen in der Luft liegende süßliche Geruch und vor allem die ohrenbetäubende Musik, die von der Rock-Bühne dröhnte, all das war einerseits faszinierendes Neuland für sie. Aber ein »Hallo, Friederike. Schön, dass du auch gekommen bist« war der einzige Satz, den Flori an sie richtete. Danach wandte er sich sofort wieder den beiden Studentinnen zu, die Friederike nicht nur um ihr Alter, sondern auch um das attraktive Äußere beneidete. Florian setzte mit ihnen eine bereits begonnene Diskussion fort, ohne sich weiter um seine Schülerin zu kümmern. Friederike, die so gut wie nichts von dem verstand, worüber da gesprochen wurde, beschloss an Ort und Stelle, sich ab sofort umfassend zu informieren, um bei solchen Gesprächen ebenfalls mitreden zu können.

Und deshalb war es so wichtig, dass sie gerade heute nicht zu spät kam. Noch vor Beginn der Feier war die beste Gelegenheit, mit Flori auf Augenhöhe über die Politikverdrossenheit Jugendlicher zu diskutieren. Hinterher, fürchtete sie, würde sie kaum noch die Möglichkeit dazu haben. Und ausgerechnet jetzt saß sie hier wegen dieses blöden Unfalls fest. Es war zum Auswachsen!

Es schien eine Ewigkeit zu dauern, bis endlich ein Abschleppwagen kam und wenigstens eine Fahrspur frei machte.

* * *

»Lass mich los!«, forderte Saskia Hoffmann.

»Den Teufel werde ich tun!«, kündigte Jakob Gutscher an und drückte seine Freundin noch enger an sich.

Saskia legte für einige Sekunden ihren Kopf an Jakobs Schulter und genoss, wie er über ihre Haare streichelte. Dann machte sie sich sanft, aber bestimmt von ihm los.

»Wir müssen jetzt mit den Brezeln anfangen! Sonst werden wir nie rechtzeitig fertig. Ich habe zugesagt, dass ich Punkt 14.30 Uhr mit Butterbrezeln, Gläsern und je zwei Kisten Trollinger und Riesling aus dem Remstal auf der Matte stehe.«

»Und was ist mit mir? Ich habe heute Morgen mein Seminar sausen lassen. Nur wegen dir! Obwohl das sehr wahrscheinlich eine Menge Ärger geben wird! Und ich bin von Freiburg hierhergetrampt. Auch nur wegen dir!«

»Um dich werde ich mich schon noch kümmern. Mach dir da mal keine Sorgen!« Saskia machte durch einen verführerischen Blick deutlich, auf welche Art sie sich später um Jakob zu kümmern gedachte. »Aber zuerst müssen die Brezeln geschmiert werden!«

Jakob schmollte. »Meine Güte! Was ist damit schon verdient?«

»Erstens: Kleinvieh macht auch Mist. Und zweitens: Es ist mit Sicherheit kein Fehler für mein kleines, aufstrebendes Ein-Frau-Unternehmen, wenn ich dort einen möglichst guten Eindruck hinterlasse.«

Jakob war nicht überzeugt. »Aber …«

Saskia unterbrach ihn sofort. »Zu so einem Schulfest kommen jede Menge Leute, die ordentlich Kohle haben. Wer weiß? Vielleicht brauchen zwei oder drei von denen in nächster Zeit eine kleine, aufstrebende Catering-Firma für irgendeine Veranstaltung. Und da könnte es doch sehr gut sein, dass sie sich an die freundliche, außerordentlich gut aussehende junge Frau mit den leckeren Butterbrezeln vom Schulfest erinnern. Also los! Du schneidest und ich schmiere!«

* * *

Als Annette Winter die Garagentür öffnete, zogen sich ihre Augenbrauen zusammen und die Augenlider verengten sich: Ein untrügliches Zeichen dafür, dass sie sich ärgerte. Seit neun Monaten bewohnte sie in der Fürststraße eine kleine Dachwohnung. Inzwischen waren die beiden Zimmer längst mit wenigen Möbelstücken und einigen persönlichen Habseligkeiten gemütlich eingerichtet. Mit den anderen Hausbewohnern hatte sie keinerlei Probleme. Die einzige Ausnahme war der Student, der ein Stockwerk unter ihr wohnte. Ständig stellte er sein Fahrrad so ab, dass Annette es erst umständlich beiseitebugsieren musste, damit sie an ihr eigenes herankam.

Obwohl sie ihren Mitbewohner bereits mehrfach darauf angesprochen hatte, dauerte es auch heute wieder länger als eigentlich notwendig, bis sie sich in den Sattel schwingen und in Richtung Wilhelm-Keil-Straße in Bewegung setzen konnte. Dabei wollte sie gerade heute auf gar keinen Fall zu spät kommen. Ihre neun Jahre jüngere Halbschwester Janka, die bei ihrem Vater in Tübingen wohnte, besuchte zur Zeit die Kursstufe eins des Hermann-Hesse-Gymnasiums. Sie sollte bei der Schulfeier mit ihrem Cello erstmals öffentlich als Teil eines Streichquartetts auftreten, und Annette wollte Jankas großen Auftritt keinesfalls verpassen.

Annette wandte sich nach rechts und trat kräftig in die Pedale. Schon nach weniger als einer Minute steinlachabwärts hatte sie eine Brücke erreicht. Sie überquerte sie und fuhr an der Rückseite der Thiepval-Kaserne, unter anderem der Sitz des Tübinger Finanzamtes, entlang. Wie jedes Mal blieb Annettes Blick an der bunt bemalten Wand hängen, die das Anwesen vom Gehweg trennte. Und sie las, ebenfalls wie jedes Mal, die Worte, die auf die Mauer gesprüht waren.

bunt wohnen
quer denken
anders leben

Dieses Motto faszinierte Annette, auch wenn ihr durchaus bewusst war, dass es mit ihrem tatsächlichen Leben zumindest im Moment nicht allzu viel zu tun hatte. Sie wohnte weder bunt, noch dachte sie quer oder lebte anders. Im Gegenteil. Von Zeit zu Zeit erschrak sie darüber, wie durch und durch normal sich ihr bisheriger Lebensweg gestaltet hatte. Gleichzeitig kam dann aber auch immer ein Gefühl von Stolz auf. Stolz darauf, dass sie jetzt das erreicht hatte, was über viele Jahre ihr Ziel gewesen war.

Nach ihrem Realschulabschluss kam für sie ein Wechsel an eine weiterführende Schule mit der Perspektive Abitur und anschließendem Studium definitiv nicht in Frage. Aber auch eine Ausbildung wollte sie noch nicht antreten. Sie hielt sich ein Jahr lang – sehr zum Leidwesen ihrer Eltern – mit Gelegenheitsjobs über Wasser. Auf das Drängen insbesondere des Vaters, jetzt endlich mit einer soliden Berufsausbildung zu beginnen, zuckte Annette nur mit den Schultern. Ihre Unschlüssigkeit im Hinblick darauf, was sie mit ihrem Leben anfangen sollte, wurde – auch wenn Annette sich dessen nicht sofort bewusst war – an dem Abend beendet, als sie mit ihrer Freundin Carina zu einem Geburtstagsfest eingeladen war. Carina fühlte sich nicht besonders gut, wollte früh gehen und fragte Annette, ob sie sie begleiten könne.

Annette lehnte ab, weil sie darauf hoffte, dass Martin, den sie schon seit geraumer Zeit im Visier hatte, doch noch auf der Party erscheinen würde. Carina ging allein. Auf dem Nachhauseweg wurde sie überfallen und vergewaltigt. Einen Tag später erkundigte sich Annette, wer im näheren Umkreis Ju-Jutsu-Kurse anbot und welche Voraussetzungen erforderlich waren, um in den Polizeidienst des Landes Baden-Württemberg eintreten zu können. Sie stellte ihre Bewerbungsunterlagen zusammen, bestand den Sprach-, Rechtschreibe- und Intelligenztest sowie die Sport- und Gesundheitsprüfung ohne Schwierigkeiten und hielt schließlich nach drei Wochen die Zusage für einen der begehrten Plätze in den Händen. Kurze Zeit später rückte sie bei der Bereitschaftspolizeidirektion Göppingen ein und begann mit ihrer Ausbildung für den mittleren Dienst. Nach zweieinhalb Jahren versah sie ihren Dienst als Streifenpolizistin im Polizeirevier Eislingen, wo sie schnell durch überdurchschnittlichen Einsatzwillen und Belastbarkeit auffiel.

Deshalb drängte sie ihr Vorgesetzter schon nach kurzer Zeit, sich für das Auswahlverfahren zum gehobenen Dienst anzumelden. Auch diese Prüfung schaffte Annette auf Anhieb. Sie begann ihr Studium an der Hochschule für Polizei in Villingen-Schwenningen. Aufgrund ihres guten Abschlusses hatten ihre Ausbilder dafür gesorgt, dass sie die von ihr gewünschte Stelle in Tübingen auch bekam. Dort arbeitete sie jetzt schon seit knapp einem Jahr in dem Kommissariat, dem Friedrich Holzwarth vorstand.

Als Annette das Ende der Schellingstraße erreicht hatte, fuhr sie auf dem kleinen Fußweg weiter, der sie in die Mühlbachäcker und von dort in die Wilhelm-Keil-Straße brachte. Zwischen Sparkassen-Carré und Landratsamt wandte sich Annettes Blick unweigerlich nach links und fiel auf ihre derzeitige Arbeitsstätte, das Derendinger Polizeihochhaus. Schnell konzentrierte sie sich wieder auf die Straße und erreichte den Pausenhof des Hermann-Hesse-Gymnasiums nur wenige Augenblicke später.

* * *

»Wir kommen nun zur Übergabe des Preises. Darf ich die Schülerinnen und Schüler der Klasse 9 c zu mir aufs Podium bitten?«

Die Schulleiterin Silke Wittenberger-Munz entsprach, zumindest was ihre Kleidung betraf, nicht dem klassischen Bild einer Karrierefrau. Sie trug stattdessen ein Abendkleid in einem dunklen Malveton, das bis zu ihren Waden reichte. Die Fingernägel waren in der Farbe des Kleides lackiert. Lippen und Augen hatte sie ebenso dezent wie zur übrigen Farbgestaltung passend geschminkt. Obwohl sie im Schulalltag eine randlose Brille trug, die ihrem Gegenüber häufig erst beim zweiten oder dritten Blick auffiel, hatte sie sich heute für Kontaktlinsen entschieden. Ihre penibel geschnittene dunkelbraune Kurzhaarfrisur erforderte mindestens alle 14 Tage einen Friseurtermin.

Sie verließ das Rednerpult und ging mit wenigen Schritten zu dem Tisch, auf dessen weißer Decke und von Blumengebinden umrahmt ein überdimensional großer Briefumschlag lag. Der Umschlag enthielt einen Scheck über eine relativ bescheidene Summe, die die ausgezeichneten Schülerinnen und Schüler für ihre nächste Klassenfahrt verwenden würden.

Silke Wittenberger-Munz mochte keine feierlichen Preisverleihungen. Als bekannt wurde, dass eine Klasse des Hesse-Gymnasiums ausgezeichnet werden würde, hatte sie zunächst vorgehabt, die Presse durch einen Zweizeiler zu informieren und kein weiteres Aufhebens darum zu machen. Aber ihr Mann, Holger Munz, der nach der bevorstehenden Wahl unbedingt für den Wahlkreis Tübingen als Bundestagsabgeordneter nach Berlin gehen wollte, überredete sie dazu, eine kleine Feierlichkeit zu organisieren, bei der er eine Möglichkeit zur Präsentation seiner Person erhielt. Auch wenn die Wahl erst in drei Monaten stattfinden würde, wollte er sich die Möglichkeit nicht entgehen lassen, durch einen entsprechenden Bericht des Schwäbischen Tagblatts auf sich aufmerksam zu machen.

Seine Frau sagte schließlich zu, auch wenn sie dadurch gezwungen war, ähnlich anerkennende Floskeln zu benutzen wie bei der Übergabe der Preise für besonders herausragende Schüler am Ende jedes Schuljahres. Jahr für Jahr hatte sie entweder bienenfleißige Streber oder besonders begabte Faulenzer auszuzeichnen. Beide Schülergruppen konnte sie etwa gleich schlecht leiden. Aber als Leiterin des Hermann-Hesse-Gymnasiums gehörte es nun einmal zu ihren Aufgaben, die Preise in die meist schwitzenden Hände der überwiegend adrett angezogenen Jugendlichen zu übergeben. Nur Manuela Breuninger, derzeit Kursstufe zwei, tanzte jedes Mal aus der Reihe. Sie verstand es Jahr für Jahr wieder, allein schon durch ihre zerrissenen Jeans und Haarsträhnen in Neongelb, Grün und Lila sowohl anerkennende Blicke von den meisten ihrer Mitschüler als auch missbilligend-resignierte Augenaufschläge von den Eltern der anderen Preisträger auf sich zu ziehen. Ihr seit Jahren gleichbleibender Schnitt von 1,0 machte sie unangreifbar, auch wenn sich einzelne ältere Kollegen hinter vorgehaltener Hand über Manuelas Aussehen mokierten.

Nach der Aufforderung der Direktorin an die Schülerinnen und Schüler der Klasse 9 c, nach vorne zu kommen, defilierten die Jugendlichen wie bei Siegerehrungen im Fußball an ihrer Schulleiterin vorbei, bekamen von ihr die Hand gedrückt und verließen die Bühne wieder in Richtung ihrer stolzen Eltern oder Großeltern.

Friederike war die Drittletzte in der Reihe. Sie ging zwei Schritte, blieb dann aber plötzlich stehen und schaute nicht etwa zum Tisch mit dem Preis, sondern hinter sich zu den beiden Stuhlreihen, die für die Lehrkräfte reserviert und aus der Sicht der Festbesucher hinter dem Podium aufgestellt worden waren. Friederike konnte nicht auf Anhieb erkennen, ob Flori inzwischen unter seinen Kolleginnen und Kollegen saß. Bei ihrer Ankunft in der Aula war er noch nicht da gewesen.

»Friederike, was ist los? Willst du mir nicht die Hand geben?«

Die Stimme der Schulleiterin verriet nicht, ob die Frage aus Ungeduld gestellt worden war oder deshalb, weil sie Friederike davor bewahren wollte, sich lächerlich zu machen.

»Doch … doch, natürlich …«

Friederike setzte sich in Bewegung. Sie war kaum losgegangen, als sie ein entsetzter Aufschrei aus mehreren Kehlen im Auditorium erneut erstarren ließ. Sie folgte den Blicken der Festbesucher, die nahezu allesamt auf die Eingangstür der Aula gerichtet waren.

Dort steht eine Person in schwarzem, wattiertem Overall, über dem Kopf eine Sturmhaube. Lediglich zwei kleine Schlitze für die Augen sind frei. Niemand erkennt, ob Frau oder Mann. In der rechten Hand hält die Person eine Pistole. Sie stellt sich breitbeinig auf, hebt den rechten Arm über Schulterhöhe, stützt die rechte Hand mit der linken, senkt die Pistole in die Waagrechte, richtet sie auf die Lehrerreihen, schwenkt kurz von rechts nach links und wieder zurück und drückt ab.

Auf das Krachen des Schusses reagieren manche der Anwesenden mit lauten, manche mit erstickten Schreien. Die meisten Besucher verhalten sich mucksmäuschenstill. Einzelne Festbesucher springen auf und versuchen in den hinteren Bereich der Aula zu fliehen. Die meisten jedoch verharren regungslos auf ihren Sitzen. Eine Lehrerin bemerkt, dass ihr Nachbar langsam in sich zusammensackt. Sie schreit schrill auf und zieht so die Blicke aller Anwesenden auf sich. Aus dem Einschussloch auf der Stirn des Mannes fließt Blut über Wangen und Hals auf den Hemdkragen. Es gibt keinerlei Zweifel: Der ältere Herr ist getroffen.

Friedrich Holzwarth duckt sich hinter den breiten Rücken seines Vordermannes und fingert sein Handy so aus der Hosentasche, dass möglichst wenig davon zu sehen ist. Er weiß zwar, dass das Hesse-Gymnasium wie alle anderen Tübinger Schulen auch mit einer Sue-BOX ausgestattet ist. Falls ein »Schwerwiegendes Unerwartetes Ereignis« einträte, würde ein Anruf eines Lehrers ein schulinternes Alarmsystem aktivieren. Lehrerinnen und Lehrer bekämen eine SMS auf ihre privaten Handys. Außerdem würde schulweit ein bestimmter Klingelton ausgelöst. Aber Friedrich will sich nicht darauf verlassen, dass dieses System wirklich installiert ist und dass es jemand anderer in Gang setzt. Denn selbst wenn es funktionierte, würde es wenig helfen, da sich fast alle Lehrer ohnedies bereits in der Aula befinden und deshalb nichts unternehmen können. Nein, Friedrich will die Sache selbst in die Hand nehmen. Deshalb verflucht er jetzt die Tatsache, dass er sein Mobiltelefon vor Beginn der Veranstaltung ausgeschaltet hat. Mit starrem Oberkörper drückt er auf verschiedene Tasten und flüstert dann so leise es ging die Worte »Amoklauf« und »Hesse-Gymnasium«. Dann lässt er das Handy so fallen, dass es geräuschlos auf seinen Schoß gleitet und dort liegen bleibt. Friedrich stößt einen stillen Stoßseufzer aus: Die Person im Overall bemerkt nichts. Ein schneller Blick auf Friederike zeigt Friedrich, dass sie regungslos an ihrer bisherigen Position verharrt.

»Gut so! Rühr dich nicht vom Fleck!«, fleht er innerlich, als die vermummte Gestalt die Pistole wieder auf Schulterhöhe anhebt, die rechte Hand mit der linken stützt und erneut abdrückt. Wieder werden Schreie laut. Die Kugel schlägt jedoch nur in der Rückwand der Aula ein, vor der Saskia Hoffmann und Jakob Gutscher neben dem Tisch mit den Brezelkörben und den Weinflaschen und -gläsern kauern. Jakob, an dessen

Kopf die Kugel wenige Zentimeter entfernt vorbeifliegt, verliert die Nerven. Er steht auf und beginnt in Richtung Ausgang und damit direkt auf den Schützen zuzurennen.

»Jakob! Bleib stehen!«

Saskia springt ebenfalls auf und versucht, Jakobs Arm zu erwischen, schafft es aber nicht mehr. Jakob kommt nur wenige Meter weit. Zwei weitere Schüsse strecken ihn nieder. Er bleibt regungslos auf dem Boden liegen. Saskia stößt einen Schrei des Entsetzens aus und setzt sich in Bewegung, ohne auch nur den Bruchteil einer Sekunde darüber nachzudenken. Aber sie kommt nicht einmal so weit wie Jakob. Schon nach weniger als einem halben Meter bricht auch sie durch einen weiteren Schuss blutüberströmt zusammen. In diesem Augenblick wird die Eingangstür, die sich jetzt im Rücken des Schützen befindet, von außen geöffnet. Unmittelbar danach erscheint zum ungläubigen Erstaunen Friedrich Holzwarths Annette Winter im Rahmen. Ohne auch nur eine Sekunde zu überlegen, legt sie die zwei Schritte zurück, die sie vom Schützen trennen, stellt in einer einzigen, fließenden Bewegung ihren rechten Fuß zwischen seine Füße, beugt das linke Knie bis auf den Boden, umfasst mit beiden Händen die Fesseln der vor ihr stehenden Person und schiebt die linke Schulter unter deren Po. Ein gleichzeitiges kräftiges Zurückziehen der Arme sowie Schieben der Schulter nach vorwärts und oben bewirkt, dass die Person vornüberkippt, im Fallen die Pistole loslässt und mit dem Gesicht nach unten auf dem Boden liegt. Annette will sofort über ihn hinwegsteigen, um an die zwei Meter entfernte Pistole zu gelangen. Aber instinktiv winkelt der Schütze seine Beine an, sodass Annette strauchelt und zwischen der Person und der Waffe auf dem Fußboden landet. In der Zwischenzeit kommt ihr Gegner wieder auf die Beine. Er wirft noch einen kurzen Blick auf die Pistole, erkennt aber gleichzeitig, dass Annette ebenfalls schon wieder auf den Füßen steht. Er zögert kurz, dreht sich dann aber um, rennt auf die Aulatür zu und spurtet den Gang entlang, so schnell er irgend kann.

* * *

Nachdem Hoffnung bestand, dass der Spuk endlich vorbei war, brach lautstarker Tumult aus. Spitze Schreie übertönten unterdrücktes Wimmern und Stöhnen. Stühle wurden umgeworfen, Verwandte und Freunde bahnten sich den Weg zueinander und fielen sich in die Arme. Handys wurden aus den Taschen gezogen und alle brüllten in die Mikrophone, um die Nachbarn zu übertönen, die gleichfalls versuchten, ihre zum Zerreißen gespannten Nerven durch die Schilderung der Ereignisse zu beruhigen. Kommandos wie »Alle sitzen bleiben!« und »Nichts wie raus!« waren zu hören. An der Tür entstand ein lautstarkes Gerangel: Einige Festbesucher hinderten die Schulleiterin mit Gewalt daran, den Aulaeingang von innen abzuschließen, und öffneten beide Türflügel weit. Jetzt gab es kein Halten mehr. Schüler, Lehrer und Gäste drängten wild durcheinander und mit aller Kraft zum Ausgang. Stämmige Erwachsene stießen kleinere Kinder einfach zur Seite. Männer zogen ihre Frauen mit Gewalt hinter sich her. Nachdem Friedrich sich vergewissert hatte, dass es seiner Tochter und seiner Enkelin gutging, bahnte er sich unter Einsatz beider Ellenbogen seinen Weg von der Mitte des Saales zum Ausgang. Ein kurzer Blick zu Annette bestätigte ihm, dass er sich nicht weiter um sie kümmern brauchte. Er stürmte weiter, erreichte die Tür und blickte den Flur in beide Richtungen entlang. Von der Person im schwarzen Overall war nichts zu sehen. Friedrich entschied sich für die Flurseite, die in Richtung des Gebäudeausgangs führte, während Annette, die Friedrich inzwischen gefolgt war, sich in die entgegengesetzte Richtung in Bewegung setzte.

Friedrich arbeitete sich von Deckungsmöglichkeit zu Deckungsmöglichkeit vor. Als er im Eingangsbereich angekommen, aber noch gut zehn Meter von der Tür entfernt war, sah er die schwarze Gestalt in Richtung Landratsamt rennen. Nachdem der Kommissar schließlich im Gedränge der fliehenden Menschen die Tür erreicht hatte, war die vermummte Person nirgends mehr zu sehen. Dafür bemerkte er, dass bereits die ersten Polizei- und zwei Notarztwagen anrückten. Eine panische Menschenmenge strömte an Friedrich vorbei ins Freie. Viele rannten zu auf dem Parkplatz abgestellten Autos. Die Sanitäter hatten zunächst keine Chance, in die Schule hineinzugelangen. Erst als der Strom der Fliehenden langsam abebbte, konnten die Sanitäter mit ihrer Ausrüstung den Notärzten zum Tatort folgen. Als sie zurückkamen, lagen Saskia Hoffmann und Jakob Gutscher auf zwei Rollbetten. Ihre Gesichter waren kreideweiß, aber sie atmeten regelmäßig.

Einer der Ärzte deutete auf die Betten. »Die beiden da haben verdammtes Schwein gehabt. Das Mädchen wurde in die Brust getroffen, aber zum Glück weit genug weg vom Herzen und ohne dass eine wichtige Blutbahn verletzt worden wäre. Den Jungen hat es nur am Oberschenkel erwischt. Wir müssen die beiden jetzt sofort in die Klinik bringen. Dann bekommen wir das wieder hin.«

Friedrich stellte sich den Sanitätern trotzdem in den Weg. »Können Sie uns irgendetwas zu dem Täter oder zu einem eventuellen Motiv sagen?«, fragte er die beiden Verletzten.

Während Jakob nur stumm den Kopf schüttelte, brachte Saskia mühsam ein »Keine Ahnung« über die Lippen.

Einer der Sanitäter schob das Rollbett kommentarlos gegen Friedrichs Körper, so dass ihm nichts übrig blieb, als den Weg frei zu machen.

»Und was ist mit dem älteren Herrn?«, erkundigte sich Friedrich bei einem der Notärzte.

»Den hat es erwischt. Mitten ins Gehirn. Dem konnten wir nicht mehr helfen. Da war absolut nichts mehr zu machen.«

In diesem Moment kam ein junger Streifenpolizist auf Friedrich zugerannt. »Funkspruch aus der Zentrale«, berichtete er aufgeregt. »Anruf vom Landratsamt! Eine schwarz gekleidete Person mit Sturmhaube ist da vor ein paar Minuten rein!«

»Versuchen Sie, telefonischen Kontakt mit denen da drin zu bekommen!« Friedrich deutete auf den Behördenbau. »Wenn Sie jemanden dran haben, will ich mit ihm reden!«, befahl er dem jungen Mann, der zurück zum Streifenwagen rannte.

Im Moment war Friedrich zur Untätigkeit verdammt. Deshalb rief er sofort seine Tochter an. Eine fremde Frauenstimme teilte ihm mit, dass der Teilnehmer im Moment nicht zu erreichen sei. Friedrich presste »Scheiße« zwischen den Zähnen hervor und drückte Friederikes Kurzwahlnummer. Zu seiner grenzenlosen Erleichterung meldete sich seine Enkelin nach dem zweiten Klingeln. Friedrich wollte keinerlei Zeit verlieren.

»Ihr bleibt beide vorerst in der Aula!«, befahl er. »Dort ist im Moment der sicherste Ort für euch! Verstanden?«

Friedrich musste sein Telefonat beenden, weil ein Streifenbeamter auf ihn zurannte und rief: »Ich hab den Ersten Landesbeamten dran!«

Friedrich eilte zum Streifenwagen, stellte sich knapp vor und bat um Informationen zur Lage. So erfuhr er, dass eine der Sekretärinnen von ihrer Tochter per Mobiltelefon über die Vorkommnisse am Hermann-Hesse-Gymnasium informiert worden war. Und unmittelbar danach hatte sie sich auf den Weg zum Büro ihrer Freundin und Kollegin gemacht, um ihr sofort von den Neuigkeiten zu berichten. Als sie ihr Büro gerade verlassen hatte, sah sie, dass eine schwarz gekleidete Gestalt mit Kopfbedeckung am anderen Ende des Ganges um die Ecke bog. Die Sekretärin rannte sofort zurück zu ihrem Arbeitsplatz und rief von dort aus mit Panik in der Stimme erst die Polizei und dann ihren Vorgesetzten an. Der Erste Landesbeamte persönlich hatte daraufhin sofort angeordnet, alle Türen abzuschließen.

Friedrich kehrte zu seinen Kollegen zurück.

»Sobald genügend Kollegen hier sind, umstellt ihr das Gebäude weiträumig«, ordnete er an. »Das SEK aus Göppingen ist unterwegs. Bis die da sind, geht mir niemand da rein! Keiner spielt den Helden! Wir warten, bis das SEK da ist!«

Seine Kollegin Annette Winter hatte zwar erreicht, dass der Amokläufer die Pistole verlor, mit der er geschossen hatte, aber es war keineswegs auszuschließen, dass er unter dem wattierten Anzug weitere Waffen verborgen hatte.

Nur kurze Zeit später waren die ersten Mannschaftswagen der Bereitschaftspolizei zu sehen. Es dauerte nur Minuten, bis das Landratsamt so umstellt war, dass es von niemandem unbemerkt verlassen werden konnte.

* * *

Die Rotoren des Hubschraubers, mit dem die Männer des SEK aus Göppingen anflogen, waren so laut, dass sich alle, die auch nur in der Nähe des Landeplatzes standen, die Ohren zuhalten mussten. Die Kufen der Maschine hatten kaum den Boden berührt, als die bis an die Zähne bewaffneten Sondereinsatzkräfte heraussprangen und in Richtung Landratsamt stürmten. Mit ihren Schilden, den gepanzerten Westen und den schweren Visierhelmen hinterließen sie einen extrem martialischen Eindruck. Scharfschützen postierten sich rund um das Landratsamt, während zwei Gruppen von Männern sich im Laufschritt dem Eingang der Behörde näherten. Dort hielten sie kurz inne, bis einer der Männer den Befehl »Go!« gab.

Hinter der Tür, die abzuschließen niemand auf die Idee gekommen war, bot sich den Männern ein mehr als überraschendes Bild. Ein mit schwarzer Hose und einem Kapuzenpulli in derselben Farbe gekleideter Mann stand mitten in der Eingangshalle und reagierte auf die hereinstürmenden Einsatzgruppen völlig unerwartet. Er lief weder weg, noch griff er an. Stattdessen schaute er die Männer fassungslos an und murmelte mit dem Ton ungläubigen Erstaunens: »Was um Gottes willen ist …«

Die gebrüllte Aufforderung »Bleiben Sie stehen! Halten Sie die Hände unten!« brachte ihn zum Schweigen. Die auf ihn gerichteten Waffen verfehlten nicht die beabsichtigte Wirkung: Er rührte keinen Muskel, blieb stocksteif an der Stelle, an der er stand. Die SEK-Mitglieder stürmten auf ihn zu. Die stampfenden Schritte ließen die Lähmung von dem Mann abfallen. Er drehte sich um und rannte in Richtung der Treppe, die scheinbar freischwebend das Erdgeschoss mit dem ersten Stock verband. Aber weit kam er nicht, denn einer der SEK-Männer zielte mit seinem Elektro-Teaser und drückte ab. Die Elektroimpulswaffe verschoss ihre mit Widerhaken versehenen Projektile. Als sie ihr Ziel fanden und elektrische Schläge wirkten, sackte der Mann zusammen und blieb reglos liegen.

Die Polizisten rannten zu dem Mann. Einer davon rammte ihm sein Knie in den Rücken, ein anderer fesselte ihn mit einem Plastikband, das an einen Kabelbinder erinnerte, an Händen und Füßen. Die gesamte Aktion hatte insgesamt nur wenig mehr als eine Minute gedauert. Als die Polizisten mit ihrem Gefangenen aus dem Landratsamt kamen, atmete nicht nur Friedrich Holzwarth mehr als erleichtert auf. Auch wenn ein Mensch gestorben war, hatte ein präziser und erfolgreich verlaufener SEK-Einsatz zum Glück Schlimmeres verhindert.

* * *

Nur eine Stunde nach den Ereignissen am Hermann-Hesse-Gymnasium klingelte bei Lothar Wiest das Telefon. Der Anrufer meldete sich nur mit einem knappen »Ich bin's«. Trotzdem erkannte Lothar sofort an der Stimme, dass Holger Munz am anderen Ende der Leitung war. Die beiden kannten sich seit ihrem Jurastudium in Freiburg. Sie hatten sich nach ihrem Referendariat am Landgericht Ravensburg zunächst aus den Augen verloren, sich aber vor etwas mehr als drei Jahren zufällig in der Paul-Horn-Arena bei einem Heimspiel der Walter Tigers wiedergetroffen. Holger, der das Haus seiner Eltern in Pfrondorf geerbt, ausgebaut und bezogen hatte, leitete inzwischen beim Landratsamt eines Tübinger Nachbarkreises das Referat Umwelt und Verkehr.

Lothar hatte sich dagegen für eine Karriere im Innenministerium entschieden und war zum persönlichen Referenten des baden-württembergischen Landeskriminaldirektors aufgestiegen. Auch wenn der tägliche Weg nach Stuttgart beschwerlich war, wollte er sein Haus in Kusterdingen nicht aufgeben, zumal seine Frau als langjährige Gemeinderätin an den Ort auf den Härten gebunden war.

Nach kürzester Zeit war die alte Freundschaft der Freiburger Studienkollegen aufgefrischt. Sie trafen sich mindestens einmal in der Woche auf ein Bier, spielten regelmäßig Golf und fuhren gemeinsam in den Winterurlaub zum Skifahren.

»Was verschafft mir das Vergnügen deines Anrufs am frühen Nachmittag?«, erkundigte sich Lothar gut gelaunt. »Macht ihr bei euch schon so früh Feierabend?«

Holger ging nicht auf den flapsigen Ton seines Freundes ein. »Lothar, ich muss dringend mit dir reden!«

»Aber das tust du doch schon!«

»Lothar, bitte!«

»Was ist denn los?«

»Nicht am Telefon. Wir müssen uns treffen. Wann kannst du frühestens weg?«

»Jederzeit. Das ist einer der unbestreitbaren Vorzüge meiner Position.«

»Perfekt. Wir treffen uns in einer Stunde im Bellevue.«

»Also schön. Von mir aus. Kannst du mir denn nicht wenigstens ungefähr sagen, worum es geht?«

»Wir sehen uns in einer Stunde.«

* * *

Im Besprechungszimmer des Landratsamtes herrschte dicke Luft. Lorenz Förster, der Verdächtige, der von den SEK-Männern überwältigt worden war, hatte das Gebäude soeben als freier Mann verlassen. Er war unschuldig.

Lorenz wollte sich in den Mühlbachäckern – so hatte es ihm Friedrich Holzwarth mühevoll nach und nach aus der

Nase gezogen – informieren, wo er einen HIV-Schnelltest durchführen lassen konnte.

Er hatte mit seinen Kumpeln Achim und Ralf vor ziemlich genau drei Monaten einen ordentlichen Zug durch die Gemeinde veranstaltet, als die zugehörigen Ehefrauen auf dem alljährlichen Ausflug ihres Kaffeekränzchens nach Österreich waren.

Alles fing ganz harmlos an. Zwei Bier im Bären, zwei im Ammerschlag. Dazwischen eine Portion Pommes beim »X«. Um zehn waren die drei schon leicht betrunken. Gegen elf kam irgendjemand auf die Idee, sie könnten ihr Strohwitwerdasein ausnutzen und »so richtig Spaß haben«.

Sie fuhren mit dem Zug nach Reutlingen. Niemand wollte seinen Führerschein riskieren. Achim wusste, in welcher Straße käufliche Liebe preiswert zu haben war. Keiner wollte vor den anderen als Spaßbremse dastehen. Lorenz suchte sich mit einer gewissen Tanja ein stilles Plätzchen.

Am Tag danach kam das böse Erwachen. Der Kater war das kleinste Problem. Viel schlimmer war die Erkenntnis, dass Tanja keine Professionelle war und Lorenz kein Kondom benutzt hatte. Er rief sofort bei seinem Hausarzt an. Der riet ihm, sich an das Landratsamt zu wenden. Dort werde er beraten und könne dann einen Aidstest machen. In drei Monaten. Vorher sei da nichts zu machen.

Das nächste Vierteljahr war grausam. Die Ungewissheit. Die Ausreden, wenn seine Frau Sex wollte.

Und heute war es endlich so weit. Er hatte einen Termin bei einer Beraterin des Landratsamtes.

Es gab nur ein Problem. Die beste Freundin seiner Frau arbeitete bei der KFZ-Zulassungsstelle. Deshalb zog er sich die Kapuze über, bevor er reinging. Man konnte ja nie wissen. Er suchte das richtige Zimmer und wunderte sich, dass niemand auf sein Klopfen reagierte. Schließlich versuchte er dann, die Tür zu öffnen. Sie war abgeschlossen. Er wartete fast eine Viertelstunde auf dem Gang. Nichts passierte. Er wollte raus, um eine Zigarette zu rauchen. Und da kamen sie mit ihren

Kampfanzügen und Gewehren und behandelten ihn wie einen Schwerverbrecher!

Es hatte etwa zwei Stunden gedauert, bis die Mitarbeiterin der Beratungsstelle den Termin ebenso bestätigt hatte wie die Freunde die Reutlinger Eskapade. Als sich auch noch herausstellte, dass bei der KFZ-Zulassung tatsächlich die Freundin der Ehefrau beschäftigt war, blieb Friedrich nichts anderes übrig, als Lorenz Förster laufen zu lassen.

»So eine Scheiße!«, brach es aus Annette Winter heraus, als er das Zimmer verlassen hatte. »Wir quetschen hier ewig lang ein harmloses Würstchen aus …«

»… und verlieren wertvolle Zeit«, ergänzte Friedrich. »Wenn das rauskommt – und es wird natürlich rauskommen – sind wir den Fall los! Ich seh es schon vor mir. Wie die sich in Stuttgart schadenfroh die Hände reiben und hier antanzen, um uns zu zeigen, was 'ne Harke ist!«

»Soll das heißen, dass wir jetzt Feierabend machen können?«, fragte Friedrichs neuer Kollege Tobias Kemper zaghaft.

Er war an seinem freien Tag von dem Vorfall telefonisch unterrichtet worden, als er gerade seine in Rottenburg wohnende Mutter besucht hatte. Der knapp 35-Jährige war, offiziell nur vorübergehend, von Mannheim nach Tübingen abgeordnet worden, weil Friedrichs langjähriger Mitarbeiter Walter Löffler trotz einer sechswöchigen Rehabilitationsmaßnahme in Bad Buchau als »weiterhin dienstunfähig« entlassen worden war. Über die Kurwochen des Kollegen hinweg hatte sich Friedrich mehr schlecht als recht alleine durchgeschlagen. Aber als feststand, dass Walter wegen seiner Wirbelsäulenbeschwerden auf unabsehbare Zeit ausfallen würde, hatte der Leiter des Kommissariats darauf bestanden, den Mannheimer als dauernden Ersatz zugeteilt zu bekommen.

Tobias war groß gewachsen, hatte breite Schultern und Friedrich war sich sicher, dass die eine oder andere junge Frau sich nach ihm umdrehen würde: nach einem Mann mit vollem schwarzen Haar, markantem Kinn und auffallend schön geformten, gepflegten Händen. Wenn Tobias also bei der Vernehmung von Frauen dadurch erfolgreich wäre, sollte es Friedrich recht sein.

»Du bleibst hier! Genauso wie Frau Winter und ich!«, ordnete Friedrich an. »Es ist schließlich gerade mal kurz nach acht.«

Während er seinen männlichen Kollegen vom ersten Tag an geduzt hatte, blieb er bei Annette auf deren Bitte hin konsequent bei der förmlichen Anrede »Frau Winter« und »Sie«. Tobias dagegen hatte Annette vor Kurzem bei einer polizeiinternen Schulung kennengelernt und redete sie seitdem mit dem beim abendlichen Bier vereinbarten Du an.

»Ich habe 132 Überstunden! Und heute Abend wollte ich mich endlich wieder einmal auf mein Rad schwingen, Rammert oder Schönbuch unsicher machen und hinterher ein Weizenbier in der Goldersbachklause trinken«, maulte er halblaut. »Und wenn ab morgen sowieso Stuttgart zuständig ist …«

»Bis dahin ermitteln wir auf jeden Fall weiter. Ausgerechnet dir muss ich doch nicht erklären, wie wichtig die ersten Stunden nach einer Tat …«

Friedrich konnte seinen Satz nicht zu Ende führen, weil in diesem Augenblick sein Handy klingelte. Er meldete sich, hörte dann aber ausschließlich zu. Schließlich sagte er »In Ordnung« und verabschiedete sich.

»Also«, wandte er sich an Annette und Tobias. »Das war die Direktion. Es wird noch heute Abend eine Soko ›Schule‹ gebildet. Wir drei sind dabei. Und Kollegen aus der näheren Umgebung, die dort entbehrlich sind. Ich soll der Leiter werden. Das erste Treffen findet um 22.30 Uhr statt. Bis dahin machen wir alleine weiter.«

»Also? Wie gehen wir vor?«, fragte Annette und blickte zunächst Friedrich, dann aber auch Tobias an.

»Tobias, du kommst mit mir! Wir nehmen uns die Schulleiterin vor!«

Friedrich merkte selbst, dass er sich im Ton vergriffen hatte. Deshalb schickte er noch ein versöhnliches »Bitte!« hinterher.

»Und was mache ich?«, wollte Annette wissen.

»Sie gehen ins Büro!«, ordnete Friedrich knapp an. »Vielleicht bringen die Straßensperren und Zusatzstreifen ja doch noch etwas. Auf jeden Fall muss jemand von uns dort erreichbar sein.«

* * *

Das Hermann-Hesse-Gymnasium glich auch gegen 20.30 Uhr noch einer Festung. Einsatzfahrzeuge der Polizei, der Feuerwehr und des Roten Kreuzes standen sowohl in den Zufahrtsstraßen als auch im Pausenhof der Schule. Rechts und links des Eingangs waren bewaffnete Beamte postiert. Friedrich und Tobias, die wegen der geringen Entfernung zwischen Landratsamt und Tatort zu Fuß gekommen waren, brauchten ihre Ausweise nicht zu zücken, um durchgelassen zu werden.

Bereits unmittelbar hinter dem Schulportal nahm die Schulleiterin sie in Empfang.

»Wittenberger-Munz«, stellte sich die Gastgeberin knapp vor. »Kommen Sie, wir gehen in mein Büro. Dort sind wir ungestört.«

Sie drehte sich um und setzte sich in Bewegung. Friedrich, der ihr folgte, ärgerte sich über sich selbst. Irgendwo hatte er diesen auffälligen Namen schon einmal gehört. Aber wie bereits mehrfach im letzten Jahr wollte ihm trotz allen Grübelns nicht einfallen, wo und in welchem Zusammenhang. Musste er sich Sorgen um sein Gedächtnis machen? War das der Beginn einer sich schleichend einstellenden Demenz? Sollte er zum Arzt gehen deswegen? Gab es Medikamente, die halfen? Das waren Fragen, mit denen sich Friedrich in letzter Zeit häufiger beschäftigt hatte, als ihm lieb war.

Friedrich kam nicht dazu, weiter seinen Gedanken nachzuhängen, denn inzwischen war er in einem lediglich mit Schreibtisch und Sitzgruppe sehr funktionell eingerichteten Büro angekommen.

»Kann ich Ihnen etwas zu trinken anbieten?«

Der Direktorin war anzumerken, dass sie ihre Frage lediglich aus Gewohnheit stellte und nicht ernsthaft damit rechnete, dass ihre Gäste sie bejahten.

Friedrich schüttelte nur den Kopf.

»Setzen Sie sich doch!«, forderte Silke Wittenberger-Munz die beiden Besucher auf und deutete auf die Sitzgruppe, die aus mehreren Ledersesseln und einem runden Holztisch bestand. »Lieber Gott! Ich weiß überhaupt nicht, wo mir der Kopf steht. Ein Amoklauf! An meiner Schule! Kollege Schief tot! Es ist einfach … grauenvoll!«

»Frau Wittenberger-Munz, ich habe leider wenig Zeit für Ihre seelische Befindlichkeit. Da draußen läuft ein Amokläufer herum, und ich will ihn so schnell wie möglich finden. Also: Beantworten Sie bitte meine Fragen! Haben Sie irgendeine Idee, wer das gewesen sein könnte?«

»Ich muss Sie dringend bitten, mir gegenüber einen anderen Tonfall anzuschlagen! Auch wenn Ihnen die Sache genauso an die Nieren geht wie mir und allen anderen, rechtfertigt das nicht, sich hier wie die Axt im Walde aufzuführen!«

»Sie haben recht«, räumte Friedrich ein. »Ich bin einfach noch zu aufgebracht. Meine Tochter und meine Enkelin waren schließlich auch da drin!« Nach einer kurzen Pause fuhr Friedrich fort: »Es tut mir leid.«

Seine Gesprächspartnerin nickte gnädig.

»Also, haben Sie irgendeinen Verdacht?«, versuchte Friedrich es erneut in einem ruhigen Tonfall.

Die Schulleiterin überlegte lange und angestrengt.

»Nein«, sagte sie schließlich entschieden. »Wir sind eine Schule mit über 1000 Schülern. Selbstverständlich ist das kein Hort ewig währender Harmonie. Natürlich gibt es Streitereien und Konflikte. Jeden Tag. Angeblich ungerechte Noten oder Stundenpläne. Streitigkeiten zwischen natur- und geisteswissenschaftlichen Fächern um die Verteilung von Spendengeldern. Vergabe von kleineren oder mittleren Pöstchen. Solcher Kleinkram eben. Aber deshalb wird doch niemand zum Amokläufer!«

»Sie erstellen mir bitte eine Liste! Alle Schüler, die das Gymnasium in den letzten fünf Jahren ohne Abschluss verlassen haben. Schließlich waren die Täter in Erfurt oder Winnenden und auch an der Columbine High School in den USA ehemalige Schüler.«

»Auch die, deren Eltern weggezogen sind? Die woanders ihr Abitur längst in der Tasche haben? Und inzwischen harmlos vor sich hin studieren?«

Friedrich entging die Zurechtweisung nicht, die in den Fragen lag.

»Ja, bitte, die auch«, beeilte er sich deshalb betont höflich nachzuschieben. »Wir wissen nicht, was wirklich aus ihnen geworden ist. Und wir können auch nicht ausschließen, dass jemand von außerhalb extra anreist, um hier Schießübungen zu veranstalten. Und schreiben Sie möglichst immer die letzte Ihnen bekannte Adresse der jungen Leute dazu.«

»Schön. Sie bekommen Ihre Liste. Sobald ich die Zeit finde, sie zu erstellen«, entgegnete die Schulleiterin schnippisch.

»Frau Wittenberger-Munz! Wir spielen hier nicht im Sandkasten! Diese Liste hat absolute Priorität!«

Am Gesichtsausdruck der Schulleiterin erkannte Friedrich, dass er sich schon wieder im Ton vergriffen hatte. Deshalb schlug er einen versöhnlicheren Tonfall an, als er nach einer kleinen Pause fortfuhr: »Können Sie mir sagen, wer die Opfer sind?«

»Die beiden jungen Leute kenne ich nicht mit Namen. Die Frau war für das Catering für das gemütliche Beisammensein hinterher zuständig. Näheres kann ich Ihnen dazu nicht sagen. Das hat alles mein Stellvertreter organisiert.«

»Und der Mann, den der erste Schuss traf?«

»Das ist ... war Alexander Schief. Er war hier Lehrer, ist aber schon vor einem Jahr in Pension gegangen.«

»Können Sie mir sagen, wo wir die Angehörigen von Herrn Schief finden?«

»Er war Witwer. Seine Frau ist gestorben, als er gerade erst mit der Arbeit aufgehört hatte. Die beiden hatten einen

Sohn. Und der Enkel von Herrn Schief ist Schüler von uns. Macht nächstes Jahr sein Abitur. Sie können sich die Adresse nachher von meiner Sekretärin geben lassen.«

Friedrich nickte und kam auf sein Hauptanliegen zurück. »Wie lange brauchen Sie für die Liste?«

»Wenn Sie mir eine Mailadresse geben, haben Sie sie spätestens in einer halben Stunde.

»Vielen Dank. Aber bevor Sie anfangen, habe ich noch eine andere Frage.«

»Bitte.«

»Gab oder gibt es vielleicht Lehrer, die, aus welchen Gründen auch immer, einen Hass auf die Schule entwickelt haben könnten?«

»Nein! Selbstverständlich nicht! Wir haben hier – und das sage ich nicht ohne Stolz – abgesehen von den beschriebenen Nicklichkeiten ein weit überdurchschnittlich gutes Betriebsklima. Es ist also vollkommen absurd, wenn Sie hier unterstellen ...«

»In Ordnung. War ja nur eine Frage. Eine von denen, die ich stellen muss.« Nach einer kurzen Pause des Überlegens fuhr Friedrich fort: »Denken Sie bitte in Ruhe über alles nach, was in den letzten Jahren hier an dieser Schule passiert ist. Vielleicht fällt Ihnen ja doch noch etwas ein, was uns weiterhelfen könnte.«

Silke Wittenberger-Munz nahm das Friedensangebot an. »Falls mir etwas einfallen sollte: Wie erreiche ich Sie?«

Friedrich übergab ihr seine Karte. »Sie können mich jederzeit anrufen. Tag und Nacht«, fügte er hinzu.

Silke Wittenberger-Munz überflog den Text auf der Karte und steckte sie ein.

»Schön.« Friedrich gab Tobias ein Handzeichen zum Aufbruch. »Dann war's das fürs Erste. Das heißt ... ich gehe davon aus, dass morgen kein regulärer Unterricht stattfinden wird?«

»Selbstverständlich nicht!«

»Trotzdem. Ich bitte Sie dringend, dass Sie für morgen früh möglichst viele Lehrer und Schüler zusammentrommeln.«

»Wie soll das denn gehen?«

»Sie verschicken eine Rundmail. Und dann: Unterstufe ins Uhland-, Mittelstufe ins Kepler- und Oberstufe ins Wildermuth-Gymnasium. Oder wo immer sich sonst geeignete Räumlichkeiten finden.« Friedrich sah den mehr als skeptischen Blick der Direktorin. »Wir brauchen so viel Informationen wie möglich und vor allem so schnell es irgend geht. Der erste Tag nach einem Verbrechen ist immer der wichtigste. Also, morgen früh rücken die Beamten der Soko ›Schule‹ zusammen mit extra für solche Fälle geschulten Polizeipsychologen an und reden mit denen, die etwas wissen oder zu wissen meinen. Bitte sorgen Sie dafür, dass möglichst viele Schüler und Lehrer da sind.«

»Sonst noch etwas?« Silke Wittenberger-Munz war anzuhören, dass sie es weder gewohnt war noch besonders schätzte, Anweisungen erteilt zu bekommen.

»Nein. Das war's für den Moment«, gab Friedrich mit einer Spur Schärfe in der Stimme zurück. »Wenn ich weitere Maßnahmen für erforderlich halte, sind Sie die Erste, die davon erfährt.«

»Das freut mich zu hören.« Silke nahm Friedrichs Tonfall auf. »Aber jetzt muss ich Sie bitten, mich zu entschuldigen. In einer halben Stunde kommt wieder jemand vom Fernsehen. Die wollen mit Sicherheit ein Statement von mir. Da will gut überlegt sein, was man da sagt.«

»Dann möchte ich Sie auf keinen Fall länger aufhalten.«

Friedrich verabschiedete sich und machte sich auf den Weg nach draußen. Dabei nagte erneut die Tatsache an ihm, dass er nicht wusste, in welchem Zusammenhang er den Namen Wittenberger-Munz schon einmal gehört hatte.

»Sag mal«, wandte er sich an Tobias, »kommt dir der Name der Direktorin nicht auch irgendwie bekannt vor?«

»Klar. Der stand doch wochenlang im Tagblatt. Das muss vor ungefähr zwei, höchstens drei Jahren gewesen sein. Sie ist die Tochter eines der größten Gewerbesteuerzahler Tübingens und war wegen fahrlässiger Tötung angeklagt. Verkehrsunfall, glaube ich. Ich kann mich noch erinnern, dass das damals ein Riesending war. Halb Tübingen stand Kopf.«

»Stimmt.«

Jetzt kam auch bei Friedrich eine vage Erinnerung zurück. Aber Details wollten ihm immer noch nicht einfallen.

Deshalb fragte er nach, ohne seinen erneut aufkeimenden Ärger zu verbergen: »Und? Was kam raus?«

Tobias, der nicht wissen konnte, dass Friedrich sich über sich selbst aufregte, wunderte sich.

»Wenn ich mich nicht täusche, wurde sie freigesprochen, weil sie den teuersten Anwalt hatte, der überhaupt zu kriegen war«, antwortete er und verhehlte seinerseits nicht seine Verblüffung über Friedrichs Tonfall.

»Und? Weißt du vielleicht auch noch, wie der sie da rausgehauen hat?«

»Nein, beim besten Willen nicht«, sagte der jetzt völlig ratlose Tobias.

Friedrich brummte. Er war alles andere als unzufrieden über Tobias' Antwort. Er freute sich sogar richtig darüber. Auch Tobias hatte ganz offensichtlich Erinnerungslücken. Und der war fast 30 Jahre jünger! Dann war vielleicht doch alles nur halb so wild.

Wieder einmal hatte Friedrich ein Argument dafür gefunden, dass zumindest im Moment keinerlei Handlungsbedarf bestand.

* * *

Friedrich, der Tobias ins Büro zurückgeschickt hatte, blickte auf die Klingelschilder der Adresse in der Nordstadt, die er von der Schulsekretärin erhalten hatte, konnte aber den Namen Schief nirgends entdecken. Er kramte den Zettel aus der Hosentasche, auf den ihm die Sekretärin die Adresse geschrieben hatte. Da stand eindeutig »Pappelweg 19«. Friedrich hob seinen Blick zu dem kleinen Blechschild, auf dem die 19 als Hausnummer zu lesen war. Noch einmal betrachtete Friedrich die

Klingelschilder. »Wagner. Klink. Braitmaier. Weit und breit kein Schief«, murmelte er vor sich hin, schüttelte den Kopf und trat einen Schritt zurück, weil ein Mann Mitte fünfzig mit einem Schlüsselbund in der Hand auf die Haustür zustrebte.

»Entschuldigung«, wandte sich Friedrich an den Ankömmling, »wissen Sie vielleicht, ob hier eine Familie Schief wohnt?«

»Wer will das wissen?«, erkundigte sich der Mann wenig freundlich.

»Holzwarth. Kriminalpolizei Tübingen.«

»Kriminalpolizei? Was wollen Sie denn von ... den Schiefs?«

»Das würde ich Herrn Schief gern selber sagen.«

»Dann nur zu! Ich hieß früher einmal Jörg Schief.«

Da Friedrich ihn verdattert anschaute, deutete der Mann auf sein linkes Bein, das mehrere Zentimeter kürzer war als das rechte, sowie auf die Gehhilfe, die er deshalb benötigte, und fuhr fort: »Wenn man seit seiner Kindheit so aussieht wie ich, ist es nicht besonders lustig, Schief zu heißen. Das können Sie mir glauben! Deshalb habe ich den Namen meiner Frau angenommen, als wir heirateten.«

»Könnten wir vielleicht in Ihre Wohnung gehen? Das, was ich Ihnen sagen muss, möchte ich nur äußerst ungern hier auf der Straße ...«

Als der Sohn des Opfers erfahren hatte, was passiert war, stand er zunächst nur da und bewegte keinen Muskel. Weder an Armen oder Beinen noch im Gesicht. Dann wurde er bleich wie eine Kalkwand, schleppte sich mit erheblicher Mühe zu einem Sofa, ließ sich fallen und vergrub seinen Kopf unter den Kissen. Wenig später sah Friedrich, wie seine Schultern zu zucken begannen. Erst danach war ein leises Schluchzen zu hören.

»Sie müssen das verstehen«, versuchte seine Frau zu erklären. »Jörg hing so an seinem Vater. Manchmal mehr, als mir lieb war«, fügte sie wesentlich leiser hinzu. »Bitte!«, stieß sie nach einer kurzen Phase des Schweigens hervor. »Finden Sie den, der das getan hat! Sie müssen ihn finden! Sonst hat Jörg keine ruhige Minute mehr in seinem Leben!«

Mit einem kurzen Blick zum Sofa stellte Friedrich fest, dass Herr Schief auch weiterhin nicht ansprechbar war. Deshalb versprach er seiner Frau, alles zu tun, was in seiner Macht stand, und verabschiedete sich mit einigen tröstenden Floskeln, für die er sich am liebsten selbst geohrfeigt hätte, als er wieder auf der Straße stand.

* * *

Kaum zurück im Büro, erfuhr Friedrich, dass weder die Straßensperren noch die zusätzlichen Polizeistreifen irgendeinen Erfolg gehabt hatten. Dafür waren bereits alle Mitglieder der neuen Soko eingetroffen.

Annette berichtete vom telefonischen Hinweis einer Spaziergängerin, die mit ihrem Hund unterwegs gewesen war. Sie hatte gegen 15 Uhr einen Motorradfahrer gesehen, der von Derendingen kommend in die Hegelstraße eingebogen war und außergewöhnlich stark in Richtung Blaue Brücke beschleunigt hatte.

»Wann genau?«, fragte Friedrich nach.

»Sie konnte keine exakte Zeit angeben, so sehr ich sie auch bat, sich zu erinnern, glaubt aber, dass es eher vor als nach drei war.«

»Weiß sie, was der Motorradfahrer anhatte?«, fragte Tobias sofort.

»Nicht so richtig«, erwiderte Annette. »Mehr als ›eher dunkel, aber so richtig sicher bin ich mir da nicht‹ war beim besten Willen nicht aus ihr herauszubekommen.«

»Nummernschild?«, erkundigte sich Friedrich ohne große Hoffnung.

»Fehlanzeige«, bestätigte Annette. »Aber dafür ist sie sich ziemlich sicher, dass das Motorrad auffällige Satteltaschen hatte. ›Ziemlich große, schwarze Koffer mit jeder Menge Aufklebern drauf‹, hat sie gesagt.

»Tobias, du rufst beim Tagblatt an. Morgen früh will ich da einen Bericht lesen, in dem außer der allgemeinen Bitte um Hinweise gezielt nach diesem Motorrad auf der Hegelstraße gefragt wird«, ordnete Friedrich an.

In diesem Moment zeigte sein Bildschirm an, dass eine neue E-Mail eingegangen war. Friedrich blickte zuerst auf Absender und Betreff.

»Respekt!«, murmelte er. »Dass das so schnell geht, hätte ich nicht erwartet!«

Die Sekretärin der Schule hatte die von Friedrich angeforderte Liste der abgegangenen Schüler und Schülerinnen bereits geschickt. Es standen 58 Namen darauf.

»Also dann! Die Mädchen können wir streichen. Zumindest zunächst einmal. Mädchen laufen nicht Amok«, verkündete Friedrich. »Oder seht ihr das anders?«

Tobias, Annette und die anderen Soko-Mitglieder schüttelten den Kopf.

»Bleiben 34 übrig«, sagte Friedrich, nachdem er sich die Liste genauer angesehen hatte.

Tobias seufzte. »Und kein Schwein weiß, ob die Adressen überhaupt noch stimmen!«

»Eher nicht«, stimmte Annette zu. »In dem Alter ziehen die doch eher weg, als dass sie zuhause bleiben.«

»Trotzdem!«, entgegnete Friedrich. »Irgendwo müssen wir anfangen. Der Abend hat ja eigentlich erst begonnen. Wir setzen uns jetzt alle an die Computer und recherchieren so weit wie möglich die aktuellen Adressen. Denen, die noch in Tübingen sind, statten wir morgen einen Besuch ab. Und bei den anderen bitten wir die Kollegen vor Ort nachzuprüfen, wo sich die Jungs heute Nachmittag aufgehalten haben.«

Eine Stunde später stand fest, dass tatsächlich noch mindestens zwanzig ehemalige Hesse-Gymnasiasten in Tübingen oder der unmittelbaren Umgebung wohnten.

»Also, diese zwanzig werden wir einzeln aufsuchen!«, kündigte Friedrich an.

»Aber heute nicht mehr?« In Tobias' Frage schwang die Befürchtung mit, dass er noch einmal losgeschickt würde.

»Nein. Für heute ist Feierabend«, beschloss Friedrich. »Das machen wir morgen, sobald wir mit den aktuellen Schülern und Lehrern fertig sind. Und ihr«, wandte sich Friedrich an die die Soko-Kollegen, sucht morgen weiter nach ehemaligen Schülern und stellt fest, wo die sich inzwischen herumtreiben.«

Sowohl Annette als auch Tobias atmeten erleichtert aus.

* * *

Friedrich freute sich nach diesem extrem nervenaufreibenden und auch anstrengenden Tag auf ein Glas Bier vor dem Fernsehapparat.

Zu seiner Überraschung sah er, als er im Hennentalweg angekommen war, vom Gartentor aus, dass in seinem Wohnzimmer Licht brannte. Das konnte nur bedeuten, dass Heiderose Bernrieder von dem Schlüssel Gebrauch gemacht hatte, den sie seit etwas mehr als einem Jahr besaß.

Friedrich hatte Heiderose im Zuge seiner Ermittlungen in einem Mordfall kennengelernt, bei dem die Nachbarin seiner Exfrau in Reusten mit einer Madonnenstatue umgebracht worden war. Mit dem Eintritt Heideroses in Friedrichs Leben war das Ende der Übernachtungsbesuche eingeläutet worden, die er bis dahin Hanna Kirschbaum in größeren Zeitabständen, aber regelmäßig abstattete. Es dauerte zwar einige Zeit, aber dann war nicht nur Friedrich selbst, sondern auch seine Exfrau schließlich froh darüber, dass es eine neue Frau an seiner Seite gab. Einige Monate war Friedrich wirklich glücklich. Das änderte sich jedoch, als Heiderose zuerst zaghaft und in Andeutungen, später immer unumwundener und deutlicher auf das Thema Heirat zu sprechen kam. Friedrich wollte nicht mehr heiraten. Er hatte eine Tochter und eine Enkelin. Besonders Letztere verstand es, ihren Opa problemlos um jeden beliebigen Finger zu wickeln. Friedrich wusste das selbstverständlich, aber es machte ihm nicht nur nichts aus, er genoss es sogar gelegentlich. Damit war sein Bedarf an Familie völlig gedeckt. Auseinandersetzungen mit Heiderose waren die unausweichliche Folge. Schließlich war es zu einem halbherzigen Kompromiss gekommen: Sie würden innerhalb der nächsten beiden Jahre nicht heiraten, aber dafür ab sofort zusammen wohnen. Heiderose kündigte ihre eigene Zwei-Zimmer-Wohnung und zog in den Burgholzweg um, wo sie eine Vier-Zimmer-Wohnung gefunden hatte, die ausreichend Platz für zwei Personen bot. Friedrich seinerseits überreichte seinem Vermieter schweren Herzens die Kündigung für die Räume im Hennentalweg. Der Umzug sollte am nächsten Wochenende stattfinden.

Dass Heiderose jetzt im Hennentalweg saß, bedeutete, dass Friedrich den restlichen Abend nicht mit einer Sportübertragung auf Sky, sondern mit der Diskussion verbringen würde, wann und wo denn jetzt endlich die Möbel gekauft werden würden, die nach Heideroses Ansicht die wenigen Einrichtungsgegenstände ersetzen sollten, die Friedrich besaß. Mehr ernsthaft als im Scherz hatte sie seine Schränke und das Bett mehrfach als besseren Sperrmüll bezeichnet.

Auch wenn Friedrich sich das nicht eingestehen wollte, wäre es ihm wesentlich lieber gewesen, wenn er seine Wohnung heute für sich gehabt hätte. In letzter Zeit hatte er sich schon mehrfach bei dem Gedanken ertappt, wie es wäre, wieder als Single durch Tübingen zu wandeln. In der Summe war er immer häufiger zu dem Schluss gelangt, dass die Vorteile überwogen. Zu Konsequenzen hatte das bei ihm aber bislang nicht geführt. Er gab Heiderose nach solchen Überlegungen allenfalls brummige Antworten auf Fragen, die nicht brummig gestellt worden waren. Heiderose ließ ihn dann entweder in Ruhe, oder sie war ganz besonders aufmerksam zu ihm. In beiden Fällen dauerte es nicht lange, bis Friedrich nicht weiter über seine Missstimmung im Hinblick auf die Frau an seiner Seite nachdachte und zu einem ausgeglichenen Seelenzustand zurückfand.

Auch jetzt unterdrückte er seine Sehnsucht nach Fußball mit Bier und stellte sich darauf ein, stattdessen noch mit Heiderose über die neue Wohnung zu plaudern, bevor sie ins Bett gingen. Er seufzte und steckte den Schlüssel ins Schloss.

Donnerstag, 13. Juni

Friedrich Holzwarth, Annette Winter und Tobias Kemper verteilten sich am nächsten Morgen auf die drei Schulen in der Uhlandstraße. Dort warteten – nach Unter-, Mittel- und Oberstufe getrennt – die Schüler und Lehrer, die ihre Direktorin davon hatte überzeugen können, trotz der Ereignisse des Vortages zu einer polizeilichen Befragung zu erscheinen. Nach mehreren Stunden häufig quälender Gespräche der Soko-Beamten mit teils übereifrigen, teils sehr maulfaulen Kindern und Jugendlichen waren sich die Ermittler einig, dass nichts Verwertbares dabei herausgekommen war. Neben zahlreichen Hinweisen darauf, dass viele, ganz überwiegend männliche Jugendliche ihre Freizeit mit Egoshooter-Spielen verbrachten, wurde im Wesentlichen die Vermutung geäußert, es könne sich bei dem Täter wohl nur um jemanden handeln, der wahlweise als Spinner, Geisteskranker, Verrückter oder komplett durchgeknalltes Monster zu bezeichnen sei. Die Befragung der Lehrer hatte ebenso wenig erbracht.

Entsprechend schlecht gelaunt waren Friedrich und Tobias, als sie wieder zurück in Friedrichs Büro waren. Nur Annette Winter schätzte den Erfolg der Aktion geringfügig anders ein. Sie war schon dabei gewesen, den Autoschlüssel aus ihrer Handtasche zu fischen, als ihr eine Schülerin nachgelaufen kam.

»Frau Winter … warten Sie doch mal!«, rief sie Annette zu.

Die Polizistin blieb stehen und musterte die junge Frau. Das stark geschminkte Gesicht, die gegelten Haare und die hochhackigen Schuhe erweckten bei Annette den Eindruck, die Siebzehnjährige komme eher aus einer Diskothek als aus einer Schule, in der die Hochschulreife abgelegt werden konnte.

»Ja?«, fragte Annette, als die Schülerin zwar bei ihr angekommen, aber dann nur stumm vor ihr stehen geblieben war.

»Ich ... ich weiß was ... vielleicht ...«

»Jetzt sagen Sie mir bitte zuerst einmal Ihren Namen«, bat Annette und zückte ihren Notizblock.

»Sabrina. Sabrina Leonhardt. K 1.«

»Also, Frau Leonhardt, was haben Sie mir zu sagen?«

Annette wählte bewusst den sachlichen und ernsten Tonfall, den sie auch einer erwachsenen Frau gegenüber angeschlagen hätte. Sie wollte ihrer Gesprächspartnerin unbedingt das Gefühl vermitteln, dass sie sie ernst nahm.

»Ich weiß nicht ... wahrscheinlich hat das alles gar nichts zu bedeuten ...« Sabrina war nicht in der Lage, ihre Hände ruhig zu halten. »Sie müssen mir eins versprechen! Vanessa darf auf gar keinen Fall erfahren, dass ich mit Ihnen gesprochen habe!«, forderte sie von Annette.

»Jetzt mal ganz langsam. Eins nach dem anderen. Wer ist Vanessa?«

»Vanessa Schittenhelm. Meine Freundin.« Sabrina ließ eine kleine Pause folgen. »Zumindest war sie das noch bis vor einer Woche.«

»Schön. Und was möchten Sie mir jetzt von Ihrer Freundin ... Exfreundin erzählen?«

»Gar nichts, zumindest so lange nicht, bis Sie mir versprechen, dass mein Name herausgehalten wird.«

»Wenn es für die Ermittlungen nicht erforderlich ist, besteht kein Anlass, Sie persönlich in die Sache hineinzuziehen.«

»Das ist mir zu wenig! Sie müssen es mir wirklich fest zusagen!«

Annette verlor langsam die Geduld. »Frau Leonhardt, jetzt hören Sie mir mal gut zu! Das hier ist keine Teenie-Soap mit Zickenkrieg! Ich suche einen Amokläufer! Lediglich aufgrund eines glücklichen Zufalls konnte er daran gehindert werden, jede Menge Menschen umzubringen. Ich möchte mir nicht ausmalen, was noch alles hätte geschehen können. Also, entweder sagen Sie mir jetzt auf der Stelle, was Sie sagen wollten, oder wir beenden das Gespräch!«

Sabrinas Gesicht spiegelte den Kampf wider, den sie mit sich selbst ausfocht.

Schließlich stieß sie, ohne Atem zu holen, hervor: »Fragen Sie sie! Fragen Sie Vanessa, ob sie Ihnen sagen kann, wo Karsten zur Tatzeit war!«

»Wer ist nun wieder Karsten?«

»Karsten Melchert. Der Hausmeister. Zumindest war er das bis vor Kurzem.«

Zu weiteren Auskünften schien Sabrina nicht bereit zu sein.

Annettes nach oben gezogene Augenbraue verriet ihre Unzufriedenheit über das Verhalten ihrer Gesprächspartnerin. »Frau Leonhardt, so kommen wir wirklich nicht weiter!«

Sabrina, deren Finger bisher ständig an ihrem Kleid oder ihren Haaren herumgezupft hatten, stemmte jetzt die Hände in die Hüften. Ihr Gesicht verlor jede Spur von Unsicherheit.

»Vergessen Sie's! Ich sag überhaupt nichts mehr! Sehen Sie doch alleine zu, wie Sie diesen Irren finden!«

»Wenn Sie etwas wissen, ist es Ihre Pflicht ...«

Annette führte ihren Satz nicht zu Ende, weil Sabrina sich auf dem Absatz herumgedreht und die Polizistin einfach stehen gelassen hatte.

Annette überlegte, ob sie Sabrina nachlaufen und versuchen sollte, sie zu einer Aussage zu zwingen. Aber ihr war klar, dass sie über keinerlei Druckmittel verfügte. Deshalb schien es ihr ratsamer, die Schülerin zunächst in Ruhe zu lassen. Sie kannte ihren Namen und die Klasse, konnte sie also jederzeit finden. Vielleicht schaffte es ihr Kollege Holzwarth als deutlich älterer Mann und ausgestattet mit der Autorität eines Kriminalhauptkommissars eher, sie zum Reden zu bringen.

* * *

Annette kam als Letzte zurück ins Kommissariat und berichtete kurz von Sabrina und ihren vagen Hinweisen auf den Hausmeister der Schule. Friedrich Holzwarth und Tobias Kemper lasen gerade Zeitung. Auf den Schreibtischen lagen weitere regionale und überregionale Blätter verstreut.

»Du bist die neue Heldin der Nation«, empfing Tobias seine Kollegin. »Hier: Stuttgarter Zeitung. ›Beherzte Polizistin verhindert Schlimmeres‹.« Er nahm eine andere Zeitung vom Schreibtisch, blätterte darin und las dann vor. »›Nicht auszudenken, was noch hätte passieren können, wäre die junge Beamtin nicht sofort so todesmutig eingeschritten.‹ Und hier: die ›Bild‹ …«

Friedrich verzog sein Gesicht, als ob ihn körperliche Schmerzen quälten. »Tobias, bitte! Du weißt genau, was ich von diesem … ›Großbuchstaben-Journalismus‹ halte.«

Tobias ließ sich durch den Einwurf seines Vorgesetzten nicht aus der Ruhe bringen. »›Bildhübsche Kommissarin legt irren Todesschützen aufs Kreuz.‹«

Annette, die es nicht gewohnt war, im Mittelpunkt des allgemeinen Interesses zu stehen, beeilte sich, das Gespräch auf ein anderes Thema zu lenken.

»Schreiben sie was zu unserem Flop mit dem Typen im Landratsamt?«, warf sie deshalb in die Runde.

Friedrich seufzte. »Von wohlwollendem Verschweigen bis zu vor Häme triefenden Kommentaren ist alles vertreten.«

»Woher wissen die Pressefritzen eigentlich von der Verhaftung im Landratsamt?«, wunderte sich Annette.

»Keine Ahnung!«, schnaubte Friedrich. »Wahrscheinlich konnte unser … Verdächtiger dem lukrativen Angebot eines Journalisten nicht widerstehen. Und wenn so etwas einmal raus ist …«

Tobias Kemper stimmte bissig zu. »Das werden sie uns noch aufs Brot schmieren, wenn ich in Rente gehe.«

»Nicht, wenn wir den Täter so schnell wie möglich fassen!«

In Friedrich erwachte Kampfgeist. Er wandte sich an Annette Winter und drei der Soko-Mitglieder.

»Los! Wir kümmern uns jetzt um die ehemaligen Schüler, deren Adressen wir schon kennen! Jeder nimmt vier.«

»Und was mache ich?«, maulte Tobias Kemper.

Seine Verärgerung rührte daher, dass in letzter Zeit immer häufiger Annette Winter Friedrich bei seinen Außeneinsätzen begleitete.

»Du und die anderen bleiben vorerst hier. Wir brauchen jemanden, der die bisher schon eingegangenen Anrufe aus der Bevölkerung sichtet. Und einen Ansprechpartner für die Leute, die erst noch aufgrund des Aufrufs in allen Zeitungen und wahrscheinlich auch im Fernsehen reagieren.«

Tobias' Gesicht verfinsterte sich weiter. Das bedeutete, dass er sich wieder einmal mit den Denunzianten, Spinnern und Wichtigtuern herumschlagen musste, die sich bei jedem gravierenderen Verbrechen bei der Polizei meldeten.

»Wieso schon wieder ich?«, murmelte er vor sich hin.

Obwohl Friedrich Tobias' Gemurmel genau gehört hatte, ging er mit keinem Wort darauf ein. Mit einem »Wir sehen uns später« verabschiedete er sich von ihm.

* * *

Friedrich hatte seine vier Besuche absolviert. Drei der Geschichten, die ihm erzählt worden waren, klangen nicht nur plausibel, sondern wurden auch von Dritten unmittelbar oder telefonisch bestätigt: Einer der ehemaligen Gymnasiasten hatte seine Schwester aus dem Krankenhaus abgeholt, ein anderer mit mehreren Freunden im Freibad Volleyball gespielt und ein weiterer hatte mit seinem Vater das Grillfest vorbereitet, das anlässlich dessen sechzigstem Geburtstag gefeiert werden sollte. Nur bei Michael Bollinger schien es zunächst interessanter zu werden. Friedrich hatte in dem Moment vor dem Haus seiner Eltern gehalten, als Michael die Haustür von außen schloss und gemächlich auf ein Auto zuging, das am

Straßenrand geparkt war. Friedrich ging auf ihn zu und stellte sich vor. Auf seine Frage, wo er am Mittwochnachmittag gewesen sei, antwortete Michael ohne sichtliches Interesse »In meiner Werkstatt«, ließ Friedrich einfach stehen, schwang sich ins Auto und brauste mit quietschenden Reifen davon.

Friedrich klingelte dennoch am Haus und befragte Michaels Mutter. Nach ihrer Aussage war Michael am Tag zuvor vom Mittagstisch aufgestanden und in seiner Werkstatt verschwunden, die er sich im Keller neben der Waschküche eingerichtet hatte. Dort produzierte er aus Europaletten, einer Glasplatte und vier Rollbeinen Tische, die reißenden Absatz fanden. Seine Freunde nannten ihn seither nur noch »Paletten-Mike«.

»Wissen Sie«, beendete Michaels Mutter ihren Bericht, »zuerst schien es eine Katastrophe zu sein, dass er vom Gymnasium geflogen ist. Aber inzwischen ist er richtig froh darüber. Michael hat etwas gefunden, was ihm Spaß macht und von dem er gut leben kann. Ich bin mir sicher, dass er mit keinem Akademiker tauschen möchte.«

»Wie können Sie so sicher sein, dass Ihr Sohn den ganzen Nachmittag über in der Werkstatt war?«, fragte Friedrich nach.

»Weil ich ihn die ganze Zeit hämmern und bohren hörte. Und weil ich ihm so gegen drei Uhr am Nachmittag Kaffee und Kuchen runtergebracht habe!«

Michaels Mutter war anzuhören, dass ihr die Fragerei lästig wurde.

Friedrich bedankte und verabschiedete sich. Michael Bollinger konnte von der Liste der potenziellen Amokläufer ebenfalls gestrichen werden.

* * *

»Der Junge ist nicht da. Und ich habe auch keine Ahnung, wo er sich schon wieder herumtreibt«, antwortete Christiane Buschschulte, nachdem Annette sich vorgestellt, den Ausweis gezückt und sie nach ihrem Sohn Henning gefragt hatte.

Die restlichen Adressen, bei denen Annette zuvor gewesen war, hatten keine Ergebnisse gebracht. Wie bei Friedrich wurden die jeweiligen Alibis der ehemaligen Schüler von Verwandten oder Freunden bestätigt.

»Entweder er sitzt den ganzen Tag vor dem Computer und macht ... keine Ahnung, was er da eigentlich macht. Oder er streunt durch die Gegend.«

Annette konnte den Widerwillen ihrer Gesprächspartnerin nicht überhören. Erst auf ihre ausdrückliche Bitte hin bat Christiane Buschschulte sie herein. Schließlich saß sie Hennings Mutter in einem Wohnzimmer gegenüber, das zeigte, dass Sauberkeit und Ordnung bei ihr einen sehr hohen Stellenwert besaßen. Die Fenster wirkten frisch geputzt. Auf dem Teppichboden war keine einzige Fluse zu sehen. Nichts lag herum, alles wirkte aufgeräumt. Selbst eine Schale mit Äpfeln machte eher den Eindruck eines sorgfältig platzierten Dekoartikels. Annette konnte sich kaum vorstellen, dass hier tatsächlich Menschen ihren Alltag verbrachten.

»Können Sie uns vielleicht sagen, wo Ihr Sohn gestern Nachmittag war? So zwischen 15 und 18 Uhr?«, fragte die Polizistin.

»Warum wollen Sie das wissen?« Christiane Buschschultes Frage war eher ängstlich als herausfordernd.

»Im Moment ist es eine reine Routinefrage«, beeilte sich Annette zu versichern. »Also, wo war Ihr Sohn?«

»Keine Ahnung. Sein Zimmer liegt ganz oben. Unter dem Dach. Da höre ich es in der Regel nicht, ob er da ist oder nicht.« Aus Christiane Buschschultes Stimme klang Resignation heraus. »Henning meldet sich schon lange nicht mehr bei mir ab, wenn er das Haus verlässt. Manchmal ist er wochenlang weg. Ich sterbe dann immer fast vor Angst. Ich meine, wenn ich keine Ahnung habe, wo er ist.«

»Und wovon lebt Ihr Sohn?«

»Wenn er zurück nach Hause kommt, stecke ich ihm immer etwas zu. Aber sonst: Ich weiß es wirklich nicht. Irgendeine Geldquelle muss er haben. Vielleicht diese ... Frau Anfang dreißig, die sich eines Morgens in meinem Badezimmer geduscht hat. ›Svenja. Meine Freundin.‹ Das war alles, was er gesagt hat. In einem Tonfall, der weiteres Nachfragen sinnlos gemacht hat. Hoffentlich sorgt sie für ihn. Das, was er von mir bekommt, reicht bestimmt hinten und vorne nicht. Trotzdem: Es ist doch das Einzige, was ich noch für ihn tun kann.«

Annette fiel die Bitterkeit auf, mit der vor allem der letzte Satz gesprochen worden war.

»Wissen Sie, wo diese Svenja wohnt?«

»Keine Ahnung. Aber ich kann Ihnen vielleicht ihre Telefonnummer geben.«

Christiane Buschschulte fing Annettes erstaunten Blick auf.

»Eine Svenja rief vorgestern hier an. Ob Henning da sei. Ich verneinte. Sie bat mich, ihm auszurichten, er solle ganz dringend seine Freundin anrufen. Die Nummer müsste noch in der Anrufliste des Telefons stehen.«

Nachdem Annette sich die Ziffernfolge notiert hatte, wechselte sie das Thema.

»Sagen Sie, warum hat Ihr Sohn eigentlich vor knapp drei Jahren das Hesse-Gymnasium ohne Abitur verlassen?«

Offensichtlich hatte Annette einen wunden Punkt getroffen, denn Hennings Mutter begann zu schluchzen. Annette gab ihr die Zeit, die sie brauchte, um sich wieder zu fassen.

»Er wurde rausgeschmissen. Weil er zweimal nacheinander nicht versetzt werden konnte. Obwohl er eigentlich immer ein durchschnittlicher Schüler gewesen war. Das war sehr, sehr schlimm für ihn. Schon als kleines Kind saß er stundenlang in seinem Zimmer und hat gebastelt. Erst mit Lego, dann mit Fischer-Technik. Später begann er, aus Holz Häuser nach eigenen Zeichnungen zu konstruieren. Seit er vierzehn war, stand für ihn fest, dass er unbedingt Architektur studieren wollte. Es hat Monate gedauert, bis er nach dem Rausschmiss wenigstens wieder einigermaßen ansprechbar war. Manchmal denke ich, dass er bis heute nicht wirklich darüber weggekommen ist.«

»Wie kam es dann zu einem solchen Leistungsabfall bei Ihrem Sohn?«

»Der Tod seines Vaters. Das hat ihn vollständig aus der Bahn geworfen.«

Es folgte eine längere Pause, die Annette nicht unterbrach.

»Wir sind erst vor sieben Jahren von Norddeutschland hierhergezogen«, erklärte Frau Buschschulte. »Henning tat sich ziemlich schwer, Freunde zu finden. Aber er war ja schon immer etwas eigenbrötlerisch. Na ja, Geschwister hat er ja leider keine. Nicht einmal ich kam an ihn heran. Nur sein Vater. Der war sein Ein und Alles! Bis er in die Klinik musste. Sie haben ihn aufgeschnitten und ihn sofort wieder zugenäht. Krebs. Es war nichts mehr zu machen. Seither war mit Henning nichts mehr anzufangen. Er machte keine Hausaufgaben mehr. Hat die Schule geschwänzt. Verschwand oft tagelang von der Bildfläche. Inzwischen taucht er wie gesagt nur noch sporadisch hier auf.«

Annette hatte den Eindruck, dass Frau Buschschulte richtig froh war, das alles endlich einmal jemandem erzählen zu können.

»Ich habe alles versucht. Gutes Zureden. Strenge. Zuletzt wollte ich sogar zu einem Psychiater mit ihm. Aber er weigerte sich strikt. Mein Bruder meint, ich soll ihn einfach in Ruhe lassen. ›Der fängt sich wieder‹, sagt er. Der hat gut reden! Seine Kinder studieren beide fleißig!«

Annette verspürte keine Lust, sich weitere Ausführungen zu innerfamiliären Verhältnissen der Buschschultes anzuhören.

»Tun Sie mir bitte einen Gefallen?«, fragte sie deshalb in einer Pause, die Frau Buschschulte zum Luftholen machte, höflich. »Sagen Sie Ihrem Sohn, er soll mich bitte anrufen. Hier ist meine Karte.«

Frau Buschschulte, der erst jetzt aufzufallen schien, dass sie etwas zu weit gegangen war, neigte den Kopf und murmelte: »Natürlich. Sobald ich ihn sehe, werde ich es ihm ausrichten.« Sie hob den Kopf wieder. »Er hat doch nichts ausgefressen, oder?«, erkundigte sie sich.

Es war ihr anzuhören, dass sie sich vor der Antwort fürchtete.

»Wie schon gesagt: Es handelt sich um reine Routinefragen. Machen Sie sich keine Sorgen!«

Annette brachte es nicht übers Herz, der Frau zu sagen, warum Henning Buschschulte ein Alibi brauchte. Stattdessen bat sie seine Mutter um eine möglichst aktuelle Fotografie ihres Sohnes, die sie wenige Minuten später ausgehändigt bekam.

* * *

Nach der Befragung der ehemaligen Schüler kehrten sowohl Friedrich als auch Annette in ihr Büro zurück. Die meisten der anderen Soko-Mitglieder waren ebenfalls bereits anwesend. Ihre Befragungen hatten kein verwertbares Ergebnis gebracht. Tobias saß wie auf Kohlen, als er den Kollegen zuhörte. Er konnte es kaum abwarten, bis er mit seinem Bericht an der Reihe war.

»Wir haben den Motorradfahrer! Den mit den auffälligen Satteltaschen«, fügte er hinzu, als er Annettes verständnislose Miene sah.

»Und? Hilft es uns weiter?« Friedrichs Stimme verriet seine Aufregung.

»Das kann man wohl sagen. Ein Kollege vom Verkehr ist hier hereingeschneit. Unmittelbar nachdem ihr gegangen wart. Gestern, kurz nach halb vier, ist an der Lustnauer Adlerkreuzung ein schrecklicher Unfall passiert. Das Motorrad mit den Satteltaschen raste mit mindestens Tempo 120 an der Autoschlange vorbei, die in Richtung Bebenhausen über die Kreuzung fahren wollten. Der Fahrer glaubte wohl, dass er es noch bei Hellrot schaffen könnte. Er schaffte es nicht und konnte dann natürlich auch nicht mehr bremsen. Ein Lieferwagen kam von Pfrondorf runter. Unser Motorradfahrer hatte nicht den Hauch einer Chance. Jetzt liegt er in der Klinik. Die Ärzte können noch nicht sagen, ob er durchkommt.«

Annette verarbeitete die Informationen schneller als Friedrich.

»Vielleicht *wollte* der Fahrer, dass er keine Chance hat!«

»Sie meinen«, spann Friedrich den Faden jetzt weiter, »das war möglicherweise gar kein Unfall, sondern vielmehr eine Art Selbstmord? Als trauriger Abschluss eines Amoklaufs?«

»Möglicherweise. Dafür könnte die Richtung sprechen, aus der er gekommen ist.«

»Unterstellt«, überlegte Tobias laut, »er ist am Hesse-Gymnasium gestartet, könnte er gut über die Hegelstraße, an der Blauen Brücke vorbei und über die B 27 nach Lustnau gefahren sein.«

»Andererseits haben wir doch auch oft genug Fälle, bei denen Leute bei schönstem Wetter und ohne Beteiligung Dritter gegen Brückenpfeiler fahren, ohne dass sie vorher Amok gelaufen sind«, dämpfte Friedrich die aufkommende Euphorie. »Und dann die ganzen Geisterfahrer. Das ist oft auch nichts anderes als ein verbrämter Suizid.«

»Der Verletzte heißt übrigens Leonidas Fotiadou«, ergänzte Tobias nach einer kurzen Phase der Ruhe.

»Fotiadou? Fotiadou?« Annette überlegte. »Hieß nicht einer auf dieser Liste mit den Schulabbrechern so?«

»Treffer!« Tobias war anzuhören, dass er langsam fürchtete, Annette schmälere seinen Ermittlungserfolg. »Raphael Fotiadou. Wohnt in Holzgerlingen. Die Böblinger Kollegen waren schon dort. Der Junge lebt allerdings schon seit einem Monat in Griechenland bei seinen Großeltern.«

Mehrere Minuten sagte niemand ein Wort. Bis Friedrich erneut das Wort ergriff.

»Also? Was haben wir?«

Annette und Tobias kannten diese Frage ihres Vorgesetzten. Mit ihr pflegte er eine Zusammenfassung der bisherigen Erkenntnisse einzuleiten. Wie immer nahm er dabei die Finger seiner linken Hand zu Hilfe.

»Erstens: Unmittelbar nach der Tat wird das Motorrad in relativer Nähe zum Tatort gesehen. Schon da fährt es ungewöhnlich schnell. Zweitens: Wenig später verursacht der Fahrer einen Unfall, bei dem er schwer verletzt wird. Drittens: Ob er ›nur‹ völlig schwachsinnig gefahren ist, oder ob er den Unfall verursachen wollte, können wir nicht mit Sicherheit sagen. Viertens: Ein Schüler desselben Namens war mal Schüler auf dem Hesse-Gymnasium.«

Als klar war, dass ein »Fünftens« nicht folgen würde, beeilte sich Tobias, Schlussfolgerungen zu ziehen.

»Mal unterstellt, dass die beiden Fotiadous Vater und Sohn sind, passt einiges zusammen. Der Vater ist sauer auf die Schule, zum Beispiel weil sie seinen Junior rausgeschmissen haben. Er fährt hin, schießt um sich, flüchtet und bringt sich schließlich um. Wie findet ihr das?«

»Ehrlich gesagt ziemlich dünn«, antwortete Annette. »Selbst *wenn* es sich um Vater und Sohn handeln sollte, und *wenn* der Junge rausgeschmissen wurde: Reicht das als Motiv für einen Amoklauf? Und vor allem: Warum erst jetzt? Du hast selbst gesagt, dass der eventuelle Sohn schon seit einem Monat wieder in Griechenland ist. Glaubst du im Ernst, dass der Vater so lange die Hände brav in den Schoß legt und dann mir nichts, dir nichts aus heiterem Himmel zuschlägt? Ich nicht!«

»Trotzdem!«, entschied Friedrich. »Wir werden der Sache nachgehen. Wenn wir Zeit dafür haben.«

»Ich habe jetzt Lust auf etwas Süßes. Will sonst noch jemand einen Kaffee oder so?«, unterbrach Annette die Stille, die eingetreten war.

Beide Männer schüttelten den Kopf, und Annette machte sich auf den Weg zur Kantine.

Tobias nutzte ihre Abwesenheit sofort aus. »Fritz? Hast du unserer reizenden Kollegin eigentlich schon gratuliert?«

»Selbstverständlich! Ich habe ihr gesagt, dass es richtig gut war, wie sie den Amokläufer …«

»Nein, das meine ich nicht! Annette hat heute Geburtstag. Hast du ihr *dazu* schon gratuliert?«

»Ich hatte keine Ahnung! Wenn ich gewusst hätte …«

»Das macht nichts. Im Gegenteil. Dann wird die Überraschung umso größer!«

»Was für eine Überraschung?« Friedrich schaute seinen Kollegen skeptisch an.

»Die Annette ist doch noch relativ neu in Tübingen und kennt wahrscheinlich kein Schwein. So viel, wie die jeden Tag arbeitet. Und deshalb hat Cornelia vorgeschlagen, dass wir Annette einen unangemeldeten Besuch abstatten. Sonst würde sie doch auch noch an ihrem Geburtstag mutterseelenallein in ihrem Zimmer sitzen und das heulende Elend kriegen.«

Daran, dass die langjährige Schreibkraft Cornelia Rieker immer wieder, wenn auch nur mit sehr mäßigem Erfolg, versuchte, eine Verbesserung des Betriebsklimas durch gemeinsame Aktivitäten im Privatbereich zu erreichen, war Friedrich gewohnt. Aber dass ausgerechnet Tobias Feuer und Flamme für Cornelias Plan zu sein schien, wunderte Friedrich sehr. Andererseits: Annette Winter war eine attraktive junge Frau. Wahrscheinlich war genau darin der Grund für Tobias' plötzlichen Eifer zu sehen. Friedrich selbst war kein Freund von privaten Kontakten unter Kollegen. Aber er wollte auch kein Spielverderber sein. Deshalb stimmte er zu, als Tobias vorschlug, sich um 20 Uhr mit Cornelia vor Annettes Wohnung in der Fürststraße treffen. Die Sekretärin war sicher bereit, vorher noch eine Flasche Sekt und einen Blumenstrauß zu besorgen.

Die beiden Männer waren mit ihrem Gespräch keine Sekunde zu früh fertig. Annette kam zurück und vermittelte, durch eine Nussschnecke gestärkt, einen tatendurstigen Eindruck.

»Wie gehen wir weiter vor?«, fragte sie, nachdem sie sich auf ihren Schreibtisch gesetzt hatte.

Bevor einer der Männer antworten konnte, klopfte es an der Tür. Karlheinz Grüter, seit vielen Jahren bei der Tübinger Kriminalpolizei auf Eigentumsdelikte im Bereich des organisierten Verbrechens spezialisiert, grüßte die Anwesenden kurz durch ein Nicken.

»Bei der Waffe, die der Amokläufer benutzte«, berichtete er ohne einen einleitenden Satz, »handelt es sich um eine HK USP …«

»Worum?«, unterbrach Tobias.

»Eine Heckler & Koch Universal Selbstlade-Pistole mit der Typenbezeichnung P 8. Sie stammt aus Bundeswehrbeständen. Von dem Diebstahl aus einem Waffendepot in Bayern vor sechs Wochen. Ich habe mit den bayerischen Kollegen telefoniert, die den Fall bearbeiten. Gestohlen wurden in Bayern insgesamt 257 Waffen, davon vierzehn Pistolen vom Typ P 8.«

»Habt ihr eine Idee, wie eine dieser vierzehn Pistolen ausgerechnet nach Tübingen gekommen ist?«, fragte Friedrich.

»Die kann auf dem Schwarzmarkt jeder x-Beliebige kaufen. Und mitnehmen, wohin er will. Es ist nahezu aussichtslos, die genauen Wege herausfinden zu wollen. Zumindest solange niemand weiß, wer die Dinger in Bayern geklaut hat.«

Sowohl Friedrich als auch Tobias nickten.

»Auf alle Fälle«, versprach Karlheinz Grüter, »halten wir Augen und Ohren offen, ob irgendwo hier in der Gegend weitere Waffen dieses Typs auftauchen.«

»Was ist mit unseren V-Leuten?«

»Die haben wir natürlich zuerst gefragt. Bisher nichts.«

Karlheinz Grüter hatte nichts mehr zu sagen. Friedrich bedankte sich knapp. Sein Kollege nickte den anderen ohne eine weitere Äußerung zu und verließ das Büro.

Friedrich versuchte zu ordnen, was er gerade gehört hatte. Von 257 gestohlenen Waffen war mindestens eine in Tübingen aufgetaucht. Es sprach viel dafür, dass der Amokläufer sich auf dem Schwarzmarkt eingedeckt hatte. Die Chancen, den Täter über die verwendete Pistole zu finden, waren also denkbar schlecht.

»Mit der Waffe kommen wir zumindest im Augenblick nicht viel weiter.«

Friedrich beendete seine kurze Phase des Nachdenkens und wandte sich an Tobias mit der Frage, ob die Aufrufe in den Zeitungen etwas Vernünftiges erbracht hatten.

»Was ich von Anfang an gesagt habe«, schimpfte Tobias. »Nur Verrückte. Die übliche Palette. Die Mafia. Aliens, die sich an uns rächen wollen, weil wir unseren Planeten als Teil des Universums rücksichtslos ausbeuten. Ein Nachbar, der schon immer nicht ganz geheuer war. Der Mann, dem die Exfrau inzwischen alles zutraut. Und nicht zu vergessen solche, die behaupten, das auserwählte Werkzeug für die Tat gewesen zu sein. Entweder vom Teufel, der vorhat, die Weltherrschaft an sich zu reißen. Oder vom Messias, der dem gottlosen Treiben nicht länger zusehen will.«

Friedrich stöhnte. »War denn überhaupt nichts Brauchbares dabei?«

»Vielleicht ... *ganz* vielleicht zwei Anrufe.« Tobias stand auf und holte sein Handy aus der Hosentasche, das seit einiger Zeit den alten Spiralblock ersetzte, auf dem er sich bisher Ermittlungsergebnisse notiert hatte. »Eine Frau Denzinger, Luise Denzinger, Stauffenbergstraße 78, hat berichtet, dass ihr Untermieter ein Verhältnis mit einem 17-jährigen Mädchen hat.«

»So etwas soll gelegentlich vorkommen«, knurrte Friedrich. »Und was hat das mit unserem Amokläufer zu tun?«

»Der Liebhaber ist Junglehrer am Hesse-Gymnasium. Und die Mutter des Mädchens soll nach Auskunft von Frau Denzinger ziemlich sauer deswegen sein. Und außerdem hat sie gesagt«, Tobias sah auf seinem Handy nach, »... wirkte diese Mutter irgendwie gewalttätig.«

»Ziemlich weit hergeholt. Findest du nicht?«, fragte Annette.

Friedrich nickte zustimmend.

»Ich habe nicht behauptet, dass ich euch hier eine brandheiße Spur präsentiere«, erwiderte Tobias mit einem Anflug von Beleidigtsein. »Aber solange wir völlig im Dunkeln tappen, müssen wir wohl oder übel mit dem vorliebnehmen, was wir haben.«

»Was ist mit dem zweiten Anruf?«, beschwichtigte Friedrich.

»Anonym. Wir sollen uns den Hausmeister ansehen. Nur dieser eine Satz. Danach wurde die Verbindung sofort wieder unterbrochen.«

»War es ein Mann oder eine Frau?«, wollte Annette wissen.

»Schwer zu sagen. Die Stimme war verstellt. Trotzdem: eher eine Frau.« Tobias legte sein Handy beiseite. »Das war's. Was meint ihr? Lohnt es sich, da nachzufassen?«

»Wir müssen im Moment noch nach jedem Strohhalm greifen«, bestimmte Friedrich. »Also kümmere ich mich um diesen Hausmeister, während ihr rumtelefoniert, ob es weitere Ergebnisse bei den auswärtigen Exgymnasiasten gibt.«

Tobias sah seinen Chef fragend an. »Und die Vermieterin dieses Lehrers, der mit seiner Schülerin ins Bett steigt?«

»Um die kümmern wir uns, wenn wir Zeit dafür haben.« Friedrich machte keinen Hehl daraus, dass Luise Denzinger nicht allzu weit oben auf seiner Prioritätsliste stand. »Machen wir uns an die Arbeit!«, forderte er Annette und Tobias auf.

»Wenn Sie ohnedies schon wegen des Hausmeisters an der Schule sind, könnten Sie sich doch auch gleich um Sabrina Leonhardt kümmern«, schlug Annette noch vor, ehe Friedrich sich auf den Weg machte.

»Wer ist Sabrina Leonhardt?«

Friedrichs Stimme wurde eine Spur kräftiger. Er war es gewohnt, Aufgaben zu verteilen, nicht, sie zugeteilt zu bekommen.

»Das ist die Schülerin der Stufe K 1, die vielleicht etwas weiß, es *mir* aber nicht sagen will«, informierte Annette Friedrich.

»Schön, ich knöpfe mir die junge Dame vor. Und jetzt an die Arbeit!«

* * *

Silke Wittenberger-Munz war gerade auf dem Sprung, als Friedrich in ihr Vorzimmer kam. Sie zuckte bedauernd mit den Schultern.

»Tut mir leid, der Hausmeister ist nicht mehr da«, beantwortete sie Friedrichs Frage. »Herr Melchert hat uns vor einer Woche auf eigenen Wunsch verlassen. Wir hatten ihn nur für ein Jahr befristet eingestellt. Zur Probe. Wenn er sich bewährt hätte, wäre er auf Dauer beschäftigt worden. Aber er hatte offensichtlich keine Lust mehr.«

Dem Tonfall war zu entnehmen, wie wenig die Schulleiterin die Einstellung ihres ehemaligen Angestellten billigte.

»Einfach so? Mitten im Monat?«, wunderte sich Friedrich.

»Er wollte es so, und wir sahen keinen Grund, ihm Steine in den Weg zu legen. Der Verwandte eines Lehrers hatte sich bereits bei uns um die Stelle beworben.«

Obwohl Friedrich das abrupte Ende des Arbeitsverhältnisses komisch vorkam, stellte er in dieser Hinsicht keine weiteren Fragen. Die Direktorin deutete das dahingehend, dass er nur deshalb gekommen war. Sie blickte demonstrativ auf ihre Armbanduhr.

Friedrich bemerkte die Geste, reagierte aber nicht darauf. »Sagt Ihnen der Name Fotiadou etwas?«

»Fotiadou?« Die Schulleiterin dachte nach. »War das nicht der Schüler, den wir nach Beginn des gerade abgelaufenen Schuljahres bei uns aufgenommen haben? Nachdem er zuerst in seiner Heimatstadt Holzgerlingen und dann nacheinander an den Gymnasien in Sindelfingen und Herrenberg von der Schule verwiesen worden war?«

»Gut möglich. Was war denn da los? Ich meine, warum wollte ihn denn niemand auf seiner Schule haben? Hat er so schlechte Noten geschrieben?«

»Nein, das war es nicht. Im Gegenteil. Er ist ein schlaues Bürschchen. Aber er hat mehrfach andere Schüler verprügelt. Einmal wurde er sogar handgreiflich gegen einen Lehrer. Und außerdem war er ein ständiger Störenfried im Unterricht. Das haben zumindest alle meine Kollegen aus Raphaels früheren Schulen gesagt. Mit denen habe ich selbstverständlich telefoniert, nachdem sein Vater bei mir war, um ihn bei uns anzumelden.«

»Und Sie haben ihn trotzdem genommen?« Friedrich blickte die Direktorin interessiert an. »Warum?«

»Weil wir eine Schule sind, die auch schwierigen Kindern und Jugendlichen eine Chance geben will. Und, weil wir – anders als die allermeisten anderen Lehranstalten – Mittel für Beratungslehrer und eine Schulpsychologin vom Land bekommen. Und die wollen wir auch behalten. Aber dennoch: Auch bei uns konnte er letztlich nicht bleiben. Was ihm im Übrigen überhaupt nichts auszumachen schien. Im Gegenteil. Ich glaube, er war richtig froh, dass er nicht mehr zu uns zu kommen brauchte.« Silke Wittenberger-Munz erhob sich mit einem erneuten demonstrativen Blick auf ihre Armbanduhr. »Sie müssen mich jetzt bitte wirklich entschuldigen! In meinem Büro sitzen zwei Herren vom Oberschulamt und eine Dame vom Kultusministerium. Die kann ich unmöglich länger warten lassen.«

Damit drehte sich die Schulleiterin auf dem Absatz um und ließ den verblüfften Friedrich zusammen mit ihrer Sekretärin im Vorzimmer des Rektorats zurück. Er hatte keine Chance gehabt, eine weitere Frage zu stellen. Stattdessen erfuhr er von der Sekretärin, dass sie ihm sehr wahrscheinlich die Adresse des ehemaligen Hausmeisters nennen könne, weil sein Arbeitsvertrag irgendwo in ihrem Büro liegen müsse. Sie versprach, sofort danach zu suchen. Außerdem konnte sie Friedrich sagen, dass Sabrina Leonhardt im Moment im Physiksaal zu finden war.

Friedrich fragte sich durch, klopfte an und betrat den Raum, ohne auf ein »Herein!« zu warten. Die Lehrerin unterbrach ihre Ausführungen zum Thema Thermodynamik und blickte den Eindringling ebenso stumm wie missbilligend an. Friedrich bat sie vor die Tür und erläuterte ihr dort kurz, wer er war und dass er mit Sabrina Leonhardt sprechen wollte. Nur wenige Minuten später saßen sich Friedrich und die Schülerin in der Cafeteria der Schule gegenüber. Vor Sabrina dampfte eine Tasse Cappuccino, die Friedrich spendiert hatte.

»Frau Leonhardt, meine Zeit ist knapp bemessen. Wenn Sie der Polizei etwas zu sagen haben, dann tun Sie es bitte. Wenn nicht: Ich habe heute noch jede Menge zu tun.«

Sabrina war barsche Anweisungen von ihrem Vater, dem Inhaber eines Bauunternehmens, gewohnt. Deshalb gab sie nicht klein bei.

»Ich sage nur etwas, wenn sicher ist, dass Vanessa nichts davon erfährt!«

»Wer ist Vanessa?« Friedrich stellte dieselbe Frage, die Annette auch schon an Sabrina gerichtet hatte. »Und vor allem: Was hat sie mit dem Amoklauf zu tun?«

»Vanessa ist meine allerbeste Freundin. Das heißt, sie *war* es. Bis vor Kurzem. Also, was ist? Halten Sie meinen Namen ihr gegenüber raus?«

Friedrich beugte sich zu Sabrina hinüber, bis ihre Nasen sich beinahe berührten. »Hören Sie mir jetzt mal ganz genau zu! Ich habe keine Lust auf Ihre Spielchen. Entweder Sie sagen mir augenblicklich, was Sie wissen, oder ich bestelle einen Streifenwagen, der Sie vor den Augen der ganzen Schule mitnimmt und in mein Büro bringt!«

Sabrina zuckte zwar leicht zusammen, drückte dann jedoch ihre Wirbelsäule durch, bis sie kerzengerade vor Friedrich saß.

»Ich habe Angst um Vanessa«, begann sie ohne weitere Aufforderung. »Sie ist dabei, den größten Blödsinn ihres Lebens zu machen!«

»Was um alles in der Welt hat sie denn vor?«

»Sie will die Schule schmeißen. Ein Jahr vor dem Abi! Und das alles nur für diesen Idioten!«

Friedrichs Stimme wurde bedrohlich leise. »Die Liebesgeschichten dieser Vanessa interessieren mich nicht die Bohne! Warum haben Sie meine Kollegin angesprochen? Und was wollten Sie ihr partout nicht erzählen?«

»In Ordnung. Ich sage es Ihnen. Aber da muss ich etwas weiter ausholen.«

Friedrich schnaubte, sagte aber nichts.

»Vanessa geht seit etwa fünf Monaten mit Karsten Melchert. Dem …«

»… Hausmeister, ich weiß«, ergänzte Friedrich, dessen Aufmerksamkeit sprunghaft anstieg.

»Nach einem Monat hat sie mir erzählt, sie wollten heiraten. Nach einem Monat! Ich dachte, ich spinne.«

Friedrich war klug genug, Sabrina jetzt nicht mehr zu unterbrechen.

»Dabei war er überhaupt nur auf Bewährung draußen. Irgendetwas mit einer ziemlich wüsten Schlägerei. So genau wollte ich es gar nicht wissen. Ich konnte sagen, was immer ich wollte. Karsten hinten, Karsten vorne und Karsten in der Mitte! Ich war mit einem Schlag nur noch Luft für sie!« Sabrina legte eine kurze Pause ein. »Und dann«, fuhr sie fort, »schleicht sich dieser Hirni heimlich ins Lehrerzimmer. Einen Generalschlüssel hatte er ja als Hausmeister. Als er drin ist, bricht er einen Schrank auf, holt den Text der Klassenarbeit raus, die Vanessa und ich zwei Tage später schreiben sollten. Und dann lässt sich dieser Vollpfosten auch noch dabei erwischen.«

Als Sabrina keine Anstalten machte, weiterzusprechen, beschränkte sich Friedrich auf ein einfaches »Und weiter?«.

»Karsten wurde zur WM gebracht …«

»Sie meinen, zu Frau Wittenberger-Munz?«

»Bingo! Das Problem war, dass in letzter Zeit ständig Dinge weggekommen sind. Geld. Teure Handys. Notebooks. Markenklamotten. Und die WM dachte wohl, dass Karsten das auch war. Deshalb holte sie die Bull… Ihre Kollegen. Das Ende vom Lied war, dass sie anrückten und Karsten abführen wollten. Hausfriedensbruch. Verdacht auf Seriendiebstahl. Was weiß ich! Aber er ist abgehauen, als er die Uniformen nur von Weitem gesehen hat.«

»Könnten Sie bitte zum Punkt kommen?«

»Wenn sie Karsten verurteilen, ist seine Bewährung im Eimer, und er fährt wieder ein. Und nicht nur für ein paar Tage, meint Vanessa. Ihr alter Herr ist Anwalt.«

Wieder trat eine Pause ein. Friedrich wartete, ohne Sabrina zu hetzen. Es war offensichtlich, dass sie schwer mit sich kämpfte.

Schließlich gab sie sich einen Ruck. »Karsten ist Torwart in derselben Fußballmannschaft, in der mein Bruder links in der Viererabwehrkette spielt. Er hat es mir erzählt. Dass Karsten in der Umkleidekabine getobt hat wie ein Wilder. Er sticht die WM ab wie ein Schwein. Er jagt die ganze Schule in die Luft. Auf einen mehr oder weniger kommt es ihm dabei überhaupt nicht an. Solchen Mist eben.«

Sabrina atmete hörbar aus. Sie blickte Friedrich erwartungsvoll ins Gesicht.

Als der nicht reagierte, begann sie von Neuem: »Jetzt ist es raus. Ich will, dass Vanessa endlich Vernunft annimmt. Und kapiert, mit wem sie sich da eingelassen hat. Aber wenn *ich* was zu ihr sage, glaubt sie mir natürlich kein Wort. Wenn sie dagegen mitbekommt, dass die Polizei ihn wegen des Amoklaufs … vielleicht nimmt sie dann endlich Vernunft an …«

»Kennen Sie Herrn Melchert persönlich?«

»Nein. Das heißt, ich kenne ihn natürlich, weil er hier ständig rumgeturnt ist. Aber ich habe nie ein Wort mit ihm gesprochen.«

»Dann können Sie mir wahrscheinlich auch nichts Näheres zu ihm sagen?«

»Nein. Wie sollte ich denn. Wenn die Sprache auf ihn kam, hatten Vanessa und ich nach zwei Sätzen den dicksten Streit!«

Friedrich überlegte fast eine halbe Minute lang. »Gibt es sonst noch etwas, das Sie mir mitteilen wollen?«

»Nein, das war alles.«

»In Ordnung. Dann können Sie jetzt wieder zurück in Ihren Unterricht gehen. Wenn wir Sie je noch einmal brauchen sollten, melden wir uns bei Ihnen. Tschüs.«

Als Friedrich sich zum Gehen wandte, hielt Sabrina ihn noch einmal zurück.

»Hören Sie, ich behaupte *nicht*, dass es Karsten war, der hier herumgeballert hat. Ich habe lediglich wiedergegeben, was ich von meinem Bruder gehört habe. Und kein Wort zu Vanessa! Sie haben es versprochen!«

Friedrich seufzte, drehte sich um und machte sich auf den Weg zurück zum Sekretariat von WM, wie er die Schulleiterin gedanklich inzwischen ebenfalls nannte. Dort hatte die Sekretärin den Arbeitsvertrag inzwischen gefunden, sodass sie die Adresse von Karsten Melchert an den Kommissar weitergeben konnte.

Friedrich verabschiedete sich von der Schreibkraft höflicher, als er das bei einer nur durchschnittlich attraktiven Frau getan hätte. Ihm selbst fiel das jedoch ebenso wenig auf wie die Tatsache, dass er das gute Aussehen einer Sekretärin in seiner ersten Zeit mit Heiderose mit Sicherheit nicht einmal bemerkt hätte.

* * *

Holger Munz saß bereits seit knapp fünf Minuten im Turmzimmer des Café Bellevue, das einen unverstellten Blick auf Neckar und Hölderlinturm zuließ, als Lothar Wiest sich zu ihm an den Tisch setzte. Ohne den Freund zu begrüßen, kam Holger sofort zur Sache.

»Habt ihr vor, das LKA wegen des Amoklaufs hier in Tübingen ermitteln zu lassen?«

»Im Moment sehen wir keine Veranlassung dazu. Der Soko-Leiter vor Ort, Holzwarth heißt er, ist nicht schlecht. Ich habe mir vorhin die Akte geben lassen. Stur. Manchmal bis zur Bockigkeit. Muss aber kompetent sein, bei der Aufklärungsquote. Hat Biss, der Mann. Und, wie gesagt, eine sehr ordentliche Erfolgsquote.«

»Sehr gut«, kommentierte Holger die Antwort seines Freundes. »Dann wäre es mir sehr recht, wenn du darüber hinaus dafür sorgen könntest, dass sich die Ermittlungen so lange hinziehen, bis die Wahl vorüber ist.«

Gerade, als Lothar Wiest Luft zu einer Erwiderung holte, kam die Bedienung an den Tisch der beiden Männer und fragte, was sie bringen dürfe. Holger Munz teilte ihr knapp mit, sie hätten sich noch nicht entschieden. Die Bedienung zuckte mit den Achseln und wandte sich kommentarlos einem Tisch am anderen Ende des Zimmers zu, um dort abzukassieren.

»Bist du verrückt? Warum sollte ich so etwas tun?« Lothar hatte Mühe, seine Stimme so weit zu zügeln, dass seine Frage nur von Holger verstanden werden konnte.

»Weil ich nach Berlin will!«

Holger strebte das Bundestagsmandat für Tübingen an. Aber er hatte sich gegen starke Konkurrenz vor allem durch den Kandidaten der Grünen zu wehren. Und über die Landesliste abgesichert zu werden, hatte er trotz eifriger Bemühungen nicht geschafft. Er war also darauf angewiesen, das Direktmandat in seinem Wahlkreis zu holen.

»Ja und? Was hat das damit zu tun?«, fragte Lothar.

»Verstehst du denn nicht? Dieser Amoklauf an der Schule meiner Frau ist eine Riesenchance für mich! Solange der Irre noch frei in Tübingen herumläuft, kann ich im Wahlkampf mit dem Thema ›Innere Sicherheit‹ doch wunderbar punkten.«

»Verstehe ich das richtig? Du willst der Law-and-order-Fraktion unserer Partei und den Politstrategen an den Stammtischen Honig ums Maul schmieren?«

»Darum geht es doch nicht! Lothar, ich bin auf jede Stimme angewiesen. Ich *kann* es mir nicht leisten, Wähler an Parteien rechts von uns zu verlieren. Für meine Wahlaussichten ist es schon schlimm genug, dass unsere Parteifreunde in Berlin angefangen haben, ernsthaft über Homo-Ehe und Frauenquote zu diskutieren. Ich *muss* dem rechten Rand hier vor Ort etwas anbieten! Unser Wahlkreis besteht nicht nur aus der Universitätsstadt Tübingen. Es gibt auch noch Rottenburg und die Gemeinden drum herum!«

Lothar holte zu einer Erwiderung Luft, aber Holger war nicht zu bremsen.

»Beherztes Eintreten für eine großflächige Ausdehnung von Videoüberwachung. Und keine Gnade mit dem Täter. Das ist es, was Stimmen bei solchen Leuten bringt! Und dem Rest ist das umso leichter zu verkaufen, je länger dieser Irre eben nicht hinter Schloss und Riegel sitzt!«

»Ich weiß nicht, ob das der richtige …«

Holger ließ Lothar seinen Satz nicht zu Ende bringen.

»Ich habe Rückendeckung von ganz oben! Wir sollen ausdrücklich auf dem Thema Innere Sicherheit rumreiten. Steht – wenn auch in anderen Worten – in einem Schreiben der Parteispitze an alle Direktkandidaten!«

»Schön. Aber wie stellst du dir das vor? Wir können doch nicht von Stuttgart aus anordnen, dass dieser Holzwarth sofort seinen gesamten Resturlaub antritt!«

»Natürlich nicht. Aber du kannst auf jeden Fall dafür sorgen, dass die LKA-Pferdchen brav in ihrem Stuttgarter Stall bleiben.«

»Ja, das ist richtig.«

»Außerdem könnten technische Untersuchungen etwas länger dauern als sonst. Keine Ahnung. Solche Sachen, die bei euch vorgenommen werden müssen, weil nur ihr die entsprechenden Geräte habt. Und ihr könntet auch noch Personal aus Tübingen abziehen.«

»Völlig unmöglich! Wie stellst du dir das vor? Was glaubst du, wie die Volksseele kocht, wenn wir nach einem Amoklauf in Tübingen Personal abziehen!«

Holger überlegte kurz. Dann leuchtete plötzlich sein Gesicht.

»Wer weiß denn, wie viele Mitglieder die Soko hat? Ich meine, von außerhalb. Kein Mensch! Also wird es auch niemandem auffallen, wenn ein paar fehlen!«

Lothar dachte über das Gehörte nach. Dann fragte er: »Was habe ich davon? Ich meine, außer dass ich einem Freund einen Gefallen erweise?«

»Dass ich jedem in unserer Partei bei jeder passenden Gelegenheit unter die Nase reibe, was für ein tüchtiges Kerlchen du bist. Grün-Rot hier im Land ist ein bedauerliches Intermezzo, nicht mehr.«

»Bist du dir da so sicher? Ich nicht!«

»Lothar! Fukushima war ausgesprochenes Pech für uns. Ganz schlechtes Timing. Nur ein paar Wochen später, und wir hätten die Wahl genauso gewonnen wie in den Jahrzehnten zuvor.«

»Und was war mit unserem MP? Gibt im Schlossgarten den Rambo! Diese Bilder von dem alten Mann mit den blutenden Augen! Das hat uns jede Menge Stimmen gekostet ...«

»... die wir in ein, zwei Jahren wieder sicher haben werden. Lothar, die Leute vergessen zum Glück sehr schnell. Das war bei Tschernobyl so, und das wird bei Fukushima nicht anders sein. Spätestens nach der nächsten Landtagswahl vergeben *wir* wieder die Posten.« Holger legte eine Kunstpause ein, um seinem nächsten Worten mehr Nachdruck zu verleihen. »Und da ist es für potenzielle Kandidaten im Rennen um Regierungsämter sicher nicht von Nachteil, jemanden in der Partei und im Bundestag zu haben, der einem noch etwas schuldig ist.«

Lothar atmete hörbar aus und stützte sich mit beiden Händen am Tisch ab. »Ich will sehen, was sich machen lässt. Mehr kann ich dir wirklich nicht versprechen.«

* * *

Friedrichs Versuch, sofort mit Karsten Melchert zu sprechen, war gescheitert. Unter der Adresse, die ihm von der Rektoratssekretärin genannt worden war, lebte der ehemalige Hausmeister nicht oder zumindest nicht mehr. Sein Name war an keinem Klingelschild zu lesen, und keiner der anderen Hausbewohner konnte oder wollte auf Friedrichs Fragen nach einem Karsten Melchert antworten.

So wäre Friedrich nichts anderes übrig geblieben, als unverrichteter Dinge zurück in sein Büro zu fahren, wenn nicht Heiderose angerufen und darauf bestanden hätte, jetzt sofort nach Reutlingen zu fahren und Möbelhäuser zu besuchen.

Friedrich lief mit zunehmender Dauer immer missmutiger hinter Heiderose her, die eifrig und in bester Laune Maße abschätzte und Preise miteinander verglich. Schließlich stimmte Friedrich Heideroses Auswahl grummelnd zu, denn mit einem Mal war es ihm sehr wichtig, so schnell wie möglich wieder aus diesem Möbelhaus herauszukommen. Zum offenen Eklat kam es jedoch erst, als Friedrich darauf bestand, einen Supermarkt für elektronische Geräte aufzusuchen, um eines dieser modernen Flachbild-Fernsehgeräte zu kaufen.

»Ich habe bisher keinen Fernseher, und ich bin auch nicht der Ansicht, dass wir daran etwas ändern sollten. Und überhaupt finde ich, dass du viel zu viel Zeit damit verplemperst, 22 Männern mit kurzen Hosen dabei zuzusehen, wie sie einem Lederball hinterherrennen«, bemerkte Heiderose spitz. »Wir können abends ins Theater gehen. Oder von mir aus auch ins Kino, wenn dir Theater zu anstrengend ist. Oder wir lesen uns gegenseitig etwas vor. Oder wir spielen Backgammon. Oder, oder, oder.«

Friedrich blieb stumm.

»Du siehst«, nahm Heiderose ihren Faden wieder auf, »wir beide haben es doch überhaupt nicht nötig, stundenlang auf einen blöden Bildschirm zu starren, ohne ein Wort miteinander zu reden. Also, von mir aus können wir jetzt sofort zurückfahren.«

Sie fuhren zurück nach Tübingen. Aber nicht etwa, weil es Heiderose gelungen wäre, Friedrich zu überzeugen, sondern, weil Friedrich mit einem Blick auf die Uhr feststellte, wie lange er bereits innerhalb seiner Dienstzeit privaten Tätigkeiten nachging.

Während der gesamten Fahrt herrschte im Auto eine gespannte Atmosphäre, obwohl die beiden kaum ein Wort wechselten. Als Friedrich das Auto schließlich anhielt, um Heiderose aussteigen zu lassen, beugte sie sich zu ihm hinüber, um ihm das gewohnte Küsschen auf die Wange zu hauchen. Aber Friedrich drehte seinen Kopf weg.

* * *

Die gesamte Soko »Schule« saß im Büro des Hauptkommissars zusammen. Weitere Anrufe bei den auswärtigen Kollegen hatten ergeben, dass einige der gesuchten Exgymnasiasten entweder nicht angetroffen worden waren oder aber nicht als Täter in Betracht kamen, weil sie glaubhafte Alibis vorweisen konnten. Die Ermittlungen in diese Richtung hatten also bislang zu keinem greifbaren Ergebnis geführt.

Die Polizisten waren jeweils für sich in Gedanken versunken. Wer tat so etwas? Was war verantwortlich dafür, dass eine Kränkung oder lang angestaute Wut sich auf eine solch schreckliche Weise entlud? War es überhaupt möglich, die wirklichen Motive einer solchen Tat aufzuspüren? Gab es eine einigermaßen realistische Aussicht, den Täter zu fassen? Lebte er überhaupt noch? Schließlich töteten sich Amokläufer oft anschließend selbst. Oder führte dieser Täter stattdessen sein bisheriges, anscheinend harmloses Leben weiter? Als guter Freund und hilfsbereiter Nachbar?

Plötzlich brach es aus Tobias Kemper heraus. »Ich könnte sie würgen!«

Die anderen blickten ihn fragend an.

»Diese geschniegelten Politikervisagen! Seit Jahren fordern wir, dass Videokameras aufgestellt werden. Und was passiert? Nichts! Wenn vor der Schule so ein Ding gehangen hätte …«

»… wären wir keinen Schritt weiter«, ergänzte Annette. »Was wäre denn zu sehen gewesen? Ein komplett Vermummter, den sowohl Herr Holzwarth als auch ich bereits aus unmittelbarer Nähe gesehen haben.«

»Und trotzdem können wir nicht einmal sagen, ob wir einen Mann oder eine Frau suchen«, empörte sich Friedrich.

»Wir können gar nichts sagen!«, stimmte Annette zu. »Zwerge und Riesen scheiden aus. Aber jeder mit einer auch nur halbwegs normalen Körpergröße und Figur kommt doch grundsätzlich in Frage!«

Tobias gab sich nicht geschlagen. »Wir hätten sehen können, in welche Richtung er weggerannt ist. Ob er in ein Auto gestiegen ist. Wir hätten wenigstens ein paar Anhaltspunkte für die Fahndung gehabt.«

»Die wir damit erkaufen würden, dass sämtliche Bürger dieses Landes grundsätzlich unter Generalverdacht gestellt werden.« Auch Annette Winter erhob ihre Stimme. »Ganz abgesehen davon, dass so etwas allenfalls für die Fahndung nach einer Straftat nützlich sein kann. Verhindert wird Kriminalität dadurch nicht. Drogen und Prostitution zum Beispiel suchen sich nur andere Orte. In Großbritannien sind Tobias' Vorstellungen schon längst weitgehend Wirklichkeit. Aber Untersuchungen belegen eindeutig, dass sich die Kriminalitätsrate dadurch keineswegs verringert hat. Und weder Amokläufer noch Extremisten jedweder Art werden sich durch die Kameras von ihrer Tat abschrecken lassen. Schließlich gehen beide Gruppen davon aus, dass sie ohnedies kaum überleben werden.«

Friedrich verfolgte die Diskussion mit Interesse. Annette brachte Argumente vor, über die er bisher noch nie länger nachgedacht hatte. Und in ihm regte sich das dumpfe Gefühl, dass Annettes Position genauso gut von seiner Exfrau Hanna Kirschbaum hätte vertreten werden können.

»Trotzdem!«, beharrte Tobias. »Die Kameras können bei der Aufklärung helfen!«

»Möglich«, räumte Annette ein. »Aber mit welchen Folgen? Es können beliebig Bewegungsprofile erstellt werden. In Kombination mit digitalen Systemen bereitet eine automatisierte Identifikation von Personen dann keinerlei Mühe mehr. Und in Kombination mit GPS-Daten von moderneren Handys …«

»Womit?«, wollte Friedrich wissen.

»Global Positioning System. Eine bereits jetzt bestehende technische Möglichkeit, Menschen und Gegenstände zu lokalisieren. So ist zum Beispiel ohne Weiteres speicherbar, wer vor welchem Schaufenster wie lange stehen bleibt. Und diese

Daten kaufen dann Handelsketten und Internetanbieter mit größter Begeisterung. Und außerdem: Wer garantiert, dass die gewonnenen Daten nicht zu beliebigen Zwecken manipuliert werden? Wer ist überhaupt in der Lage, Datenverschiebungen – wohin und zu welchem Zweck auch immer – zu kontrollieren? Kein Mensch!«

Sowohl Friedrich als auch Tobias war es anzusehen, dass sie an Annettes Argumenten zu kauen hatten. Aber zumindest bei Friedrich führte das dazu, dass seine Kollegin in seiner Achtung deutlich stieg. Ohne sich dies jedoch anmerken zu lassen, beendete er das Schweigen, als es ihm zu lange zu dauern schien.

»Also, was haben wir? Erstens: Der Hausmeister muss möglicherweise wegen dieser Geschichte mit den Klausurtexten ins Gefängnis. Aber wenn jeder, der einfährt, gleich zur Waffe greifen würde ... Zweitens: der Knabe aus Norddeutschland, der nach dem Tod seines Vaters von der Schule fliegt. Und drittens: ein Motorradfahrer, der sich möglicherweise an der Adlerkreuzung selbst umbringt.«

»Die Menge ist das ja nicht nach mehr als einem Tag Ermittlungsarbeit!«, maulte Tobias.

»Was hast du erwartet? Dass ...«

Friedrich wurde vom Klingeln seines Telefons unterbrochen. Er nahm ab, meldete sich und hörte längere Zeit zu. An seinem Gesichtsausdruck war abzulesen, dass er sich über den Gesprächsinhalt massiv ärgerte.

Schließlich sagte er laut und mit sehr bestimmtem Tonfall: »Hören Sie, das kommt überhaupt nicht in Frage! Sie können doch nicht ...« Friedrich beendete seinen Satz nicht, weil ihm ein leises Klicken verriet, dass sein Gesprächspartner bereits aufgelegt hatte.

Nach einer Pause, die offensichtlich dazu diente, Friedrichs Wut wenigstens etwas abflauen zu lassen, sagte er beunruhigend leise: »Tobias, du und ...«, Friedrich deutete auf zwei Beamte aus Böblingen, »... gehört ab sofort zu einer anderen Soko.«

Tobias konnte es nicht fassen. »Wieso *das* denn? Wir stecken mitten in einer extrem schwierigen Ermittlung!«

Friedrich antwortete zunächst nicht. Es war ihm anzusehen, dass er intensiv nachdachte.

»Genau so ist es!«, stellte er dann mit Nachdruck fest. »Ihr bleibt bis auf Weiteres bei uns! Was glauben die in ihren bequemen Stuttgarter Sesseln eigentlich? Morgen arbeiten wir mit Hochdruck weiter!«

»Dann kann ich jetzt Feierabend machen?«, fragte Annette mit einem kummervollen Blick auf ihre Armbanduhr. »Heute können wir doch sowieso nicht mehr viel unternehmen.«

Tobias blickte Friedrich vielsagend an und grinste. »Wo sie recht hat, hat sie recht! Und außerdem haben wir beide heute Abend noch etwas Außerdienstliches vor!« Er deutete hinter Annettes Rücken auf die Kollegin.

»Schön«, räumte Friedrich ein. »Machen wir Feierabend für heute.«

»Geh ruhig schon mal vor«, bat Tobias Annette, die offensichtlich darauf wartete, zusammen mit ihren beiden Kollegen das Büro zu verlassen. »Ich möchte mit Herrn Holzwarth noch kurz etwas Persönliches besprechen.«

»Dann will ich nicht stören«, antwortete Annette, der es nicht gelang, ihre Verwunderung vollkommen zu unterdrücken. »Tschüs dann, bis morgen!«, warf sie noch über die Schulter, als sie das Büro verließ.

* * *

Cornelia Rieker, die Schreibkraft des Sekretariats, hatte einen Strauß Sonnenblumen besorgt. Tobias zog aus seiner Tasche eine Tafel Schokolade mit Chili und Mango, weil er in Erfahrung gebracht hatte, dass Annette so etwas sehr gerne aß. Nur Friedrich hatte kein Präsent für seine Kollegin. Vielleicht auch deshalb war ihm nicht besonders wohl zumute, als sie im Gänsemarsch die Treppe zu Annettes Dachgeschosswohnung hinaufstiegen. Der Student, über den sich

Annette immer wegen des Fahrrads aufregte, war aus dem Haus gekommen und hatte die Gratulantengruppe hereingelassen. Das Treppenhaus war offensichtlich erst vor Kurzem tapeziert und mit einem zart gelb getönten Weiß gestrichen worden. Eine Treppe aus dunklem Holz wand sich steil nach oben.

Vor Annettes Tür angekommen stellten sich ihre Kollegen im Halbkreis vor der Wohnungstür auf. Friedrich drückte auf den Klingelknopf. Als Annette öffnete, gab Cornelia den Einsatz zu einem gesanglich sicher optimierbaren, aber von Herzen kommenden »Happy Birthday«.

Annette wartete, bis ihr Geburtstagslied ausgeklungen war und bat ihre Besucher eher zögerlich, in die Wohnung zu kommen. Die Diele hinter der Wohnungstür war bis auf drei in die Wand gedübelte Kleiderhaken leer. Gewohnt, fremde Wohnungen mit einem Blick zu erfassen, fiel Friedrich vor allem auf, dass kein Spiegel vorhanden war. Aus der offenen Tür eines Zimmers war klassische Musik zu hören.

»Na, dann kommen Sie doch rein in die gute Stube!« Annette versuchte ihre offensichtliche Befangenheit durch einen burschikosen Tonfall zu überspielen.

Die Besucher betraten das Zimmer und sahen zu ihrem Erstaunen, dass Annette keineswegs allein gewesen war. In einem der beiden Sessel, die die einzige Sitzgelegenheit im Zimmer darstellten, saß zu Friedrichs Überraschung Florian Schneider, der Lehrer, der Friedrichs Enkelin Friederike in Mathematik unterrichtete und den er im Zuge der Lehrervernehmungen kennengelernt hatte. Über schwarzen, hautengen Jeans trug er ein weißes T-Shirt. Auf diese Weise bekam Friedrich einen Blick auf die kräftige Muskulatur der Oberarme geboten. Auf dem Kopf des Lehrers saß eine Baseballmütze, deren Schild zu Seite zeigte und auf die das Logo der Walter Tigers aufgestickt war. Friedrich war erstaunt, wie heutzutage Lehrer herumliefen. Aber er konnte diesen Gedanken nicht weiter verfolgen, denn Florian stand auf und kam auf die kleine Gruppe zu.

»Guten Tag!« Er wandte sich Friedrich zu. »Guten Tag, Herr Holzwarth. Wir haben uns ja schon kennen gelernt, als Sie die Lehrer wegen des Amoklaufs befragt haben.«

Nachdem Annette zwei unterschiedliche Stühle sowie einen Küchenhocker geholt hatte und schließlich alle saßen, war in den folgenden Sekunden überdeutlich zu spüren, dass niemand so recht wusste, wie man ein Gespräch in Gang bringen sollte.

Schließlich ergriff Tobias die Initiative. »Wenn wir gewusst hätten, dass du schon Besuch hast ...«

»Nein, nein«, wehrte Annette ab. »Ihr stört überhaupt nicht. Florian und ich trainieren im selben Fitness-Center.«

»Das stimmt«, pflichtete Florian bei. »Wir treffen uns sonst immer nur beim Sport. Ich dachte nur, dass Annette an ihrem Geburtstag sonst vielleicht ganz allein ...«

»Ich war nicht allein«, widersprach Annette. »Janka – meine Halbschwester«, fügte sie mit Blick auf ihre Kollegen hinzu, »war vorher auch noch da. Aber sie wollte nach Hause. Es ging ihr nicht so gut. Ist ja auch kein Wunder. Schließlich war sie gestern Nachmittag auch bei dieser grässlichen Schulfeier.«

Tobias und Friedrich blickten Annette ratlos an.

»Sie hat gespielt. Musik. Sie war ein Viertel des Streichquartetts.«

Es trat eine Stille ein, die Florian wohl als unangenehm empfand. Er sah Tobias an.

»Wie sieht es aus? Haben Sie schon eine heiße Spur? Ich meine, wegen des Amokläufers?«

Die sich daraus ergebende Unterhaltung wurde im Wesentlichen von Tobias und Florian bestritten und zog sich mühsam dahin. Annette beteiligte sich wenig, Friedrich gar nicht. Vielmehr musterte er interessiert das Zimmer, in dem er saß. An den Wänden hingen Raufasertapeten, die zum Teil mit langen, bunten Stoffbahnen behängt waren. Bis auf die Sitzgelegenheiten, einen kleineren Tisch mit Wachstuchdecke und eine Kombination von Tuner und CD-Player mit den dazugehörenden Boxen gab es keine weiteren Einrichtungsgegenstände. Dafür waren Urlaubsmitbringsel ebenso im ganzen Zimmer verteilt wie selbstgenähte, zum Teil ziemlich große Stofftiere. An der Friedrich gegenüberliegenden Wand war ein Regal angeschraubt, auf dem aber keine Bücher standen. Stattdessen waren fein säuberlich Fotoalben aufgereiht, deren Rücken mit großen Buchstaben beschriftet waren. Neben »Mama und Papa«, »Meine Erstkommunion« oder »Sardinienurlaub« weckte vor allem das dickste Album »Max« Friedrichs amüsiertes Interesse. Offensichtlich gab es mit »Max« bereits einen Mann in Annettes Leben, so dass Florian und Tobias ihren Charme mit allergrößter Wahrscheinlichkeit umsonst versprühten. Friedrichs Amüsement verflüchtigte sich jedoch umgehend und restlos, als sein Blick eine gerahmte Fotografie erfasste, die neben den Alben stand. Auf ihr war ein etwa einjähriges Kind zu sehen, das bei der Aufnahme satt und zufrieden in die Kamera gelächelt hatte. Es hätte ein richtig gelungenes Kinderbild abgegeben, wäre nicht der schwarze Balken gewesen, der sich über die rechte untere Ecke des Fotos spannte. Friedrich sah genauer hin. Unter dem Bild war ein kleines schwarzes Kreuz zu sehen. Daneben war zum einen »Max« und zum anderen »15. Mai 2011« zu lesen.

Friedrich dachte darüber nach, wie wenig man wirklich von Menschen wusste, mit denen man fast Tag für Tag viele Stunden verbrachte. Gut, Annette hatte von sich aus weder davon erzählt, dass sie Mutter eines Kindes war, das nicht mehr lebte, noch davon, dass sie eine Halbschwester hatte. Aber hatte er sie je nach ihren Familienverhältnissen gefragt? Hatte er sie je irgendetwas Privates gefragt? Hatte ihn je einer gefragt, ob er familiäre Probleme hatte? War das in anderen Berufen auch so? Oder hatte der ständige Umgang mit Leichen und Mördern ihn und seine Kollegen besonders verschlossen und hart werden lassen?

Friedrich war kurz davor, in eine der Grübeleien über seine berufliche Tätigkeit zu versinken, die ihn in letzter Zeit häufiger befielen. Da sie jedoch bisher jedes Mal ergebnislos geendet hatten, gab er sich einen Ruck und zwang sich, wieder der Unterhaltung der anderen zuzuhören.

Annette und Cornelia sprachen darüber, welches Füllmaterial sich für Stofftiere am besten eignete, während die beiden jungen Männer stumm zuhörten. Florian starrte in die Luft. Tobias' Blick schien auf Annettes Gesicht festgeklebt zu sein. Friedrich hörte eine Weile zu. Aber zu dem Thema der Frauen konnte er beim besten Willen nichts beitragen.

Er stand deshalb nach kurzer Zeit auf, murmelte etwas von »... habe noch etwas vor heute Abend ...« und verabschiedete sich mit einem freundlichen Kopfnicken in die Runde. Wenn die jungen Männer weiter miteinander sehr wahrscheinlich ohne Aussicht auf Erfolg um Annettes Gunst wetteifern wollten, musste er ja nun wirklich nicht danebensitzen und sich langweilen!

Freitag, 14. Juni

Friedrich hatte kaum auf seinem Schreibtischsessel Platz genommen, als das Telefon klingelte. Eine außerordentlich harsche Stimme aus Stuttgart erkundigte sich wenig freundlich, warum sich weder Tobias Kemper noch die anderen Beamten beim Leiter der anderen Sonderkommission gemeldet hätten. Erneut versuchte Friedrich zu begründen, warum er seinen Mitarbeiter selbst brauche. Und erneut fanden seine Argumente keinerlei Gehör. Vielmehr wurde ihm unverhohlen mit Konsequenzen für den Fall gedroht, dass er der Weisung aus der Landeshauptstadt nicht unverzüglich nachkomme. Dasselbe gelte, falls er versuchen sollte, Mitarbeiter von anderen Tübinger Kommissariaten abzuwerben. Friedrich blieb also nichts anderes übrig, als seine Mitarbeiter zähneknirschend zu bitten, sich beim Leiter der anderen Soko zu melden.

Nachdem er mit dem Rest der Beamten allein war, blieb ihm nichts anderes übrig, als die anliegenden Aufgaben auf die verbliebenen Personen aufzuteilen. Während Annette sich um Henning Buschschulte kümmern sollte, wollte er selbst die Spur von Karsten Melchert weiter verfolgen. Die anderen Beamten sollten diejenigen Exschüler aufsuchen, die in der weiteren Umgebung von Tübingen wohnten.

* * *

Friedrich beschloss, Karstens jugendlicher Freundin Vanessa einen Besuch abzustatten. Nachdem er durch ein kurzes Telefonat mit Vanessas Schule erfahren hatte, dass Vanessa sich krankgemeldet hatte und in der Schlossbergstraße wohnte, machte er sich zu Fuß vom Haagtorplatz aus auf den Weg.

Oben an der Haering-Staffel blieb Friedrich kurz stehen, um Atem zu schöpfen. Der Weg herauf war anstrengender für ihn gewesen, als ihm lieb war. Wie schon unzählige Male zuvor fasste er den Entschluss, in Zukunft weniger zu essen und mehr Sport zu treiben. Allerdings gab er sich nicht wirklich der Illusion hin, dass er diesen Vorsatz auf Dauer beherzigen würde.

Das Haus, in dem Vanessa Schittenhelm wohnte, war schnell gefunden. Auf sein Klingeln öffnete ihm eine Frau weit über sechzig mit dunklem Kleid und weißer Schürze.

»Sie wünschen?«, fragte die Frau in einem Tonfall, der die gute alte Schule verriet.

»Mein Name ist Holzwarth. Kriminalpolizei Tübingen. Ich möchte mit Vanessa Schittenhelm sprechen.«

»Das geht nicht … ich meine … Vanessas Mutter ist nicht zu Hause. Ihr Vater auch nicht. Und dann Polizei! Nein, nein. Das geht auf keinen Fall! Herr Schittenhelm würde bestimmt nicht wollen, dass Sie allein mit Vanessa …«

»Was gibt's denn, Wilhelmine?«

Vanessa war auf der Treppe erschienen, die das Erdgeschoss mit der ersten Etage verband.

»Dieser Herr … Holzwarth hier will dich sprechen. Er ist … von der Polizei.«

Vanessa wandte sich Friedrich zu. »Worum geht es?«

»Das würde ich gerne unter vier Augen mit Ihnen besprechen.«

Wilhelmine stellte sich zwischen Friedrich und Vanessa.

»Aber ich habe Ihnen doch gerade eben gesagt, dass Sie nicht mit …«

Vanessa unterbrach die Haushälterin. »Es ist gut, Wilhelmine. Kommen Sie, Herr Holzwarth, wir gehen in mein Zimmer.«

Vanessas »Zimmer« war nicht nur ein Zimmer, sondern eine eigene kleine Wohnung für sich. Sie verriet den Übergang vom Mädchen zur jungen Frau, den ihre Bewohnerin seit einiger Zeit hinter sich hatte. Während auf dem Bett noch Kuscheltiere saßen, waren im Badezimmer, dessen Tür weit offen stand, auf einem Spiegelschrank eine Vielzahl von Kosmetika aufgereiht, die ein Vermögen gekostet haben mussten.

Friedrich kam ohne Umschweife zur Sache. »Wie lange geht das schon mit Ihnen und Herrn Melchert?«

»Woher wissen Sie das?« Vanessas Stimme verriet gleichermaßen Empörung und Angst.

»Das spielt überhaupt keine Rolle!« Friedrich ließ seiner Gesprächspartnerin keine Zeit zu weiterem Protest. »Also?«

Vanessa gab nach. »Wir kennen uns, seit Karsten den Job an der Schule angetreten hat. Am Anfang hat er mir nur leidgetan. Mülleimer putzen. Verstopfte Klos wieder in Gang bringen. Kippen einsammeln. Alles musste Karsten machen. Einmal habe ich ihm die Aufzugtür aufgehalten, als er mit einem Wagen voller Schulbücher ankam. Auf dem Weg nach oben hat er mich zu einem Kaffee eingeladen. Als Dankeschön. Wir verstanden uns auf Anhieb super. Und bevor Sie fragen: Ja, ich wusste, dass er vorher im Knast war! Und: Ja, mir ist klar, dass er wahrscheinlich wieder dort hinmuss. Wegen dieser dussligen Klassenarbeit! Ich könnte mich …« Vanessa ließ offen, was sie sich könnte, fuhr dann aber fort: »Es war meine Schuld. Ich. Ich war es, die ihn angestachelt hat, das blöde Ding aus dem Lehrerzimmer zu stibitzen. Es schien so einfach: Er schließt mit seinem Generalschlüssel auf und ist nach weniger als einer Minute wieder draußen. Und dann haben sie ihn erwischt, weil Mathe-Schneider, der Depp, ausgerechnet in dem Moment ins Lehrerzimmer kommen musste. Es gab einen Wortwechsel. Karsten wollte abhauen. Und Mathe-Schneider legt Karsten flach. Keine Ahnung, wie der das geschafft hat. Schließlich ist Karsten alles andere als ein Schwächling. Wie auch immer: Karsten liegt auf dem Boden und Mathe-Schneider macht einfach von außen die Tür zu und schließt ab. Karsten hatte den Schlüssel stecken lassen.« Vanessa seufzte tief. »So eine Scheiße!«, fügte sie dann noch hinzu.

»Können Sie mir sagen, wo ich Herrn Melchert finden kann?«

Vanessa blieb stumm.

Friedrich baute sich in voller Länge vor der Schülerin auf. »Wenn Sie mir nicht helfen, muss ich ihn bundesweit zur Fahndung ausschreiben lassen. Ist es das, was Sie wollen?«

»Ich weiß nicht, wo er ist.« Vanessa blickte offen in Friedrichs zweifelndes Gesicht. »Wirklich nicht! Ich habe ihn seit vorgestern nicht mehr gesehen. Und wenn ich anrufe, erzählt mir sein AB, dass ich eine Nachricht hinterlassen soll. Na bravo! Ich hab ihm zig Nachrichten hinterlassen seither. Aber er meldet sich nicht! Weder bei mir noch bei seinem Kumpel. Den habe ich nämlich auch schon mehrfach angerufen.«

»Wie heißt der Kumpel und wo wohnt er?«

»Karsten nennt ihn ›Brille‹. Warum auch immer. Ich habe keine Ahnung. Wo er wohnt, weiß ich auch nicht. Karsten wollte nicht, dass wir uns kennen lernen.«

»Warum nicht?«

»Vielleicht kennt er Brille aus dem Knast. Ich weiß es wirklich nicht.«

»Und woher haben Sie dann Brilles Telefonnummer?« Friedrich war anzuhören, dass er Vanessa nicht glaubte.

»Karsten hat ihn vor ein paar Tagen von meinem Handy aus angerufen.

»Warum?«

»Weil der Akku von Karstens eigenem die Grätsche gemacht hatte. Deshalb!« Vanessa blickte in Friedrichs skeptische Augen. »Sie müssen mir glauben! Karsten ist kein Verbrecher! Wenn er jetzt wieder zurück ins Gefängnis muss, nur weil ich …«

»Frau Schittenhelm, ich bin nicht bei der Streifenpolizei. Was mit Ihrer Klassenarbeit passiert ist, interessiert mich nicht die Bohne!«

»Nicht?« Vanessa konnte es nicht fassen. »Warum sind Sie denn dann hier?«

»Weil jemand an Ihrer Schule einen Menschen getötet und zwei weitere schwer verletzt hat. Deshalb!«

Es dauerte einige Sekunden, bis Vanessa begriffen hatte. Dann wurde sie aschfahl, ging aber nur Augenblicke später zum Angriff über.

»Sie sind ja total verrückt! Karsten tut keiner Fliege etwas zuleide. Der kommt doch nicht in die Schule und läuft Amok! Nie im Leben!«

Friedrich erwiderte nichts. Stattdessen überreichte er Vanessa eine Visitenkarte. »Wenn er auftaucht oder sich bei Ihnen meldet, rufen Sie mich bitte sofort an! Glauben Sie mir! Es ist das Beste, was Sie für Ihren Karsten tun können, wenn er unschuldig ist.« Friedrich blickte Vanessa noch einige Sekunden direkt in die Augen und ließ sie dann allein in ihrem Zimmer zurück.

Auf der Straße ging Friedrich zügigen Schrittes, bis er sicher war, dass Vanessa ihn von ihrem Zimmer aus nicht mehr sehen konnte. Dann blieb er stehen und suchte sich eine Position, von der aus er die Eingangstür im Blick hatte. Es dauerte weniger als zwei Minuten, bis sich die Tür öffnete und die junge Frau herauskam. Friedrich duckte sich schnell hinter einen Müllcontainer und ließ Vanessa an sich vorübergehen. Dann folgte er ihr im Abstand von rund hundert Metern. Sie rannte die Staffel hinunter in Richtung Innenstadt. Friedrich hatte seine liebe Mühe, ihr auf den Fersen zu bleiben. Aber es gelang ihm zu erkennen, dass sie an einer Tür in der Haaggasse klingelte. Er legte die restlichen Meter so zügig er konnte zurück und fand zu seinem Leidwesen sieben Klingeln mit sieben verschiedenen Namen vor. Er entschied sich für die unterste, aber es erfolgte keinerlei Reaktion. Deshalb versuchte er es mit dem unmittelbar darüberliegenden Knopf und hatte diesmal mehr Glück. Eine Frau, deren Alter schwer einzuschätzen war, öffnete kurz ein Fenster im ersten Stock, warf Friedrich einen Schlüssel vor die Füße und war wieder im Hausflur verschwunden, bevor Friedrich sein Anliegen vorbringen konnte. Als er den Absatz der Treppe in der ersten Etage erreichte, starrte ihn die Frau durch ihr strähniges, dunkles Haar an.

»Sind Sie von den Stadtwerken?«, wollte sie wissen und fuhr, ohne eine Antwort abzuwarten, fort: »Wurde ja auch Zeit, dass endlich mal jemand wegen meiner Gasleitung kommt!«

Erst jetzt bemerkte Friedrich den Rollator, auf den sich die Frau stützte.

»Tut mir leid, ich bin nicht von den Stadtwerken …«

»Was wollen Sie dann von mir?« Der letzte Rest Freundlichkeit verschwand aus der Stimme der Frau.

»Ich suche jemand, der von seinen Freunden ›Brille‹ genannt wird. Können Sie mir da vielleicht weiterhelfen?« Friedrich bemühte sich erfolgreich, höflich zu bleiben.

»Brille? Was ist das denn für ein Name?«

»Sehr wahrscheinlich heißt der Mann eigentlich anders. ›Brille‹ dürfte sein Spitzname sein.«

»Warten Sie! Da oben, ein Stockwerk über mir, da wohnt einer, der verdammt schlecht sieht. Brillengläser wie Flaschenböden hat der! Meinen Sie vielleicht den?«

»Das wird sich demnächst herausstellen. Vielen Dank!«, antwortete Friedrich und stieg die Treppe hoch.

Er war noch nicht auf dem Absatz angekommen, als die Tür aufgerissen wurde und ein mittelgroßer Mann zur Treppe rannte. Er stieß Friedrich mehr als unsanft gegen die Wand, stürmte die Treppe hinunter und verschwand durch die Haustür. Friedrich, der zu Boden gefallen war, rappelte sich auf und hastete ebenfalls nach unten. Aber als er die Straße erreicht hatte, war von dem Flüchtenden schon nichts mehr zu sehen.

Friedrich fluchte, als er wieder zurück in den zweiten Stock ging. Wie erwartet traf er dort auf Vanessa.

»Sie sind mir ja mal ein schönes Früchtchen!«, schrie er sie an.

Dabei resultierte seine Wut mehr aus der Tatsache, dass er sich von Karsten Melchert hatte überrumpeln lassen, als aus dem Verhalten Vanessas.

»Karsten will nicht wieder in den Knast!«, antwortete Vanessa trotzig. »Und das mit dem Amoklauf ist vollkommener Blödsinn! Er war vorgestern Nachmittag bei mir. Den ganzen Nachmittag. Spätestens ab halb eins. Ich hatte sturmfreie Bude. Mein Vater war in seiner Kanzlei und meine Mutter bei ihrer Freundin in Ravensburg. Das haben wir natürlich sofort ausgenutzt. Endlich mal ein richtiges Bett und nicht immer diese unbequemen Autositze!«

»Autositze? Warum nicht in seiner Wohnung?«

»Er wollte das nicht. Ich kann Ihnen nicht sagen, warum. Es war einfach so.«

Friedrich wollte dieses Thema nicht weiter erörtern. Stattdessen fragte er: »Sind Sie sich ganz sicher? Sie waren den ganzen Nachmittag mit ihm zusammen? Ich meine, auch ab … sagen wir … 14 Uhr?«

»Ja, verdammt noch mal!«

»Ihnen ist hoffentlich klar, dass es für Meineid mindestens ein Jahr Gefängnis gibt?«

Vanessa beantwortete die Frage nicht.

»Außerdem haben Sie ihm zur Flucht verholfen! Das ist Strafvereitelung!«

Da Friedrich das Strafmaß nicht kannte, ließ er es bei dieser Feststellung bewenden. Vanessa blickte ihn weiter nur stumm an.

»Es gibt jetzt genau zwei Möglichkeiten.« Friedrichs Gesicht war nur Zentimeter von Vanessas entfernt. »Entweder, Sie sagen mir auf der Stelle, wo Herr Melchert wohnt, oder ich rufe den Staatsanwalt an! Sie glauben gar nicht, wie schnell der ein Ermittlungsverfahren gegen Sie in Gang bringt, wenn ich mit ihm rede.«

Dass seine Beziehungen zur Tübinger Staatsanwaltschaft in Wirklichkeit keineswegs die freundschaftlichsten waren, verschwieg Friedrich wohlweislich.

Vanessa trat von einem Fuß auf den anderen und knetete ihre Finger. Aber sie schwieg weiter. Nachdem Friedrich die Variante »bad cop« ausgereizt hatte, versuchte er sich jetzt als »good cop«.

»Wenn er bei Ihnen war, hat er ja wegen des Amoklaufs überhaupt nichts zu befürchten. Und so dumm, jetzt in seine Wohnung zurückzugehen, wird er ja wohl nicht sein. Was ist also dabei, wenn Sie mir seine wirkliche Adresse geben? Da, wo er offiziell wohnt, kennt ihn nämlich kein Schw… kennt ihn niemand.«

Vanessa kämpfte sichtbar mit sich selbst. Friedrich ließ ihr jetzt die Zeit, die sie brauchte.

»Mörikestraße. In Dußlingen. Die Nummer weiß ich nicht.«

»Frau Schittenhelm! Was soll denn das nun wieder?«

»Wirklich nicht! Ich sagte doch schon: Er hat mich nie mit dorthin genommen. Wir haben uns außerhalb der Schule immer nur entweder bei mir oder in der Stadt getroffen.«

Vanessa war sichtlich verängstigt.

Friedrich, der die gewünschte Information erhalten hatte, lenkte ein. »Sie haben doch sicher nur mit Karsten reden wollen. Dass er flieht, konnten Sie nicht vorhersehen. Also machen Sie sich vorerst mal keine Sorgen. Nur: Wenn sich herausstellen sollte, dass Sie Ihrem Freund ein falsches Alibi gegeben haben, kann ich außerordentlich ungemütlich werden!«

* * *

»Gut, dass Sie kommen! Ich wollte ohnedies gerade bei Ihnen anrufen. Der Junge ist verschwunden!« Christiane Buschschultes linker Zeigefinger bohrte sich fast in Annettes Oberkörper.

»Aber Sie sagten doch bei unserem letzten Gespräch, dass das ganz normal …«

»Diesmal ist es anders! Er hat mein ganzes Geld mitgenommen. Und sein Notebook fehlt auch!«

Annette, die das sorgenvolle Gesicht der Frau vor ihr sah, entschloss sich, ohne Umschweife zum Punkt zu kommen.

»Seit wann ist Ihr Sohn weg?«

»Gestern Abend habe ich ihn noch gesehen. Als er aus dem Keller kam. Er hatte sich seine Sporttasche geholt. Dann ist er rauf auf seine Bude. Und als ich heute Morgen zum Putzen in sein Zimmer kam, habe ich gesehen, dass das Bett unbenutzt war. Zunächst habe ich mir nichts dabei gedacht. Es kommt ja tatsächlich immer wieder einmal vor, dass er woanders übernachtet. Aber dann habe ich das mit dem Notebook gesehen. Das hat er bisher noch nie mitgenommen. Und später ist mir aufgefallen, dass ich keinen einzigen Cent mehr im Haus hatte. Er muss alles mitgenommen haben, was er finden konnte.«

»Sagen Sie, Frau Buschschulte, haben Sie Henning ausgerichtet, dass er sich bei mir melden soll?«

»Ja, natürlich habe ich das.« Frau Buschschulte wendete ihre Handflächen ratlos nach außen. Dann verengten sich ihre Augen. »Was ist denn eigentlich los? Warum interessieren Sie sich so für Henning? Hat er etwas ausgefressen? Ist es so schlimm, dass er jetzt abgehauen ist?«

Annette beschloss, Frau Buschschulte nicht länger im Dunkeln tappen zu lassen.

»Sie haben doch sicher vom Amoklauf im Hesse-Gymnasium …«

»Und da glauben Sie, dass mein Henning … Sie sind ja vollkommen verrückt! Hören Sie!« Hennings Mutter trat einen Schritt auf Annette zu. »Er ist vielleicht nicht unbedingt ein Engel. In Ordnung. Aber so etwas? Nie und nimmer!«

Annette blieb unbeeindruckt. »Hat Ihr Sohn eine Waffe?«, fragte sie in ruhigem Tonfall.

»Selbstverständlich nicht!«

»Darf ich mir mal sein Zimmer ansehen?«

»Nein!« Nach einer kurzen Pause fügte Frau Buschschulte in einer Mischung aus Angst und Verärgerung hinzu: »Sie sollten lieber nach meinem Henning suchen, anstatt in seinem Zimmer herumzuschnüffeln. Vielleicht ist ihm ja etwas passiert!«

Annette sah ein, dass zumindest im Moment keine Kooperation von Hennings Mutter zu erwarten war.

»Wenn Ihr Sohn wieder auftaucht oder sich auch nur bei Ihnen meldet, rufen Sie mich bitte sofort an. Meine Karte haben Sie ja bereits.«

Noch auf der Straße überlegte Annette, ob das, was sie herausgefunden hatte, einen dringenden Tatverdacht gegen Henning Buschschulte begründete, der Voraussetzung für einen Haftbefehl war. Dass er ohne Abschluss von der Schule gegangen und jetzt verschwunden war, war wohl zu dürftig dafür. Es war nicht einmal sicher, ob ein einfacher Tatverdacht als Voraussetzung einer Durchsuchung seines Zimmers vorlag. Annette beschloss, mit Friedrich zu reden. Sollte der entscheiden, was zu tun war!

* * *

Friedrich schickte einen Streifenwagen nach Dußlingen. Da er jedoch nicht viel Hoffnung hatte, dass Karsten Melchert sich in seiner Wohnung aufhielt, veranlasste er außerdem, dass nach ihm gefahndet wurde. Er kannte die Rechtslage, neigte aber in der Regel zu einer großzügigeren Auslegung der einschlägigen Paragraphen.

Unschlüssig, was er als Nächstes tun sollte, fiel Friedrich das Schaufenster einer Bäckerei ins Auge. Die Faszination, die die ansprechend arrangierten Auslagen auf ihn ausübten, war umso größer, als er heute bisher noch nicht zum Frühstücken gekommen war. Er betrat den Laden und erwarb neben den geliebten Laugenbrötchen auch eine Vollkornseele sowie ein kleines Glas Himbeermarmelade und beschloss, ein spätes Frühstück in seinem neuen Heim einzunehmen. Mit jedem Schritt, der ihn bergauf führte, wurde er missmutiger. Er schob es auf die nicht besonders glückliche Figur, die er vorher in der Haaggasse gemacht hatte. Obwohl er schon einen Schlüssel für Heideroses Wohnung besaß, klingelte er, um von ihr die Tür geöffnet zu bekommen.

»Friedrich! Komm rein!« Heiderose ging ins Esszimmer voran. »Gut, dass du kommst. Wir haben noch so viel zu besprechen, bevor morgen die neuen Möbel kommen.«

Sie deckte mit wenigen Handgriffen den Tisch für zwei Personen und verschwand in der Küche, um die Kaffeemaschine in Betrieb zu setzen. Als sie zurückkam, hatte sie eine Butterdose in der Hand.

»Heute kannst du noch einmal nach Herzenslust dein Lieblingsfrühstück genießen«, verkündete sie mit einem Blick auf die Brötchentüte, die Friedrich auf dem Tisch abgelegt hatte. »Aber in Zukunft werde ich schon darauf achten, dass du dich gesünder ernährst! Was magst du lieber? Haferflocken mit Joghurt und Früchten oder Dinkelvollkornbrot mit Honig?«

Friedrich starrte wortlos an Heiderose vorbei.

»Friedrich? Ich habe dich etwas gefragt!«

Statt sich ihr zuzuwenden und auf die ihm gestellte Frage zu antworten, drehte er sich um und strebte zügig auf die Wohnungstür zu.

»Friedrich? Was soll denn das?« Heiderose machte keinen Hehl daraus, dass sein Verhalten sie ärgerte.

»Ich muss nachdenken«, erklärte Friedrich, als er schon im Treppenhaus stand.

Nur zwanzig Minuten später stand er erneut vor Heiderose und erkärte ihr mit vorher mehrfach geübten Sätzen, dass er nicht bei ihr einziehen werde. Danach strebte er mit erstaunlich beschwingten Schritten wieder in Richtung Altstadt. Das lag lediglich zu einem sehr geringen Teil daran, dass sein Weg ihn nun bergab führte.

* * *

Nachdem er in Derendingen angekommen war, berichtete Annette vom Verschwinden Henning Buschschultes. Friedrich entschied, im Moment noch keine Fahndung einzuleiten. Vielmehr würden sie zunächst versuchen, Henning über seine Freundin ausfindig zu machen, deren Adresse sie über die Telefonnummer problemlos ermitteln konnten.

»Aber jetzt habe ich einen Bärenhunger! Kommen Sie! Wir statten unserer Kantine einen Besuch ab.«

Obwohl die Zeiger der großen Bürouhr erst auf 11.45 Uhr standen, setzten die beiden sich in Bewegung. Mehrere Tische des Speisesaals waren bereits besetzt, obwohl der ganz große Ansturm erst in etwa einer halben Stunde einsetzen würde. Friedrich balancierte sein Tablett, auf dem ein Teller mit einem großen, panierten Schnitzel und Pommes frites lag, während Annette sich für die Gemüselasagne entschieden hatte. Die beiden Polizisten hatten schon häufiger zusammen zu Mittag gegessen. Daher wusste Annette, dass Friedrich sich gerne vollständig auf sein Essen konzentrierte und auf Fragen, die an ihn gerichtet waren, nur einsilbig, wenn überhaupt antwortete. Sie gabelte deshalb still an ihrer Lasagne herum. Schon nach weniger als der halben Portion legte sie das Besteck beiseite. Friedrich war noch nicht fertig. So döste Annette vor sich hin.

Vom Nebentisch kam schallendes Gelächter. Offensichtlich waren die Kollegen wieder einmal dabei, sich gegenseitig mit Geschichten aus der Rubrik »Unsere kuriosesten Fälle« zu übertrumpfen. Annette konnte nicht vermeiden mitzuhören, als der Jüngste in der Runde am Nachbartisch eine weitere Episode zum Besten gab.

Ein älterer Mann hatte sich bei ihm als Dieter Haug vorgestellt und war gekommen, um seine Nachbarin Olga Breuninger anzuzeigen. Die von Herrn Haug über alles geliebte Mona war vor einigen Tagen umgebracht worden!

Es stellte sich schnell heraus, dass Mona eine Katze war, die der Mann schmerzlich vermisste. Er klebte erfolglos überall im Viertel Zettel an Bäume und Schaufenster, auf denen ein Bild der Katze und seine Telefonnummer zu sehen waren. Niemand meldete sich. Stattdessen sah er am späten Abend desselben Tages seine Nachbarin in ihrem Garten eine zirka einen Meter lange und 50 Zentimeter breite Grube wieder zuschaufeln. Zunächst dachte er sich nichts dabei. Aber als er nachts wach lag und grübelte, steigerte er sich mehr und mehr in die Vorstellung, dass es Mona war, die in dieser kleinen Grube lag. Schließlich hatte seine Nachbarin ihn oft genug beschimpft, weil er sich gelegentlich Filme von Youporn ansah, ohne seine Vorhänge in seiner Erdgeschosswohnung zuzuziehen.

Und nicht nur das. Gedroht hatte sie ihm. Wenn er nicht endlich davon ablasse, sich mit »diesem Schweinkram« abzugeben. Am nächsten Tag schon wollte er nachsehen, ob sein schrecklicher Verdacht bestätigt würde. Aber die Nachbarin ging weder an diesem noch am folgenden Tag aus dem Haus. Offensichtlich waren ihre Vorratsregale mit tiefgefrorenen Fertiggerichten sehr gut gefüllt. Aber dann verließ sie das Haus morgens gegen elf. Dieter Haug brauchte weniger als zehn Minuten, um sich einen Spaten zu schnappen und die sterblichen Überreste von Mona auszugraben. Wenn die Nachbarin in diesem Moment zurückgekommen wäre, hätte Dieter für nichts garantieren können. Aber sie kam erst zurück, als er sich wenigstens wieder so weit in der Gewalt hatte, dass er sich nicht sofort auf sie stürzte. Die Nachbarin leugnete nicht. Im Gegenteil. Am Ende war sie es, die auf Dieter losging und lautstark seine cineastischen Vorlieben anprangerte. Dieter Haug hatte erhebliche Mühe, sich zu beherrschen. Aber er schaffte es, ließ sie stehen und machte sich sofort auf, um Anzeige zu erstatten.

Annette fand die Geschichte bei Weitem nicht so komisch wie ihre uniformierten Kollegen am Nebentisch. Vor allem aber war sie froh, den Schritt zur Kriminalpolizei geschafft zu haben und so von solchem Zeug verschont zu bleiben.

Inzwischen hatte auch Friedrich sein Besteck auf dem Teller abgelegt. Er blickte Annette stumm an. Sie nickte, und beide machten sich auf den Weg zurück zu ihren Schreibtischen.

Noch auf dem Flur fing sie ein Kollege ab und teilte ihnen mit, dass schon seit zwanzig Minuten eine junge Frau auf Friedrich warte. Sie sei sehr aufgeregt gewesen, habe aber um keinen Preis sagen wollen, warum sie gekommen war.

Weil Friedrich keinerlei Lust verspürte, sich von irgendwelchen unwichtigen Angelegenheiten von seiner Ermittlungsarbeit ablenken zu lassen, bat er seinen uniformierten Kollegen, sie noch einmal nach dem Grund ihres Kommens zu fragen. Sollte sie erneut keine Antwort geben, könne er sie sanft, aber bestimmt vor die Türe setzen.

Als er in seinem Bürostuhl saß und überlegte, was als Nächstes zu tun sei, hatte er die junge Frau schon wieder vergessen. Deshalb rief er ohne groß nachzudenken »Herein!«, als es an seiner Tür klopfte. Zu seiner Verwunderung streckte Sabrina Leonhardt den Kopf ins Zimmer, die es offensichtlich doch irgendwie geschafft hatte, zu Friedrich gebracht zu werden.

»Sie? Was wollen Sie denn hier?«, empfing Friedrich seinen Besuch wenig freundlich.

»Ich … muss Ihnen noch etwas sagen …«, stotterte Sabrina.

»Dann fangen Sie an! Ich habe nicht viel Zeit.«

Sabrina war anzusehen, dass sie sich überwinden musste, um weiterreden zu können.

»Es geht um Vanessa.«

»Ja. Und?«

»Sie hat Karsten gesucht. War bei einem von seinen zahlreichen Kumpels. Sie wusste, wo er wohnt, weil Karsten vor einiger Zeit kurz bei ihm vorbeigefahren ist, bevor Vanessa mit ihm im Auto …«

Wenn Friedrich sonst etwas nicht leiden konnte, dann waren es Zeugen, die nicht zum Punkt kamen. Aber in Sabrinas

Fall hatte er das Gefühl, dass sich Geduld lohnen könnte. Deshalb ließ er ihr die Zeit, die sie brauchte.

»Es ist so ... die beiden, ich meine Vanessa und der Kumpel, sind ins Gespräch gekommen. Sie hat ihm was vorgeheult. Von wegen großer Liebe und so. Dass Karstens und ihre Gefühle viel stärker sind, als sich irgendjemand vorstellen kann. Dass sie auf ihn warten wird, falls er wieder ins Gefängnis muss. Solchen Quatsch eben. Der Kumpel hat sie nur breit angegrinst. Dann hat er ihr die Augen geöffnet. Hat ihr von Sonja erzählt. Von Bea. Von Conny. Um nur die zu nennen, mit denen Karsten im Moment regelmäßig Sex hat.

Vanessa war total fertig, als sie bei mir ankam. Hat Rotz und Wasser geheult. Und dann hat sie mir gestanden, dass ...«

Friedrichs erster Impuls war, Sabrina ein ungeduldiges »Was? Was hat sie gestanden? Jetzt reden Sie doch endlich!« entgegenzuschleudern. Aber im letzten Moment gelang es ihm, sich zu beherrschen und sich auf ein unaufgeregtes »Ja?« zu beschränken.

»Sie war *nicht* mit ihm zusammen. Am Mittwoch. Als das in der Schule passiert ist, war sie nicht mit Karsten zusammen.«

Sabrina atmete hörbar aus. Friedrich nickte, sagte aber nichts.

»Ich habe auf sie eingeredet. Dass sie mit Ihnen sprechen soll. Aber sie wollte partout nicht. Es hat zwei Stunden gedauert, bis wir uns darauf geeinigt hatten, dass ich zur Polizei gehe.« Die Erleichterung war Sabrina ins Gesicht geschrieben.

»Was passiert jetzt mit Vanessa?«, fragte sie fast schüchtern, nachdem Friedrich weiter stumm blieb.

»Das entscheidet der Staatsanwalt. Wie alt ist Ihre Freundin?«

»Im Dezember wird sie 17.«

»Dann fällt sie auf jeden Fall noch unter das Jugendstrafrecht. Ich persönlich glaube nicht, dass der Staatsanwalt sie allzu hart anfasst. Immerhin hat sie Sie doch zu mir geschickt, um ihren Fehler wieder gutzumachen. Oder etwa nicht?«

»Nein, sie hat ... natürlich ... ich verstehe ... selbstverständlich ... ja, sie hat mich zu Ihnen geschickt. Ja, genau, so war es!«

»Na sehen Sie! Das spricht doch deutlich für Vanessa.«

Eine sichtlich erleichterte Sabrina Leonhardt verließ Friedrichs Büro. Der Hauptkommissar streckte sich, stand auf, ging einige Male auf und ab und blieb dann vor Annettes Schreibtisch stehen.

»Also? Was haben ...«

Gerade wollte er eine weitere Zusammenfassung des aktuellen Ermittlungsstandes einläuten, als das Telefon klingelte. Am Apparat war Luise Denzinger, die sich heftig darüber beschwerte, dass bislang niemand auf ihren Hinweis auf ihren Mieter, den Biologielehrer, und sein Verhältnis mit einer Schülerin reagiert habe. Schließlich habe sie nicht zum Spaß angerufen und könne als wachsame Bürgerin mindestens verlangen, dass sie ernst genommen werde. Friedrich beruhigte die ältere Dame mit dem Hinweis, dass im Moment so viele Spuren zu verfolgen seien, dass er nicht wisse, wo ihm der Kopf stehe, und beendete das Gespräch.

Annette hatte mitgehört und sah Friedrich fragend an. »Soll ich zu ihr rausfahren?«

»Vielleicht später. Im Moment haben wir Wichtigeres zu tun. Wir müssen ...«

Erneut wurde Friedrich durch das Telefon unterbrochen.

»Ja, zum Teufel?!«, schimpfte er in den Hörer.

Friedrichs Verärgerung legte sich im Verlauf des Gesprächs immer mehr. Schließlich bedankte er sich sogar freundlich bei dem Anrufer und legte auf.

»Wir müssen in die Frauenklinik!«, kündigte er an.

»Wohin?«, wunderte sich Annette.

»Eine Patientin, die sie dort operiert haben, ist heute Morgen von der Intensivstation in ein normales Krankenzimmer verlegt worden. Nachdem sie das Tagblatt vom Donnerstag in die Finger bekommen hatte, wollte sie sofort mit uns telefonieren. Sie will unbedingt eine ›wichtige Aussage‹ machen, weigert sich aber, den Ärzten zu sagen, worum es geht.«

* * *

Das Zimmer von Margarete Schramm war schnell gefunden. Sie war noch gezeichnet von der gerade überstandenen Operation, konnte aber klar und deutlich sprechen.

»Ich bin die Schulpsychologin vom Hesse-Gymnasium«, antwortete sie auf Friedrichs Frage nach dem Grund ihres Anrufes. »Als ich von den schrecklichen Ereignissen an meiner Schule gelesen habe, ist mir sofort etwas eingefallen, was vielleicht ziemlich wichtig für Sie sein könnte.«

»Und? Was ist Ihnen eingefallen?«, fragte Friedrich nach, als Margarete Schramm nicht weitersprach.

»Es geht um einen ehemaligen Schüler von uns. Wir mussten ihn von der Schule verweisen.«

»Wie hieß der Schüler?«, wollte Annette wissen.

»Raphael. Raphael Fotiadou.«

Sowohl Friedrich als auch Annette horchten auf, unterbrachen die Psychologin aber nicht.

»Wir hatten keine andere Möglichkeit«, fuhr Margarete Schramm fort. »Ich selbst kam etwa ein halbes Jahr nach seinem Eintritt bei uns dazu, als er einen drei Jahre jüngeren Mitschüler auf dem Pausenhof übel zugerichtet hat. Der Junge musste zur medizinischen Versorgung in die Klinik gefahren werden. Und als ein Lehrer ihn hinterher zur Rede stellen wollte, hat Raphael ihn am Kragen gepackt. Stellen Sie sich das einmal vor! Es ging wirklich nicht mehr, obwohl wir alles versucht haben. Wir mussten ihn zum Schutz der anderen Schüler ausschließen. Das Votum der Klassenkonferenz war einstimmig. Fast. Nur Kollege Finke hat natürlich die Gegenposition vertreten. Aber das macht er immer. Das zählt also nicht. Unmittelbar nach der Konferenz habe ich mit Raphael gesprochen. Ihm schien es ziemlich gleichgültig zu sein, dass er von der Schule musste. Dafür bekam ich ein paar Tage später Besuch von seinem Vater. Ohne anzuklopfen, stürmte er in mein Büro. Ich habe Herrn Fotiadou in aller gebotenen Freundlichkeit, aber auch sehr deutlich zu verstehen gegeben, dass und warum wir seinen Sohn nicht bei uns als Schüler behalten konnten. Und da sein Filius über das schulpflichtige Alter hinaus war, gab es für uns auch keinerlei Verpflichtung dazu. Zuerst hat Herr Fotiadou mir ruhig zugehört. Aber ab dem Moment, in dem ich zart angedeutet habe, dass man wegen der Vorkommnisse bei uns und an den früheren Schulen durchaus daran denken könnte, professionelle Hilfe für Raphael in Anspruch zu nehmen, war es aus. Er hat angefangen zu toben. Was wir denn eigentlich glaubten? Woher wir das Recht nähmen, so über seinen Sohn zu reden. Sein Sohn brauche keinen Seelenklempner. Wir glaubten wohl, wir seien etwas Besseres. Aber wir sollten uns nur nichts auf unsere akademischen Meriten einbilden.«

»Das hat er so gesagt? Akademische Meriten?«, unterbrach Friedrich die Psychologin.

»Nein, natürlich nicht. Er hat sich wesentlich drastischer ausgedrückt. Je länger es ging, desto mehr redete er sich in Rage. Am Schluss hat er gebrüllt wie ein Stier. Und als er mich dann am Arm gepackt und mich aus meinem Sessel gezogen hat, war die Grenze endgültig überschritten. Ich habe um Hilfe gerufen. Zum Glück hat mich der Hausmeister gehört. Er stürmte rein und hat Herrn Fotiadou reichlich unsanft an die frische Luft gesetzt. Das Letzte, was ich von ihm gehört habe, war: ›Das werdet ihr noch bereuen! Das schwöre ich euch!‹«

»Wie haben Sie darauf reagiert?« Annette musste sich zu einem ruhigen Tonfall zwingen.

»Das ist es ja, was ich mir jetzt vorwerfe! Leider gar nicht. Ich habe ihn und sein Geschrei nicht ernst genommen, nachdem sich meine erste Aufregung gelegt hatte. Typisch südländisches Macho-Gehabe. Dachte ich. Der beruhigt sich schon wieder. Und der weitere Verlauf schien mir sogar recht zu geben. Denn es ist nichts mehr passiert. Von Herrn Fotiadou haben wir nie wieder ein Wort gehört, geschweige denn, dass er noch einmal hier aufgetaucht wäre. Aber jetzt mache ich mir natürlich die schwersten Vorwürfe! Wenn ich damals wenigstens Frau Wittenberger-Munz davon erzählt hätte! Aber die hatte in dem Moment so viel um die Ohren. Da wollte ich ihr nicht auch noch auf die Nerven gehen. Und jetzt das!«

Friedrich beruhigte die Schulpsychologin, so gut es ging, und fragte dann: »Wann war das genau, als Herr Fotiadou bei Ihnen aufgetaucht ist?«

»Warten Sie ... das muss ... vor fünf Monaten gewesen sein. Am Tag danach war nämlich mein Hochzeitstag.«

Friedrich wandte sich an seine Kollegin. »Finden Sie bitte raus, in welcher Klinik Herr Fotiadou liegt und ob er vernehmungsfähig ist.«

Annette verließ das Krankenzimmer und begann auf dem Flur zu telefonieren. Nach einigen Minuten kam sie zurück und berichtete, dass Leonidas Fotiadou in den Crona-Kliniken liege, an eine Vernehmung aber weder heute noch in den nächsten Tagen zu denken sei. Da Friedrich inzwischen davon ausging, dass Frau Schramm alles gesagt hatte, was sie hatte sagen wollen, verabschiedeten sie sich von ihr. Er rief beim Präsidium an und ließ sich die genaue Adresse von Leonidas Fotiadou in Holzgerlingen geben.

* * *

»Los geht's!«, verkündete Friedrich, als er mit Annette wieder vor ihrem Dienstfahrzeug stand.

Friedrich nahm auf dem Beifahrersitz Platz. Seit nicht nur auf den Durchgangsstraßen von Teilorten wie Unterjesingen oder Hirschau, sondern auch von der Westbahnhof- bis zur Mohlstraße und im Ring um den Alten Botanischen Garten nicht einmal mehr mit Tempo 50 gefahren werden durfte, hatte er die Lust am Autofahren verloren. Auch wenn er nicht zu jenen Eiferern gehörte, die in langen und zum Teil ebenso emotionalen wie unsachlichen Leserbriefen im Schwäbischen Tagblatt gegen die Verkehrspolitik im Allgemeinen und gegen den Oberbürgermeister im Besonderen wetterten, so regte er sich doch jedes Mal auf, wenn er sich wie eine Schnecke fortbewegen musste. Abends, wenn er gemütlich mit Freunden beim Bier saß, war er durchaus bereit einzuräumen, dass der Zeitverlust minimal war und die positiven Aspekte im Hinblick auf Feinstaub- und Lärmbelastung sowie Verkehrssicherheit die Maßnahme des Regierungspräsidiums allemal rechtfertigten. Aber wenn er, was selten genug vorkam, trotz freier Wilhelmstraße nicht wenigstens 50 fahren durfte, konnte es durchaus vorkommen, dass sich seine Gesichtsfarbe zu einem leichten Rotton hin verfärbte. Deshalb zog er es in letzter Zeit immer häufiger vor, chauffiert zu werden, statt sich selbst ans Steuer zu setzen.

Annettes Einwand, dass sie für Ermittlungen im Kreis Böblingen eigentlich nicht zuständig seien, wischte Friedrich mit dem Hinweis vom Tisch, dass sie der Familie Fotiadou ja lediglich einen informellen Besuch abstatteten.

Direkt vor dem Haus in der Karlstraße fand sich ein freier Parkplatz. Annette klingelte bei Fotiadou, aber es rührte sich auch nach mehrmaliger Wiederholung nichts. Schließlich öffnete sich in der zweiten Etage ein Fenster. Eine deutlich über 50 Jahre alte Frau streckte ihren Kopf heraus.

»Frau Fotiadou?«, fragte Friedrich.

»Wer sind Sie?«, kam statt einer Antwort.

Friedrich kramte seinen Ausweis aus der Jackentasche und hielt ihn in die Höhe. »Holzwarth, Kriminalpolizei. Meine Kollegin Winter. Wir möchten zu Frau Fotiadou.«

Obwohl die Frau im Fenster den Ausweis auf diese Distanz unmöglich genau sehen konnte, wurde sie sofort deutlich zugänglicher.

»Die Fotiadou ist in Ordnung. Was wollen Sie denn von der?«

»Das würde ich gerne mit ihr selbst besprechen«, gab Friedrich zurück.

»Geht nicht. Sie ist nicht da. Ihr Mann liegt seit Mittwoch schwer verletzt im Krankenhaus. Er hatte einen schlimmen Unfall. Ich sage ja immer, dass das mit diesen Motorrädern viel zu gefährlich ist. Auf jeden Fall sitzt sie seither die ganze Zeit in Tübingen neben seinem Bett.«

Den beiden Polizisten blieb nichts anderes übrig, als sich zu bedanken und unverrichteter Dinge den Rückweg nach Tübingen anzutreten.

* * *

Entgegen der Ankündigung der Nachbarin trafen Friedrich und Annette Frau Fotiadou nicht in der Klinik an. Die zuständigen Schwestern bestätigten zwar, dass sie seit Mittwoch ständig bei ihrem Mann gewesen war. Aber wo sie sich im Moment aufhielt, konnte niemand sagen. Die Ermittler hatten deshalb keine andere Wahl, als die Klinik wieder zu verlassen.

»Frau Winter, wenn es Ihnen recht ist, könnten Sie jetzt vielleicht schnell mal bei dieser Vermieterin in der Stauffenbergstraße vorbeischauen. Damit sie Ruhe gibt.«

»In Ordnung. Aber wollen Sie denn nicht mitkommen?«

»Nein, ich … muss mich noch um ein paar andere Dinge kümmern.«

Auch wenn er Annette wirklich schätzte, sah er keine Veranlassung, ihr zu erzählen, dass er im Moment faktisch wohnungslos war.

»Und Sie finden bestimmt viel schneller einen Draht zu der alten Dame als ich«, fügte er noch hinzu, als er ihren skeptischen Blick auffing.

Während Annette sich in Richtung Stauffenbergstraße 78 auf den Weg machte, fuhr Friedrich mit dem Bus zurück in die Stadt. Er dachte darüber nach, wo er ab morgen wohnen sollte. Er besorgte sich am Tagblatteck ein Schwäbisches Tagblatt vom vergangenen Mittwoch und betrachtete die Mietangebote intensiv. Zwei Anzeigen nannten zwar einen aus Friedrichs Sicht astronomischen Mietpreis, die angebotenen Wohnungen kamen aber grundsätzlich für ihn in Frage. Zumindest so lange, bis er etwas Bezahlbares gefunden hatte. Er notierte sich die angegebenen Telefonnummern. Wie in beiden Anzeigen erbeten, würde er nach Feierabend dort anrufen. Aber trotzdem blieb die Frage, wo er die nächsten Nächte verbringen würde. Dass er nicht in seine alte Wohnung im Hennentalweg zurückkonnte, stand außer Zweifel. Die neuen Mieter waren erst gestern dort gewesen und hatten Teile ihrer Einrichtung bereits aufgestellt, während Friedrichs spärliche Einrichtung in einem Kellerabstellraum gelandet war. Er erwog deshalb, vorübergehend in eine Pension zu ziehen, verwarf den Gedanken aber ziemlich schnell wieder. Realistisch gesehen blieb also nur, dass er so lange, bis er eine neue Wohnung gefunden hatte, bei seiner Tochter unterkam. Ihm war klar, dass vor allem sein Schwiegersohn von dieser Option alles andere als begeistert sein würde. Aber darauf konnte und wollte er im Moment keine Rücksicht nehmen. Er rief seine Tochter an, erreichte aber nur Friederike, die spontan begeistert auf die Ankündigung ihres Großvaters reagierte und versprach, ihre Eltern möglichst schonend über den neuen Mitbewohner zu informieren.

* * *

Annette Winter hatte tatsächlich ebenso wenig Mühe, das Haus mit großem Garten in der Stauffenbergstraße 78 zu finden, wie dessen Eigentümerin Luise Denzinger zum Reden zu bringen. Das Alter der weißhaarigen Frau war schwer zu schätzen, musste aber irgendwo zwischen 60 und 75 liegen. Nachdem der bereits auf dem Tisch stehende Kaffee eingeschenkt war und Annette einen der selbstgebackenen Kekse genommen hatte, begann Luise zu erzählen, bevor Annette ihre erste Frage gestellt hatte. So erfuhr Annette, dass man in Tübingen inzwischen nicht einmal mehr seines Lebens sicher sein könne. Schließlich war im letzten Jahr ein Zahnarzt auf offener Straße von seiner Ehefrau erschossen worden. Die Polizei hatte die Täterin immerhin unmittelbar nach den tödlichen Schüssen an einer Tankstelle festnehmen können. Aber trotzdem! Dann die Entführung einer Unternehmerstochter. Zum Glück mit unblutigem Ausgang. Und jetzt erst vor Kurzem der Mord an einer Frau im Steinlachtal! So etwas hatte es früher nicht gegeben! Nein, beschaulich und geruhsam, ja fast ein wenig verschlafen, so wie früher, war Tübingen nach Luises Ansicht schon lange nicht mehr.

Annette behielt für sich, dass die Kriminalitätsrate für eine Stadt dieser Größe nicht besonders hoch war, trotz der beiden spektakulären Fälle, die sich kurz hintereinander ereignet hatten. Aber was die Verschlafenheit der Universitätsstadt betraf, war sie durchaus der Auffassung, dass nach der Schließung des Zentrums Zoo in der Weststadt und des Clubs Mancuso in der Friedrichstraße Handlungsbedarf bestand, wenn die jungen Leute abends nicht alle ins franz.K nach Reutlingen oder nach Stuttgart abwandern sollten. Annette selbst hatte es bisher lediglich geschafft, einen Abend im Top 10 zu verbringen, aber sie war mit dem Gefühl nach Hause gegangen, dass diese Diskothek nicht ihr Stammlokal werden würde. Wenn sie ausging, dann inzwischen meistens ins Sudhaus, wo man ebenso gut tanzen wie Kleinkunstveranstaltungen besuchen konnte. Allerdings war der dortige Saal für wenigstens einigermaßen bekannte Künstler einfach zu klein.

Obwohl sie das Missbehagen ihrer Gastgeberin an der Tübinger Gegenwart nicht interessierte, ließ Annette die ältere Dame reden, ohne sie zu unterbrechen. Das geduldige Zuhören wurde belohnt. Luise selbst war es, die auf ihren Untermieter Philipp Schweizer zu sprechen kam. Sie schilderte ihn zunächst als umgänglichen Menschen, der ihr schon häufiger den Mülleimer hinuntergetragen und im Winter freiwillig die Gehwege vom Schnee befreit hatte. Und gebildet war er. Darauf hatte sie bei der Auswahl ihres Mieters aus Dutzenden von Bewerbern vor allem geachtet: dass jemand in die Wohnung einziehen würde, mit dem sie sich auf einem gehobenen intellektuellen Niveau unterhalten konnte. Schließlich war ihr Mann Professor für Altphilologie gewesen! Und sie hatte die richtige Wahl getroffen, auch wenn ihr Hausgenosse – von ihr naserümpfend missbilligt – viel seiner freien Zeit damit verbrachte, als Sportschütze mit kleinkalibrigen Waffen Schüsse auf weit entfernte Zeilscheiben abzugeben. Aber wenn er zu Hause war, konnte sie mit ihm über die neuesten Bestseller auf dem Büchermarkt ebenso sprechen wie über Theaterstücke, die beide, wenn auch zu unterschiedlichen Zeitpunkten, im LTT oder im Zimmertheater gesehen hatten. Auch die Miete zahlte Herr Schweizer pünktlich und regelmäßig. Was ja auch kein Wunder war. Schließlich bezog er als Biologielehrer am Hesse-Gymnasium ein ordentliches Gehalt. Kurz und gut: Luise hätte keinerlei Grund, sich über ihn zu beklagen. Wenn … ja wenn da nicht diese ständigen Weibergeschichten wären! Sie selbst war ihrem Mann, der schon seit mehr als 15 Jahren nicht mehr lebte und den sie eisern einmal pro Woche auf dem Bergfriedhof besuchte, stets treu gewesen. Obwohl es weiß Gott nicht an Möglichkeiten gefehlt hatte! Im Gegenteil. Wenn sie nur gewollt hätte! Aber sie hatte sich jederzeit im Griff gehabt und immer gewusst, was sich für eine Ehefrau gehörte. Und vor allem, was sich nicht gehörte.

»Also«, empörte sich Luise, nachdem sie ihre Tasse abgestellt hatte, »ich kann beim allerbesten Willen nicht verstehen, dass er sich mit dieser Schülerin eingelassen hat. Noch dazu von dem Gymnasium, an dem er selbst unterrichtet! Wie die schon aussieht! Knallbunte Haare! Total zerrissene Klamotten! Igitt!« Luises Abscheu war mit Händen zu greifen. »Manchmal treffen sich die beiden jeden Tag, manchmal nur einmal in der Woche. Aber immer geht es hoch her.« Luise nippte am Kaffee. »Ich will das nicht. Wirklich nicht. Aber es bleibt mir doch gar nichts anderes übrig, als mir die Schreie und das ausdauernde Stöhnen der beiden anzuhören, wenn sie sich im Bett herumwälzen.«

Auf Annettes Frage, wer denn die Glückliche sei, runzelte Luise missbilligend die Stirn. Dann berichtete sie, dass ihr das Mädchen nie offiziell vorgestellt worden war, wie sich das gehört hätte. Schließlich wohnte man unter einem Dach zusammen! Aber selbst durch die Wände war nicht zu überhören gewesen, dass sie Manuela heißen musste. Und einmal war Luise dieser Manuela auf dem Gang begegnet, als sie gerade ihr klingelndes Handy aus der Handtasche holte und sich mit »Manuela Breuninger« meldete.

Annette schoss die Geschichte mit der getöteten und vergrabenen Katze in den Kopf. War da nicht auch der Name Breuninger gefallen? Aber sie konnte den Gedanken nicht festhalten, denn Luise Denzinger berichtete bereits eifrig weiter.

»Und dann habe ich die Frau Mama kennen gelernt.«

Sie legte eine Pause ein, um dem Folgenden mehr Gewicht zu verleihen.

»Am letzten Montag tauchte sie vor meiner Tür auf. Eine Furie ist ein harmloses Lämmchen dagegen. Sie wollte zu Herrn Schweizer. Ich sagte ihr, Herr Schweizer sei nicht da, bat sie aber höflichkeitshalber herein. Kaum stand sie im Wohnzimmer, begann sie herumzuzetern. Und das in einer Lautstärke, die kaum auszuhalten war! Wie ich diese ›schamlose Hurerei‹ – das waren wirklich ihre Worte! – nicht nur dulden, sondern auch noch unterstützen könne. Ob mir nicht klar sei, dass alles einem Abgrund zustrebe und die gesamte Menschheit vernichtet werde, wenn alle weiter – auch das sagte sie genau so – ›der Unkeuschheit und Wollust frönen‹.«

Luise nippte an ihrem Kaffee und setzte dann ihren Bericht fort.

»Ich habe mir ernsthaft überlegt, sie hinauszuwerfen. Aber dann habe ich doch so etwas wie Mitleid mit ihr bekommen. Allerdings hatte ich meine liebe Not, die Frau wenigstens wieder einigermaßen zu beruhigen. Sie hat mir dann etwas gefasster erzählt, dass sie vom unverzeihlichen Verhalten ihrer Tochter Manuela von einem Nachbarjungen erfahren hatte, den sie an der Supermarktkasse wegen seiner ›vollkommen verrohten Sprache‹ zurechtgewiesen hatte. Nun ja, ich finde ja auch, dass das Sprachniveau der jungen Leute gelegentlich mehr als zu wünschen übrig lässt. Aber an der Supermarktkasse? Ich weiß nicht … Wie auch immer: Der junge Mann hat sie trotzig vor allen Leuten aufgefordert, sich besser um ihre eigene Tochter zu kümmern, bevor sie ihn hier in aller Öffentlichkeit blöd anquatsche. Sie schrie ihn empört an, was er damit sagen wolle, und er klärte sie mit wenigen, tatsächlich sehr vulgären Worten darüber auf, dass ihre Tochter Manuela ein Verhältnis mit ihrem Biologielehrer habe.« Luise schaute Annette kurz in die Augen und setzte dann ihren Bericht fort. »Sie hat ihre Tochter wortreich in Schutz genommen und ist zu Hause aus allen Wolken gefallen, als Manuela das Verhältnis unumwunden zugab. Danach kam Frau Breuninger wieder zum Allgemeinen. An allem habe nur das Fernsehen Schuld. Davon war sie fest überzeugt. Und das Internet. Vor allem aber die Schule, die nichts gegen den ›Verfall aller Sitten‹ unternehme, obwohl genau das ihre eigentliche Aufgabe sei. Aber wie denn auch? Wenn schon Lehrer mit ihren eigenen Schülerinnen … Allmählich habe ich fast Angst vor der Frau bekommen. Ich bin nicht weiter auf ihre abstrusen Ausführungen eingegangen, sondern habe ihr noch einmal erklärt, dass Herr Schweizer nicht zuhause sei, ich aber gerne bereit sei, ihm etwas von ihr auszurichten. Als sie dann wieder anfing, mich zu beschimpfen, weil ich ›unkeusches Verhalten‹ in meinem Haus dulde, bat ich sie höflich, aber bestimmt, zu gehen. Sie hat mich angesehen, mit einem Blick, als sei ich rettungslos verloren, und ist ohne ein weiteres Wort zur Haustür marschiert.«

Luise Denzinger lehnte sich zurück und faltete die Hände vor dem Bauch. Sie schien alles gesagt zu haben, was sie hatte sagen wollen, und schaute Annette erwartungsvoll an. Die Polizistin versprach, dem Hinweis nachzugehen, bedankte sich für Kaffee und Kekse und beschloss, am Ball zu bleiben.

Olga Breuningers Adresse herauszufinden, war kein Problem. Annette musste nur im Präsidium anrufen und sich mit dem Kollegen verbinden lassen, der in der Kantine die Geschichte mit der Katze zum Besten gegeben hatte.

Nach dem Telefonat machte sich Annette Winter mit dem Dienstwagen auf den Weg in die Bismarckstraße.

Als sie an ihrem Ziel angekommen war, musste sie Olga Breuninger, die Mutter von Manuela Breuninger, aus dem

Schlaf klingeln. Sie kam ihr in einem Morgenmantel entgegen, der schon wesentlich bessere Zeiten gesehen hatte. Das Haar war nicht gekämmt, und aus den Pantoffeln ragten Beine ohne Socken. Annette musterte die groß gewachsene Frau. Von der Statur her, überlegte die Polizistin, könnte sie durchaus in dem schwarzen Overall gesteckt haben, der bei dem Amoklauf getragen worden war,

Olga empfing Annette mit einem freundlichen Händedruck und führte sie in eine Küche, in der sich schmutziges Geschirr nicht nur in der Spüle, sondern auch auf dem Fensterbrett stapelte. Auf dem Fußboden waren sowohl Zeitschriften als auch einzelne Kleidungsstücke verstreut.

»Sie sind von der Polizei, nicht wahr?«

Annette nickte erstaunt. Sah man ihr ihren Beruf wirklich so deutlich an?

»Schön, dass Sie endlich kommen! Ich habe schon x-mal bei Ihnen angerufen, und nichts ist passiert.«

»Warum haben Sie denn bei uns angerufen?«

»Na, Sie sind gut! Damit Sie endlich diesen Haug verhaften!«

»Warum sollten wir?«

»Warum? Ist das Ihr Ernst? Weil er unreine Dinge tut! Deshalb!«

Annette hatte im Laufe ihrer noch kurzen Karriere schon einiges Merkwürdige gehört. Aber dass jemand wegen ›unreiner Dinge‹ verhaftet werden sollte, war ihr neu.

»Könnten Sie das vielleicht etwas näher beschreiben?«

Annette war sich sicher, dass Olga umso gesprächsbereiter sein würde, je ernster sie sich genommen fühlte.

»Er sieht sich Filme an. Jeden Abend. Männer mit Frauen. Männer mit Männern. Männer mit Tieren! Dabei zieht er nicht einmal die Vorhänge zu. Jeder kann in die Wohnung sehen. Sogar Kinder!« Olga versank für eine Weile in ein dumpfes Schweigen. »Also, was passiert jetzt mit dem Haug, diesem Schwein? Kommt der jetzt endlich dahin, wo er hingehört?«

Annette war sich jetzt sicher, dass Luise Denzinger mit ihrer Schilderung von Olga Breuninger nicht übertrieben hatte. Die Polizistin überlegte, ob sie Olga nach ihrer Tochter und deren Verhältnis zu ihrem Biologielehrer befragen sollte, entschied sich aber dagegen. Stattdessen kam sie ohne weitere Umschweife auf den eigentlichen Grund ihres Besuches zu sprechen.

»Frau Breuninger, können Sie mir bitte sagen, wo Sie vorgestern von 12 Uhr mittags bis 17 Uhr gewesen sind?«

Olgas Kopf schoss nach oben, die Augen verengten sich und ihr rechter Arm fuhr Annette abwehrend entgegen.

»Was soll das?«, kreischte sie. »Was geht es Sie an, wo *ich* war? Und wieso wollen Sie das überhaupt wissen?« Olga stand auf und machte einen Schritt auf Annette zu. »Gehen Sie! Hauen Sie ab! Lassen Sie mich wenigstens in Ruhe, wenn Sie schon nichts gegen den Haug unternehmen!« Sie verfiel in einen jammernden Ton. »Ich habe meine Steuern bezahlt. Jahrelang. Da kann ich doch wohl verlangen, dass mir die Polizei hilft, wenn ich sie *einmal* brauche!« Sie begann zu husten, beruhigte sich aber schnell wieder. »Ich war immer eine anständige Frau. Und? *Ich* werde hier ausgefragt wie ein Verbrecher!« Ihre Stimmung wechselte erneut abrupt. »Vorgestern, sagten Sie? Wo soll ich schon gewesen sein? Hier selbstverständlich. Ab Mittag? Da räume ich immer die Wohnung auf.«

Annette betrachtete das Chaos in der Küche, sagte aber nichts.

»Wenn ich damit fertig bin, mache ich mir eine Tasse Kaffee, setze mich aufs Sofa und häkle. Bettschuhe. Topflappen. Babyschuhe. So was. Das schenke ich dann der Caritas, damit sie es auf Weihnachtsmärkten verkaufen können. Oder ich bastle Vogelhäuschen. Die gehen an Ostern besonders gut.«

Olgas Stimme verriet, wie stolz sie auf ihre Handarbeiten war, die sie einem guten Zweck zur Verfügung stellte. Aber als sie fortfuhr, wechselte ihr Gesichtsausdruck erneut. Ihre Stimme bekam einen resignativen Klang.

»Wissen Sie, ein Tag ist bei mir wie der andere, seit mein Mann weg ist. Montag, Dienstag, Mittwoch. Egal. Also war es vorgestern auch so wie immer.«

»Sie saßen also zur fraglichen Zeit allein auf Ihrem Sofa? Könnte das vielleicht jemand bestätigen?«

»Klar! Mein Mann – mein Exmann. Er hat mich angerufen. Wir haben mindestens eine Stunde miteinander telefoniert. Das muss vorgestern gewesen sein. Fragen Sie ihn!«

»Das werde ich tun. Und was ist mit Ihrer Tochter Manuela? Kann die vielleicht auch bestätigen …«

Wieder schnellte Olgas Kopf hoch. »Manu? Dieses Flittchen? Die wohnt nicht mehr hier! Ich habe sie rausgeworfen. Sie ist bei ihrem Vater untergekrochen.« Olga verstummte kurz, fuhr aber dann wieder auf. »Die ist sogar noch schlimmer als der Haug! Ja! Schlau ist sie, mein Fräulein Tochter. Oh ja! Viel schlauer als ihre alte, blöde Mutter. Aber sie hurt herum. Meine eigene Tochter hurt rum. Sie war schon immer so. Kümmerte sich nie darum, was sich für ein anständiges Mädchen gehört. Sie war immer ganz anders als meine kleine Sandra.« Olgas Augen begannen, feucht zu werden. Sie seufzte tief. »Manuelas Schwester war ein Engel. Rein und unschuldig. Bis zu dem Tag, als sie starb. In ihrem Kindersärgchen hat sie ausgesehen wie eine kleine Prinzessin.«

Annette wartete.

»Manu ist schuld!«, brach es plötzlich aus Olga heraus. »Dass mein Mann abgehauen ist. Sie hat ihn gegen mich aufgehetzt. Ich wäre nicht mehr normal. Hat sie zu ihm gesagt. Meine eigene Tochter erklärt mich für verrückt! Erst hat er ihr verboten, so über ihre Mutter zu reden. Dann hat auch er mich immer wieder ganz seltsam angesehen. Und schließlich hatte sie ihn wohl so weit. Er wollte mich in die Klapsmühle stecken. Aber nicht mit mir! Ich habe mich mit Händen und Füßen gewehrt. Keine zehn Pferde hätten mich zu diesem komischen Doktor gebracht, den die beiden da für mich ausgesucht hatten.«

Wieder musste Annette Geduld aufbringen. Nach weniger als einer Minute wurde sie belohnt.

»Zwei Wochen später hat er seine Sachen gepackt. Einfach abgehauen. Ohne ein Wort zu sagen.«

Olga sank mit dem Kopf auf den Tisch und weinte leise. Annette ließ sie in Ruhe, wunderte sich aber, als Olga urplötzlich aufstand und in ein Zimmer eilte, das an die Küche angrenzte. Durch den Türspalt konnte Annette hören, was im Nebenzimmer vor sich ging. Sie hatte den Eindruck, dass Olga etwas suchte, aber offenbar nicht fand. Annette ging auf die angelehnte Tür zu und öffnete sie so weit, dass sie hätte ins Zimmer gehen können. Aber mit Bewegungen, deren Geschwindigkeit Annette ihr nicht zugetraut hätte, war Olga ebenfalls an der Tür und schob Annette in die Küche zurück.

»Was haben Sie denn gesucht?«

»Tabletten. Aber sie sind wohl alle. Macht nichts. Nachher hole ich mir neue.«

* * *

Friedrich schäumte vor Wut. Sein Vorgesetzter hatte ihn angerufen. Er wollte Ergebnisse! Als ob Friedrich und sein Team nicht alles irgend in ihrer Macht Stehende getan hätten. Aber statt die Soko nach Kräften zu unterstützen, entzog man ihr auch noch Mitarbeiter! So sah es aus! Friedrich wusste selbst, dass lokale und bundesweite Presse den Fall mit Argusaugen beobachteten. An jedem Zeitungskiosk zentimeterhohe Überschriften. Ständig liefen »Brennpunkte« im Fernsehen. In der Stadt redete niemand mehr über ein anderes Thema. Alle, alle wollten sie den Täter hinter Schloss und Riegel sehen. Das brauchte ihm sein Vorgesetzter nicht auch noch unter die Nase zu reiben.

Es dauerte einige Zeit, bis Friedrich sich wieder beruhigte. Aber es half ja alles nichts. Er musste weitermachen. Aber in seinem Büro hielt er es im Moment nicht aus. Deshalb fuhr er zu Henning Buschschultes Freundin, der Tierärztin Dr. Svenja Kröger. Als er ankam, war sie gerade dabei, einen größeren Pappkarton aus ihrem Audi A 8 zu laden.

»Mein Name ist Holzwarth. Kripo Tübingen. Ich suche Henning Buschschulte. Ist der zufällig bei Ihnen?«

»Warum wollen Sie das wissen?«, fragte Svenja im Gegenzug.

Sie ließ deutlich erkennen, dass von ihr wenig Kooperation zu erwarten war.

»Das würde ich ihm am liebsten selber sagen«, gab Friedrich zurück.

»Er ist nicht hier. Und jetzt entschuldigen Sie mich bitte!«

Svenja machte auf dem Absatz kehrt, schnappte den Karton und ging auf die Haustüre zu, ohne das Auto abzuschließen. Auch den Kofferraum des Autos, in dem noch ein weiterer Karton stand, ließ sie offen. Friedrich wollte ihr schon nachgehen, als er sah, wie sich die Gardine hinter einem gekippten Fenster im zweiten Stock bewegte. Er blieb stehen.

»Frau Dr. Kröger, ich komme wieder. Das verspreche ich Ihnen! Aber nicht alleine. Und nicht ohne Durchsuchungsbefehl!«, rief er sehr laut, um sicherzugehen, dass seine Stimme auch durch das Kippfenster zu hören war.

Die Veterinärin tat trotzdem so, als ob sie Friedrich nicht gehört hätte, und betrat das Haus.

Keine zwei Minuten später stürmte ein junger Mann aus dem Haus, schlug den Kofferraumdeckel zu und setzte sich ans Steuer des Audis. Noch bevor er den Motor starten konnte, erschrak er zu Tode, als Friedrich sich aufrichtete und ihn von der Rückbank aus ansprach. Der Kommissar hatte sich ins Auto gesetzt, nachdem Svenja ihn nicht mehr sehen konnte, und auf Henning gewartet.

»Herr Buschschulte, nehme ich an. Wo wollen Sie denn hin, so eilig?«

»Scheiße!«, war der einzige Kommentar, der Henning Buschschulte einfiel.

Kurze Zeit später saßen die drei Personen im Wohnzimmer von Svenja Kröger. Friedrich entschloss sich zu bluffen. Sie wären ihn am schnellsten wieder los, wenn Henning einfach sagen würde, wo er sich am Mittwoch dieser Woche aufgehalten hatte. Wenn er allerdings schweige, mache ihn das im Hinblick auf den Amoklauf an seiner ehemaligen Schule noch verdächtiger, als er es ohnedies schon sei, und würde weitere Nachforschungen unvermeidlich machen. Henning wurde es immer unwohler in seiner Haut. Er schien etwas sagen zu wollen, aber ein scharfer Blick Svenjas hielt ihn zurück.

»Können Henning und ich einen Augenblick alleine miteinander reden?«, fragte sie dann.

Friedrich blickte sich um. Das Zimmer hatte nur eine Tür und lag im zweiten Stock. Ein Blick aus dem Fenster stellte klar, dass ein Sprung in den Garten nicht ohne erhebliche Verletzungen möglich wäre.

»Schön«, willigte Friedrich ein. »Sie haben fünf Minuten.«

Er verließ den Raum und stellte sich breitbeinig vor der Tür auf. Kurz erwog er zu lauschen, verwarf den Gedanken jedoch wieder.

Bereits nach vier Minuten öffnete Svenja die Tür und bat Friedrich herein. »Sie ermitteln ausschließlich wegen des Amoklaufs, richtig?«

Friedrich nickte.

»Was … anderes interessiert Sie nicht?«

Friedrich schüttelte den Kopf, auch wenn ihm vollkommen klar war, dass er sich unter Umständen sehr wohl auch für andere Delikte zu interessieren hatte, wenn sie ihm zu Ohren kamen. Henning rutschte von einer Stuhlkante auf die andere. Er hatte keine Ahnung, wohin er mit seinen Händen sollte.

»Wenn … ich betone: Wenn Henning erzählt, wo er am Mittwoch war«, fuhr Svenja fort, »lassen Sie uns dann in Ruhe und fragen nicht weiter, wer sich außer ihm noch … dort aufgehalten …?«

Henning hielt es nicht mehr aus. Er sprang auf und machte einen großen Schritt auf seine Freundin zu. »Hey, hör auf mit dem Scheiß!«

Svenja zuckte unwillkürlich zurück.

»Er will *mir* an die Wäsche! *Mir* allein! Und zwar wegen Mord!«

»Henning! Du sagst kein Wort, bevor …«

»Ich rede, wann ich will! Und wenn ich einen Mord an der Backe habe, erst recht!«

Svenja war beleidigt. »Bitte. Wenn du mich und die anderen unbedingt mit reinreißen willst …«, zischte sie.

»Wir …« Henning stockte.

»Ja?«, ermunterte ihn Friedrich.

»Wir sind … eine Gruppe. Wir kämpfen gegen Tierversuche.« Mit jedem weiteren Satz wurde Henning kämpferischer. »Da werden Tiere auf brutalste Weise missbraucht und gequält. Nur ein Beispiel: Bei lebenden Rhesusaffen werden die Schädel aufgebohrt, um Elektroden und einen Metallbolzen direkt ins Hirn einführen zu können. Dann schraubt man den Kopf so an ein Gestell, dass er keinen Millimeter bewegt werden kann. Die Tiere bekommen über einen langen Zeitraum nichts zu trinken. Danach wird ihnen über einen Schlauch im Mund etwas Flüssigkeit zugeteilt. Aber lediglich dann, wenn sie im ›richtigen Moment‹ den ›richtigen Hebel‹ drücken. Und das alles nur, damit die so genannten Wissenschaftler ihre so genannte Grundlagenforschung betreiben können!«

Friedrich hatte schon von den Tierversuchen, die an Tübinger Instituten durchgeführt wurden, gehört. Seine Enkelin Friederike war mit einem Flugblatt nach Hause gekommen, auf denen Bilder abgedruckt waren, die Übelkeit erregten. Spontan war auch Friedrich der Auffassung gewesen, dass dagegen dringend etwas unternommen werden müsste. Aber dann verblasste der Eindruck der Bilder doch ziemlich rasch wieder, weil in der Zeitung und im Fernsehen neue Bilder von Verhungernden und Bürgerkriegsopfern gezeigt wurden, die noch viel schrecklicher waren.

Friedrich versuchte das Gespräch am Laufen zu halten. »Sie sind also eine Gruppe, die gegen diese Tierversuche ist. Das finde ich in Ordnung. Aber das allein erklärt noch nicht, wo Sie am Mittwoch waren.«

»Wir haben am Mittwoch eine … Aktion gemacht. Da war so eine … miese Type von der Pharmaindustrie zu Besuch auf der Morgenstelle. Ein ganz hohes Tier. Da ging es um Millionen von Drittmitteln.«

»Und da haben Sie dann eine … Aktion … durchgeführt?«

Henning hörte aus Friedrichs Äußerung Spott heraus, den Friedrich gar nicht hineingelegt hatte.

»Jawohl!«, trumpfte er auf. »Wir haben sein Auto abgefackelt. Das ging ruckzuck. Sturmhaube überziehen, rüber zum Parkplatz, Benzinkanister ausleeren, Streichholz dran, rundum überall Flugblätter auf den Boden werfen, abhauen. Kein Mensch hat uns gesehen.«

Henning machte eine Pause, in der er seinen Blick auf Svenja richtete. Die Tierärztin verzog keine Miene.

»Dann kam was, mit dem wir überhaupt nicht gerechnet hatten«, fuhr Henning fort. »Als die bemerkt hatten, was los war, haben sie bloß ein paar Feuerlöscher geholt, die Flugblätter eingesammelt und ließen das ausgebrannte Auto abschleppen. Keine Bullen. Keine Anzeige. Nichts. Gar nichts. Die haben das total unter den Teppich gekehrt. Und uns jede Chance genommen, so der Öffentlichkeit vor Augen zu führen, was da hinter den verschlossenen Labortüren abgeht! Wir konnten ja schlecht zur Zeitung gehen und von uns aus von unserer Aktion berichten. Eigentlich ganz schön clever von den Typen.«

Henning legte eine kurze Pause ein. Dann redete er unaufgefordert weiter.

»Stecken die 100 000 Mäuse, die die Karre mindestens gekostet hat, locker weg. Da sieht man mal, um welche Summen es bei solchen Leuten geht!«

»Das Anliegen Ihrer Gruppe kann ich nachvollziehen. Ihre … Aktion allerdings … Andererseits: Es ist ja offensichtlich von niemandem eine Straftat gemeldet worden. Deshalb besteht im Moment keine Veranlassung … aber ich brauche natürlich schon jemanden, der Ihre Angaben bestätigt.«

Sowohl Friedrichs als auch Hennings Blick richteten sich auf Svenja. Die Tierärztin zuckte, stand auf und stellte sich mit dem Rücken zu den beiden Männern. Henning wollte auf sie zugehen, aber Friedrich hielt ihn am Arm fest. Zwei Minuten lang herrschte Schweigen.

Dann drehte sich Svenja um. »Es stimmt, was er sagt. Die Aktion war am Mittwoch. Er war dabei auf der Morgenstelle. Er kann nicht in dieser Schule gewesen sein.«

»Und woher wissen Sie das so genau?«

»Weil ich selber auch dabei war, verdammt noch mal! Henning und ich sind nebeneinander auf das Auto zugelaufen. Reicht Ihnen das?«, schrie Svenja.

Friedrich reagierte zunächst nicht darauf. Aber nach kurzem Überlegen bestätigte er in normaler Lautstärke: »Ja, das reicht mir. Ich bin mir jetzt ziemlich sicher, dass Herr Buschschulte nicht der Amokläufer ist.«

* * *

»Was wollen Sie von meiner Tochter?«, empfing Dirk Breuninger Annette Winter wenig einladend.

Sie hatte beim Einwohnermeldeamt herausgefunden, dass Manuela inzwischen bei ihrem Vater in der Katharinenstraße wohnte.

»Ich komme gerade von Manuelas Mutter«, wich Annette aus. »Seit wann wohnt Ihre Tochter bei Ihnen?«

»Was geht Sie das an?«, blaffte Dirk.

»Ich ermittle wegen des Amoklaufs am Hesse-Gymnasium. Und wir müssen jeder Spur nachgehen, auch wenn es noch so unwahrscheinlich ist, dass sie zu unserem Täter führt.«

»Wollen Sie etwa allen Ernstes behaupten … dass Manuela …? Sie sind doch vollkommen …«

»Nein!«, wehrte Annette sofort ab. »Natürlich nicht! Welchen Grund sollte sie denn haben, so etwas zu tun? Aber …«

»Was wollen Sie dann hier?«

Dirks Gesichtsausdruck verwandelte sich. Hatte er Annette bisher ablehnend und düster angesehen, hellte sich seine Miene von einer Sekunde auf die andere auf.

»Sie denken, dass vielleicht Olga ...«

»Würden Sie ihr so etwas zutrauen?«

Wenn Annette ein spontanes »Nein, auf keinen Fall!« erwartet hatte, wurde sie enttäuscht.

»Olga hat ein Rad ab. Da Sie offensichtlich schon bei ihr waren, wissen Sie, wovon ich rede. Aber so was? Nein.« Dirk überlegte. »Obwohl ... Sie hat vor ein paar Tagen mitgekriegt, dass Manuela und ihr Lehrer ... Aus ihrer verqueren Sicht hätte sie möglicherweise schon einen Grund, Rambo zu spielen ... Verrückt genug wäre sie dazu ...«

»Sie behauptet, dass sie mit Ihnen am Mittwoch ein langes Telefonat geführt hat. Stimmt das?«

»Wir haben telefoniert. Aber das war nicht am Mittwoch, sondern schon am Dienstag. Das weiß ich noch ganz genau, weil ich sie vom Auto aus angerufen habe. Auf dem Weg nach Wiesbaden. Zu einem Geschäftstermin. Und der war mit Sicherheit am Dienstag.«

»Haben Sie sonst noch Kontakt zu ihr?«

»Nein. Seit Manuela zu mir gezogen ist, nicht. Warum auch? Ich habe es wirklich satt, mir ständig ihre Litanei von der ›Verderbtheit des Menschengeschlechts‹ anzuhören. Nicht einmal Manuela hat das auf die Dauer ausgehalten. Deshalb ist sie bei mir eingezogen.«

»Und seit wann ist das so mit Ihrer Exfrau?«

»Sie ist nicht meine Exfrau. Wir sind immer noch miteinander verheiratet.«

»In Ordnung. Seit wann ist das so mit Ihrer Frau?«

»Sie hat nie verwunden, dass Sandra damals gestorben ist.«

Dirk Breuninger versank in dumpfes Brüten. Annette überlegte, wie sie es anstellen sollte, ihren Gesprächspartner zum Weiterreden zu bringen. Sie entschied sich schließlich zu einem »Was ist passiert?« und hoffte, dass bei Dirk mehr Anteilnahme als Neugier ankam.

Olgas Mann starrte vor sich hin und schwieg.

Annette versuchte es nach mehr als einer Minute erneut. »Möchten Sie mir erzählen, was passiert ist?«

»Wir haben miteinander geschlafen. Olga und ich. Das ist passiert!«

Obwohl Dirk keine Anstalten machte, weiterzusprechen, fragte Annette nicht nach. Es dauerte mehr als zwei Minuten, bis Dirk von sich aus wieder anfing.

»Es ging hoch her. Damals. Olga wollte Sex. Zu jeder Tages- und Nachtzeit. Manchmal fing sie schon an, mir die Kleider vom Leib zu reißen, kaum dass ich die Haustür hinter mir geschlossen hatte. Verstehen Sie mich nicht falsch. Mir hat das auch gefallen! Und wie!«

Auch wenn Annette nicht sah, worauf Dirk hinauswollte, unterbrach sie ihn nicht.

»An dem Tag von Sandras Tod war es auch so. Ich kam von der Arbeit nach Hause und keine Minute später lagen wir auf dem Sofa. Olga und ich waren sicher, dass Sandra ihren Mittagsschlaf hielt. Wir stöhnten. Wir schrien. Wir jauchzten. Deshalb konnten wir es nicht hören. Dass Sandra ins Wohnzimmer ging und die Balkontür geöffnet hat. Sie war knapp vier. Wie sie es geschafft hat, auf das Geländer zu klettern, ist mir bis heute ein Rätsel. Aber es ist ihr gelungen. Sie ist runtergefallen. Fünf Stockwerke tief. Sie wurde zwar noch in die Klinik gebracht. Aber jede Hilfe kam zu spät.«

Nach einer längeren Pause fügte Dirk noch hinzu: »So, jetzt wissen Sie, warum Olga rot sieht, wenn es um Sex geht.«

»Und dann lässt sich ihre eigene Tochter mit ihrem Lehrer ein«, sagte Annette mehr zu sich selbst als zu Dirk. »Ist es da ein Wunder, wenn sie komplett ausrastet?« Dann wandte sie sich wieder an Olgas Mann. »Nachdem Sandra gestorben war, wie ging es dann weiter?«

»Erst ist Olga gläubig geworden. Ist jeden Tag in die Kirche gerannt. Aber dann hat sie angefangen zu schimpfen. Dass die Pfarrer heutzutage viel zu lasch sind. Dass die Welt auf einen Abgrund zusteuert und niemand was dagegen tut. Solches wirres Zeug eben. Ich habe versucht, sie zu einem Psychiater zu bringen. Aber sie hat sich mit Händen und Füßen gewehrt. ›Nicht *ich* bin krank, die Welt ist es!‹ Das waren ihre

Worte. Irgendwann hatte ich die Schnauze voll und bin ausgezogen.«

»Wovon lebt Ihre Frau eigentlich?«

»Sie hat genug Kohle. Sie war das einzige Kind und ihr Vater hatte eine Fabrik. Da ist sie auf mein Geld zum Glück nicht angewiesen. Sagen Sie ...« Dirk suchte nach den richtigen Worten. »Müssen Sie Manuela da mit hineinziehen? Ich meine, es wäre mir sehr recht, wenn Sie sie möglichst in Ruhe lassen könnten. Sollten Sie noch Fragen haben, kommen Sie zu mir, aber lassen Sie bitte Manuela aus dem Spiel, wenn's irgendwie möglich ist.«

Annette sagte zu, dass zumindest in Moment keinerlei Veranlassung bestand, Dirks Tochter zu befragen, und ließ einen sichtlich erleichterten Dirk in seiner Wohnung zurück. Dann rief sie bei ihrer Halbschwester an und erfuhr, dass Janka inzwischen ein Gespräch mit einem Psychologen geführt hatte, der sich im Auftrag des Kultusministeriums zusammen mit mehreren Kollegen um diejenigen Schülerinnen und Schüler kümmerte, die an der Schulfeier teilgenommen hatten. Das schien ihr etwas geholfen zu haben. Erleichtert beendete Annette das Gespräch, wählte Friedrichs Nummer und fragte, ob sie für heute Feierabend machen könne. Friedrich hatte kein Problem damit, bat Annette aber, dafür am morgigen Samstagnachmittag ins Büro zu kommen, um mit ihm nach Holzgerlingen zu fahren.

Samstag, 15. Juni

Friedrich saß mit Magdalena und Friederike am Frühstückstisch. Entgegen seiner sonstigen Gewohnheit verspürte er heute keinerlei Hungergefühl und aß deshalb nichts. Auch sein Schwiegersohn stürzte nur schnell eine Tasse Kaffee hinunter und verabschiedete sich dann mit einer unverständlich gemurmelten Entschuldigung.

Friedrich vermisste ihn nicht.

»Papa, was macht eigentlich deine Wohnungssuche? Ich meine«, beeilte Magdalena sich sofort nachzuschieben, »selbstverständlich bist du uns hier willkommen und kannst bleiben, solange du willst ...«

»Au ja!«, jubelte Friederike dazwischen.

»... aber, bitte versteh mich nicht falsch ...«

Friedrichs Miene verdunkelte sich leicht. Bei der Hektik des vergangenen Tages hatte er vergessen, bei den beiden Vermietern anzurufen, deren Anzeigen er im Schwäbischen Tagblatt gelesen hatte. Deshalb bat er seine Tochter, die Ausgabe vom Mittwoch aus dem Altpapierstapel zu holen, und ging dann in die Diele, wo das Telefon stand. Wann immer Friedrich einen Apparat mit Festnetzanschluss erreichen konnte, benutzte er ihn. Mit seinem Handy telefonierte er nur, wenn es gar nicht anders ging.

Als er ins Esszimmer zurückkam, zuckte er mit den Schultern. Beide Wohnungen waren einen Tag nach Erscheinen der Anzeige bereits vermietet. Also durchforstete er den Immobilienteil der heutigen Ausgabe. Und fand tatsächlich eine Wohnung in der Gössstraße, die ihn interessierte. Er rief – wenn auch ohne allzu viel Hoffnung – unter der angegebenen Nummer an. Zu seiner Überraschung war die Wohnung noch nicht vergeben. Er sagte deshalb erfreut zu, als die Vermieterin einen sofortigen Besichtigungstermin vorschlug.

Friedrich entschloss sich, zu Fuß in die Gössstraße zu gehen. Als er von der Belthlestraße links in die Herrenberger Straße abbog, fiel sein Blick auf den Schriftzug auf dem Haus mit der Nummer 28, der das Gebäude als »Hesse-Haus« auswies. Friedrich erinnerte sich, dass er – auf Drängen und zusammen mit seiner Exfrau Hanna – an einer »Kennen-Sie-Tübingen-Führung« mit dem Thema »Hesse in Tübingen« teilgenommen hatte. Der Referent hatte ebenso kenntnisreich wie unterhaltsam berichtet, dass der Schriftsteller im Oktober 1895 bei Frau Dekan Leopold eingezogen und von ihr mit Essen versorgt und gleichzeitig auch ein wenig bemuttert worden war. Von der Herrenberger Straße aus, die damals nicht als besonders vornehme Wohngegend galt, war er dann Tag für Tag durch die Unterstadt zur Buch- und Antiquariatshandlung Heckenhauer am Holzmarkt gepilgert.

Friedrich fiel ein, dass der Kennen-Sie-Tübingen-Führer einen Spruch Hesses über Tübingen zitiert hatte, den der Kommissar sich unbedingt hatte merken wollen, um ihn bei passender Gelegenheit zu verwenden. Er zermarterte sich sein Gehirn. Dabei ging es ihm nur in zweiter Linie um das Zitat. Viel wichtiger war, nicht einen erneuten Beleg seiner Vergesslichkeit hinnehmen zu müssen. Aber er konnte sich anstrengen, so sehr er wollte: Der Spruch fiel ihm nicht mehr ein.

Missmutig ging Friedrich weiter und saß nur wenige Minuten später Erna Marquardt, seiner potenziellen Vermieterin, in der Küche der Mietwohnung gegenüber. Die mit einer blauen Kittelschürze bekleidete Frau hatte ihren fünfzigsten Geburtstag bestimmt schon vor vielen Jahren gefeiert.

Ihr graues Haar war zu einem festen Knoten zusammengebunden. Die Hände verrieten, dass Erna über lange Zeiträume körperlich hart gearbeitet haben musste.

Von dem Moment an, an dem Friedrich »Guten Tag« gesagt hatte, redete Erna mit einer für eine Frau erstaunlich tiefen und kratzigen Stimme ohne Unterlass auf ihn ein.

»Wissen Sie, ich will keine Studenten! Die gehen nie vor Mitternacht zu Bett. Und dann diese ständigen … Partys! Mein Herbert ist da anders. Vollkommen. Der studiert in München, müssen Sie wissen. Physik. Da ist nichts mit morgens nicht aus den Federn kommen!«

Friedrich nutzte den Moment, den Erna zum Atemholen brauchte. »Das freut mich für Sie. Aber könnten wir jetzt vielleicht zusammen einen Blick auf den Rest der Wohnung werfen?«

Kaum waren die beiden im Wohnzimmer angekommen, plauderte Erna weiter.

»Den Ofen hier hat mein Eugen noch eingebaut. Und die Zwischenwand auch. Eugen war mein zweiter Mann«, fügte sie mit einem nachsichtigen Lächeln hinzu, weil sie Friedrichs langsam wachsende Ungeduld als Verständnislosigkeit missinterpretiert hatte. »Mein erster hieß Ludwig. Mit ihm habe ich noch in der Nauklerstraße gewohnt. So lange, bis mein Bruder und ich dieses Haus geerbt haben.«

»Frau Marquardt, verstehen Sie mich nicht falsch, aber könnten wir jetzt nicht ...«

»Ja. Ja, natürlich. Folgen Sie mir bitte!«

Friedrich überlegte, ob Erna jetzt beleidigt war. Als sie ihm jedoch auch die restlichen zwei Zimmer sowie das Bad wortreich zeigte, verwarf er diesen Gedanken wieder. Die Wohnung war wirklich groß und hell. Sie war praktisch zugeschnitten. Friedrich hoffte inständig, dass Ernas eigene Wohnung möglichst weit weg war. Diese Hoffnung zerschlug sich aber sehr schnell. Nach der Besichtigung lud Erna ihn zu sich in ihre nur eine Etage höher liegende Wohnung ein. Dort könne man ja alles Weitere miteinander besprechen und den Mietvertrag gleich unterschreiben. Friedrich, der sich seine Wohnungssuche wesentlich problematischer vorgestellt hatte, konnte es kaum fassen, dass es bereits bei seinem ersten Versuch klappen sollte. Deshalb nahm er die Einladung der Frau trotz ihrer Redseligkeit an.

Kaum war er oben angekommen und hatte von einem sehr dünnen Kaffee den ersten Schluck genommen, rückte Erna näher an ihn heran.

»Sie fragen sich sicher, warum die Wohnung noch frei ist?«

Friedrich entschied sich für ein alle Möglichkeiten offen lassendes »Nun ja ...«.

»Ich muss Ihnen da ein Geständnis machen. Bisher wollte niemand die Wohnung nehmen, weil ...« Erna rückte noch näher. »... sich mein Bruder in einem der Zimmer ... erschossen hat.«

Es war Ernas Aufatmen anzusehen, wie befreit sie war, als es endlich heraus war.

»Wissen Sie, wie gesagt, mein Bruder und ich haben das Haus von unseren Eltern geerbt. Mein Bruder – er hieß übrigens Josef, aber alle haben nur Sepp zu ihm gesagt – hatte eine Spedition. Schon in der dritten Generation. Auch wenn die Geschäfte immer schlechter liefen: Sepp hat bis zum Umfallen gearbeitet. Er hat es immer irgendwie geschafft, dass alle Angestellten ihren Zahltag bekamen. Aber dann hat einer der Fahrer der Spedition das Genick gebrochen. Fährt absichtlich den neuen Laster zu Schrott. Erst gegen den Baum. Und dann die Böschung runter. Totalschaden. Dabei hatte der Fahrer nur ein paar kleine Schrammen! Wenn das nicht verdächtig ist!« Erna holte hörbar Luft, um etwas ruhiger fortzufahren. »Obwohl Sepp sich noch Monate dagegen gesträubt hat, ist ihm letztlich nichts anderes übrig geblieben, als die Firma an Weber und Mauritz zu verkaufen. Und jetzt raten Sie mal, bei wem der besagte Fahrer schon 14 Tage nach dem Unfall stellvertretender Geschäftsführer war!«

»Bei Weber und Mauritz?«

»Ganz genau! Das war von Anfang eine abgekartete Sache!«

Erna Marquardt verstummte, suchte nach einem Taschentuch und wischte sich eine Träne aus dem Augenwinkel.

»Ein halbes Jahr später habe ich Sepp dann gefunden. Mit einer Kugel im Kopf.« Erna bekam erneut wässrige Augen, redete aber tapfer weiter. »Natürlich haben wir den gemeinen Schuft von Fahrer bei der Polizei angezeigt. Aber passiert ist überhaupt nichts!« Erna rückte plötzlich von Friedrich ab und musterte ihn eingehend. »Sagen Sie, was sind Sie noch mal von Beruf?«

»Ich bin bei der Tübinger Kriminalpolizei und …«

»Dann müssen Sie unbedingt dafür sorgen, dass dieser Verbrecher endlich hinter Schloss und Riegel kommt!«

»Ich will sehen, was ich für Sie tun kann. Aber jetzt …«

»… müssen Sie unbedingt erst einmal von meinem Hefezopf probieren.«

Mit einem Mal schien jeder Anflug von Trauer und Rachegedanken verschwunden. Erna verschwand und kam nur Sekunden später mit einer Platte zurück, auf der ein Prachtstück von Hefezopf thronte.

»Den hat mein Sepp auch immer gerne gegessen. Mein Ludwig dagegen gar nicht. Der mochte viel lieber meinen Gugelhupf. Aber Eugen: Der hat alles stehen und liegen lassen für meinen Hefezopf! Da können Sie sehen, wie verschieden die Männer sind!«

Erna schloss kurz träumerisch die Augen. »Wissen Sie, wenn Sie hier wohnen, können wir das sehr gerne öfter machen. Ich meine, nett miteinander plaudern bei Kaffee und Hefezopf.« Wieder rückte Erna vertrauensvoll näher. »Deshalb vermiete ich ja auch am allerliebsten an ...« Erna setzte ein Lächeln auf, das sie für verführerisch hielt. »... mittelalterliche Herren.«

Das war der Augenblick, in dem Friedrich sicher war, dass er lieber unter der Eberhardsbrücke übernachtete als mit Erna einen Mietvertrag abzuschließen. Den wirklich mehr als gut aussehenden Hefezopf unangetastet liegen zu lassen, brachte er dennoch fast nicht übers Herz. Aber er überwand sich, lehnte freundlich ab und teilte Erna mit, dass die Wohnung zwar sehr schön, aber doch vielleicht etwas zu groß für ihn sei. Er bedankte sich für die Gastfreundschaft, verabschiedete sich und war froh, als die Haustür hinter ihm ins Schloss fiel.

* * *

Friedrich traf seine Kollegin im Büro und machte sich mit ihr auf den Weg nach Holzgerlingen. Wie bei ihrem ersten Besuch der Stadt fielen Annette sofort die zahlreichen mannshohen Tierfiguren auf, die in der ganzen Stadt verstreut standen. Die Eulen und Raben waren 2007 zur 1000-Jahr-Feier der Gemeinde zunächst als weiße Kunststoffrohlinge aus Weil im Schönbuch angeliefert worden. Die Gemeinde, aber auch Firmen, Gewerbetreibende, Vereine und Privatpersonen übernahmen die Patenschaft für jeden einzelnen der insgesamt 86 Vögel, die schließlich entweder von den Paten selbst, von beauftragten Künstlern und Designern oder Schulklassen künstlerisch ausgestaltet wurden und seither viel beachtete

Farbtupfer im Stadtbild sind. Sie waren inzwischen fast so etwas wie Holzgerlinger »Wappentiere« geworden.

Wie bei ihrem ersten Versuch erfolgte keinerlei Reaktion auf Friedrichs Klingeln an der Tür der Familie Fotiadou. Und auch jetzt meldete sich die 50-jährige Frau aus der zweiten Etage.

»Wollen Sie wieder zur Fotiadou? Die ist nicht da.«

»Und Sie wissen natürlich nicht, wo wir sie finden könnten?« Friedrich war anzuhören, dass er sich darüber ärgerte, schon wieder nicht vorher angerufen zu haben.

»Doch«, antwortete die Nachbarin. »Sie hat der Lydia geholfen, die schweren Bastkörbe mit Brotteig ins Auto zu laden. Und dann sind sie zusammen zum Backhaus gefahren.«

Friedrich bedankte sich, ließ sich den kurzen Weg beschreiben und marschierte zusammen mit Annette los.

Als sie angekommen waren, klopfte er an und drückte dann die Klinke hinunter, weil niemand reagierte. Sekunden später stand er in einem Raum, der von einem aus weißen Ziegeln erbauten Holzkohleofen beherrscht wurde. Ihm gegenüber befand sich eine lange Anrichte, auf der Kuchenbleche und -formen neben schon fertigen Holzofenbroten lagen. An der linken Querseite des Raumes saßen auf zwei Bierbänken Männer und Frauen unterschiedlichen Alters. Gemeinsam war allen, dass sie mit offensichtlichem Genuss in noch heiß-dampfende Zwiebelkuchen- und Pizzastücke bissen. Dominiert wurde die Backstube aber eindeutig von Lydia, einer Frau mit blaugestreifter Kittelschürze und rotgepunktetem Kopftuch. Obwohl sie die Siebzig bereits seit einiger Zeit hinter sich gelassen hatte, zog die Frau mit flinken und offensichtlich seit Jahrzehnten geübten Handgriffen Bleche aus dem Ofen, auf denen gerade fertig gewordene Brötchen beim Erkalten zu knistern begannen. Die Frau mit der Kittelschürze strahlte nicht nur unaufdringliche Zufriedenheit, sondern auch aufgeschlossene Herzlichkeit aus.

»Guten Tag. Mein Name ist Holzwarth. Das ist meine Kollegin Winter. Wir sind von der Tübinger Kriminalpolizei. Ist vielleicht eine Frau Fotiadou hier?

»Noi. Wieso? Was wellet Sia von dr Kyra?« Lydias Ton verriet Misstrauen.

»Wir wollen sie etwas fragen. Reine Routine. Eine Nachbarin hat uns erzählt, dass Frau Fotiadou mit Ihnen zum Backhaus gefahren ist.«

»Des stemmt. Se hot mr gholfa. Wisst Se, mit em Traga du i mi oifach schwer en ledschder Zeid.«

»Können Sie uns sagen, wo sie dann hingegangen ist?«

»Se hot zom Metzger welle. Ond zom Gärdner. Glaub i wenigschdens.«

»Vielen Dank. Dann wird sie ja bald wieder zu Hause sein.«

»Was hott d' Kyra eigendlich mit dr Bolizei zom do? Dia isch nehmlich mei Freindin. Auf dia lass i nix komma! Dia isch emmer dodal hilfsbereit.« Als Friedrich nicht sofort reagierte, fuhr Lydia eifrig fort: »Zom Beischbiel, wo am ledschda Mittwoch mei Opel ed agspronga isch, do henn die mi mit ihrm Audo mit uff Beblenga gnomma. Weil i han dr Emmile versprocha ghett, dass i se an demm Dag bsuach em Krankahaus!«

Friedrich wurde hellhörig.

»Wer hat Sie mit nach Böblingen genommen?«, fragte er interessiert nach.

»Des sag i doch grad! D' Kyra ond ihr Mah.«

»Wissen Sie noch, um welche Uhrzeit Sie gefahren sind?«, erkundigte sich Annette.

»So om zehne. Er isch no zerscht zur Kreiszeitong gfahra. I hann koi Ahnong, wieso. Er isch nei ond glei wieder raus.«

»Und dann?«, fragte Annette.

»No semmer en d' Stadt nei. D' Kyra hot nach Schuh guckt, ond i hann no a Kleinichkeit fürs Emmile bsorgt. Ond no hat dr Leo mi zum Krankahaus gfahre.«

»Und ab dann wissen Sie natürlich nicht, was Herr Fotiadou gemacht hat«, stellte Annette mehr fest, als dass sie fragte.

»Doch! Er hot zom Dokter wella. Wega seira Schulder. Glaub i.«

»Aber gesehen haben Sie ihn nicht mehr, nachdem er Sie zum Krankenhaus gebracht hatte?«

»Noi. Gseh hann i en dann nemme.« Lydia verstummte nur kurz. »Jetzt will i aber scho endlich wisse, om was es do eigendlich goht!«

»Wie gesagt: reine Routine«, versicherte Friedrich erneut. Und um Lydia von weiteren Nachfragen abzuhalten, fuhr er fort: »Könnte ich Ihnen vielleicht ein oder zwei von diesen leckeren Brötchen abkaufen?«

Lydia musterte Friedrich und Annette. »Noi, des kennet Sia et«, sagte sie dann bestimmt. »Aber Sia kriaget ois umsonscht. Ond des Freilein au, wenn se will. Es ischt gnug fir alle do. Setzat Se sich no na!«

Die Gäste rückten zusammen, und als Friedrich und Annette das Backhaus wieder verließen, hatten sie nicht nur ein Brötchen, sondern auch ein großes Stück Krautkuchen verspeist. Eine Bezahlung wollte Lydia trotzdem nicht annehmen.

»Wisset Se: I be a alts Weib, ich brauch nemme so viel Geld.«

Annette und Friedrich gingen wieder zurück zum Auto, und der Hauptkommissar war in bester Verfassung. Das lag nicht allein an dem leckeren Brötchen. Einen wesentlichen Anteil hatte auch Lydia als Beispiel und Beweis dafür, dass Alter nicht zwingend Verfall und Isolation bedeutete, sondern im Gegenteil auch eine Phase sein konnte, die durch Gesundheit, Lebensfreude und Aktivität geprägt war.

Friedrich und Annette kehrten in die Karlstraße zurück. Kyra Fotiadou, die ihre Besorgungen in der Zwischenzeit erledigt hatte, entriegelte und öffnete die Tür nur Sekunden nach dem ersten Klingeln und stand schweigend und breitbeinig-abwehrend im Türrahmen.

»Friedrich Holzwarth. Kriminalpolizei Tübingen. Meine Kollegin Annette Winter. Dürfen wir einen Moment reinkommen?«

»Ja … ja, natürlich … kommen Sie.« Die Frau, die ebenso verwirrt wie überrascht schien, trat einen Schritt beiseite. Sie wies mit der linken Hand den Flur entlang. »Zweite Tür links. Küche.«

Schon einige Schritte vor der Küchentür lag ein Duft von frisch zubereitetem Kaffee in der Luft. »Bitte entschuldigen Sie die Unordnung hier drin. Normalerweise sieht das hier nicht so aus … Aber ich war seit Mittwoch die ganze Zeit bei meinem Mann. Und jetzt kann ich nicht mehr!«

Von einer Sekunde auf die andere brach Kyra in Schluchzen aus. »Ich habe solche Angst. Wenn er bloß nicht stirbt! Er darf nicht sterben! Er ist noch so jung.«

Friedrich wartete, bis Kyra sich wieder einigermaßen beruhigt hatte.

»Frau Fotiadou, machen wir es kurz: Wo war Ihr Mann am letzten Mittwoch, sagen wir von 12 bis 18 Uhr?«

Kyra blickte ihn vollkommen verständnislos an.

»Wir ermitteln in einem Mordfall«, antwortete Friedrich so knapp wie möglich.

»Mordfall? Was hat mein Leo mit einem Mordfall zu tun?« Nur Sekunden später schweifte Kyra wieder ab. »Oh mein Gott! Bitte, lass ihn nicht sterben!«

»Frau Fotiadou, ich kann Sie ja verstehen. Aber glauben Sie mir, es wäre für uns alle das Einfachste, wenn Sie uns helfen würden«, ergriff Annette das Wort. »Je schneller Sie die Frage des Kommissars beantworten, desto schneller sind wir wieder weg.«

Annette hielt Friedrichs gelegentlich etwas ruppigen Fragestil für kontraproduktiv. Während der Ausbildung war ihr vielmehr beigebracht worden, dass ein freundlich-höflicher Ton in aller Regel zu größerer Antwort- und Kooperationsbereitschaft führt. Friedrich zu korrigieren oder auch nur darauf anzusprechen, hatte sie aber bisher nicht gewagt.

»Mittwoch, sagen Sie? Ich weiß nicht … ich weiß im Augenblick überhaupt nichts mehr … ich … was soll ich denn ohne meinen Leo …« Kyra drückte ihr Taschentuch mit ihrer rechten Hand so stark zusammen, dass die Knöchel weiß hervortraten.

»Wir haben schon erfahren, dass Sie am Mittwoch zusammen mit Ihrem Mann und Ihrer Freundin Lydia nach Böblingen gefahren sind.« Annette sprach bewusst langsam und ruhig. »Was ist geschehen, nachdem Sie Ihre Freundin am Krankenhaus abgesetzt hatten?«

»Danach gingen Leo und ich essen. Er kennt da einen Landsmann von uns. Die haben ein recht ordentliches Gyros da. Als wir fertig waren, haben wir uns getrennt. Ich habe eine Freundin besucht. Dort sollte Leo mich so gegen fünf wieder abholen.«

»Sie wissen also nicht, was Ihr Mann gemacht hat, nachdem jeder von Ihnen seiner Wege ging?«

»Doch. Er wollte zu seinem Hausarzt, Dr. Pantagiota. Ebenfalls ein Landsmann von uns. Leo hatte um 13 Uhr einen Termin bei ihm. Vor ein paar Tagen ist er beim Handball auf seine linke Schulter gefallen. Und weil die Schmerzen nicht aufgehört haben, sollte der Arzt sich die Sache mal ansehen.«

»Haben Sie Ihren Mann nach 13 Uhr noch einmal gesehen?«, fragte Friedrich.

»Nein. Das Nächste, was ich von ihm gehört habe, war, dass die Polizei angerufen und mir gesagt hat, er sei schwer verunglückt. Ich bin dann sofort zu ihm in die Klinik gefahren.«

Wieder war Kyra kurz davor, in Tränen auszubrechen. Erst als sie sich wieder gefasst hatte, fragte Annette weiter.

»Sie können uns also nichts dazu sagen, wo Ihr Mann ab 13 Uhr war?«

»Doch, beim Arzt ... aber was er danach gemacht hat, kann ich Ihnen beim besten Willen ...«

Friedrich richtete seinen Blick auf Kyra. »Noch etwas ganz anderes, Frau Fotiadou. Wo ist eigentlich Ihr Sohn?«

»Mein Sohn? Was hat der mit alledem zu tun?«

Friedrich überging Kyras Frage. »Ich habe gehört, er hatte Probleme mit der Schule.«

»Wer behauptet das?« Kyra wurde mit jedem Wort abweisender.

»Seine ehemalige Schulleiterin.«

»Diese blöde Kuh! Was hat sich Leo über die aufgeregt! Die Schule in Tübingen war Raphis letzte Chance. Das wusste sie ganz genau. Und trotzdem setzt sie ihn vor die Tür!«

»Und Ihr Mann, sagen Sie, war wütend deshalb?«

»Was glauben Sie denn? Leo war in Griechenland ein kleiner Bauer. Wir hatten zum Leben zu wenig und zum Sterben zu viel. Seit wir hier sind, arbeitet Leo beim Daimler. Am Band. Schicht. Er schuftet wie ein Bär. Überstunden. Sogar samstags. Und warum? Damit Raphi es einmal besser hat. Damit er studieren kann. Damit er nicht auch ans Band muss. So sieht's aus! Und dann kommt diese … alte Schnepfe daher und macht alles kaputt! Leo hätte sie würgen … Moment mal! Da war doch so ein Amoklauf in Tübingen … Sie … glauben doch nicht etwa … dass Leo … Sie sind ja komplett verrückt! Verlassen Sie sofort mein Haus!«

»Wir sind verpflichtet, allen Spuren nachzugehen.« Annette versuchte erfolglos, Kyra zu beruhigen.

»Raus! Sofort raus!«

Annette blickte zu Friedrich. Der nickte. Damit war das Zeichen zum Aufbruch gegeben.

Nur eine Minute später gingen die beiden wieder die Karlstraße entlang.

»Was halten Sie davon?«, fragte Friedrich seine Kollegin.

»Einerseits: Ein Motiv gäbe es …«

»Und andererseits?«

»Warum erst jetzt? Ich meine, das mit dem Schulverweis ist doch eigentlich schon viel zu lange her. Wenn er spontan zugeschlagen hätte: von mir aus. Aber wer wartet mehrere Monate und läuft dann Amok? Kein Mensch!«

»Da ist was dran. Aber trotzdem: Ich will wissen, wo er nach 13 Uhr war. Wir fahren zu diesem Arzt.«

* * *

Die Ermittler hatten Glück. Die Praxis von Dr. Pantagiota war geöffnet. Er hatte an diesem Wochenende Bereitschaftsdienst. Nachdem Friedrich dem zunächst protestierenden Arzt klar gemacht hatte, dass es ihm keineswegs um sensible Krankheitsdaten ging, erhielt Birgit Frommer, die am Empfang arbeitete, die Erlaubnis ihres Arbeitgebers, die Fragen von Friedrich zu beantworten. Sie bestätigte, dass Herr Fotiadou am Mittwoch gegen 13 Uhr in der Praxis erschienen war, sich ins Wartezimmer gesetzt und eher lustlos in Illustrierten geblättert hatte.

»Um wie viel Uhr ist Herr Fotiadou dann tatsächlich behandelt worden?«, fragte Annette.

»Überhaupt nicht. Hier war am Mittwoch der Bär los. Ein halb abgesäbelter Finger, ein verschlucktes Spielzeugauto, ein akuter Asthmaanfall. Es war die Hölle! Da musste Herr Fotiadou eben warten, auch wenn er einen Termin hatte.«

»Und wann genau hat er dann die Lust verloren? Ich meine, wann hat er die Praxis wieder verlassen?«

»Ungefähr Viertel vor zwei. Das weiß ich, weil ich kurz danach Feierabend hatte. Aber er ging nicht, weil er – wie haben Sie gesagt? – die Lust verloren hatte.«

»Warum dann?«, schaltete sich Friedrich ein.

»Er saß ganz friedlich in seiner Ecke und blätterte in einer Zeitschrift. Auf einmal sprang er auf und schrie: ›Das ist ja wohl das Allerletzte! Diese Schweine!‹ Dann hat er eine Seite aus der Zeitschrift herausgerissen und ist wie von der Tarantel gestochen aus der Praxis gerannt. Die anderen Patienten haben sich gewundert, wie ich auch.«

»Wissen Sie, welche Zeitschrift es war, die er vor seinem Ausbruch gelesen hat?«

»Keine Ahnung. Die haben alle denselben Schutzumschlag des Lesezirkels, von dem wir die Zeitschriften geliefert bekommen. Da kann man unmöglich erkennen, was einer gerade liest. Und außerdem: Um den Lesestoff kümmert sich meine Kollegin. Carina! Kommst du mal eben?«

»Sofort«, kam die Antwort aus einem Raum, auf dessen halb geöffneter Tür »Labor« zu lesen war.

Als Carina wenige Augenblicke später vor ihr stand, fragte Annette sie, ob die Zeitschriften seit Mittwoch ausgewechselt worden seien.

»Nein, wir wechseln immer am Montag. Da kommen die meisten neu heraus.«

»Perfekt! Dann ans Werk! Wir suchen das Exemplar, bei dem eine oder mehrere Seiten herausgerissen wurden.«

Friedrich setzte sich ins Wartezimmer und schlug das erste Blatt auf.

»Wenn Sie mir helfen, geht es wesentlich schneller und ich bin umso früher wieder weg!«, forderte Friedrich die beiden Arzthelferinnen auf, die ihm interessiert zusahen.

Schließlich saßen sie zu viert auf den eigentlich für die Patienten gedachten Stühlen und untersuchten die gesamte Lesezirkellieferung, ein Exemplar nach dem anderen. Als sie etwa drei Viertel davon durchgesehen hatten, hielt Carina ein Exemplar in die Höhe.

»Hier! Da sind Seiten herausgerissen worden.«

Friedrich nahm das Exemplar des »Spiegel« entgegen. Es fehlten die Seiten 37 bis 41. Er blätterte nach vorn. Nach dem Inhaltsverzeichnis lautete der Titel des fehlenden Beitrags »Eliteschulen auf dem Vormarsch?«.

»Ich nehme diesen ›Spiegel‹ mit«, kündigte Friedrich an.

»Moment!«, konterte Birgit. »Da müssen wir erst den Herrn Doktor fragen!«

»Dann fragen Sie ihn!«

»Das geht nicht. Er ist gerade im Behandlungszimmer und die Tür ist zu. Da dürfen wir ihn nicht stören.«

Friedrich holte tief Luft. Dann holte er seinen Geldbeutel aus der Hosentasche, entnahm ihm einen Fünf-Euro-Schein, drückte ihn Birgit in die Hand, klemmte die Zeitschrift unter den Arm und verließ die Praxis mit einem »Grüßen Sie den Herrn Doktor schön von mir!«.

* * *

Zurück in Tübingen, hatte Friedrich vorgehabt, sich mit der »Spiegel«-Redaktion in Verbindung zu setzen. Aber dann überlegte er, dass es sich ja um die aktuelle Ausgabe des Magazins handelte, die auch am Samstag noch zu bekommen sein musste. Auf dem Weg nach Derendingen fuhren Annette und er deshalb beim Markt am Nonnenhaus vorbei, der die gewünschte Zeitschrift tatsächlich noch vorrätig hatte. Friedrich setzte sich auf das Mäuerchen am »Affenfelsen« und las den Artikel, den Leonidas Fotiadou so sehr in Aufregung versetzt hatte.

»Und?«, fragte Annette ungeduldig.

»Da steht drin, dass in Deutschland immer mehr Gymnasien versuchen, sich als Vorzeigeschulen für Eltern mit viel Geld und noch mehr Einfluss zu präsentieren. Und wissen Sie, wer da wörtlich zitiert wird? Unsere Frau Wittenberger-Munz! Moment! Ich lese es Ihnen vor!« Friedrich schlug den »Spiegel« wieder auf und bemühte sich erfolgreich um einen lehrerhaften Tonfall. »Es ist unabdingbar, dass von den Schülern ein bestimmtes Leistungsniveau gefordert wird. Wenn jemand dieses Niveau nicht erreicht, erreichen kann oder aus anderen Gründen nicht für das Gymnasium geeignet ist, stehen ihm eine Vielzahl anderer Schultypen offen. Um es ganz klar zu sagen: Das Gymnasium darf nicht zur *Haupt*-Schule der Nation werden! Es muss zwingend denjenigen Schülerinnen und Schülern vorbehalten bleiben, die nicht nur intellektuell, sondern auch menschlich für diese Schulart geeignet sind.«

»Wow! Also, wenn ich so etwas von der Schulleiterin lese, die meinen Jungen vom Gymnasium geworfen hat, wäre ich auch stinksauer!«, erklärte Annette.

»Aber würden Sie sich auch eine Waffe schnappen und rumballern?«

»Natürlich nicht.«

Beide versanken in nachdenklichem Schweigen.

»Das ist genau unser Problem«, sagte Friedrich mehr zu sich selbst als zu Annette. »Was einen Menschen zu einer solchen Tat wirklich treibt, weiß letztlich niemand. Wir können keinem in die Seele schauen. Und genau deshalb könnte jeder der Täter sein. Egal, wie ... *normal* er auf den ersten Blick wirkt. Und egal, wie unwahrscheinlich es uns vorkommt, dass jemand wegen einer scheinbar alltäglichen Wut auf wen auch immer vollkommen ausrastet und zur Waffe greift. Niemand weiß, welche vielleicht jahrelangen Erniedrigungen so ein Mensch schon erdulden musste, ohne dass man es ihm ansieht und ohne dass jemand anderer davon weiß.«

Wieder kehrte Stille ein.

»Wir suchen nicht die Stecknadel im Heuhaufen, wir suchen ein mickriges Sandkörnchen in der Sahara!«, stöhnte Annette.

Friedrich stimmte ihr nickend zu. Aber ihm war auch klar, dass ihm nichts anderes übrig blieb, als zur Berufsroutine zurückzukehren.

»Es hilft nichts. Wir müssen mit dem weitermachen, was wir haben.«

»Also? Was haben wir?«

Annette bemerkte zu spät, dass sie Friedrichs Standardsatz gebraucht hatte. Ihr Vorgesetzter lächelte nur, wurde dann aber sofort wieder ernst.

»Zeitlich käme es hin«, überlegte er laut. »Er verlässt die Praxis Viertel vor zwei. Holt sich die Waffe ...«

»Vorausgesetzt, er hat überhaupt eine.«

»Vorausgesetzt, er hat überhaupt eine«, bestätigte Friedrich. »Auf jeden Fall hat er genug Zeit, um mit seinem Motorrad nach Tübingen zu fahren.«

»Wo er unmittelbar nach dem Amoklauf Ecke Derendinger-/Hegelstraße gesehen wird.«

»Und wenig später baut er einen Unfall, der schwer nach Selbstmord riecht.«

»Und der ›Spiegel‹-Artikel erklärt möglicherweise den späten Zeitpunkt, an dem er zugeschlagen hat!«

Friedrich holte sein Handy aus der Tasche und wählte die Nummer der Klinik, in der der Grieche lag. Der zuständige Arzt teilte ihm mit, dass auch weiterhin an eine Vernehmung von Leonidas Fotiadou überhaupt nicht zu denken sei. Friedrich atmete hörbar aus, sagte aber nichts weiter. Erst nach einigen Sekunden wandte er sich wieder an Annette.

»Wie war eigentlich Ihr Besuch bei dieser Moralapostelin?«, erkundigte er sich.

Annette schoss die Frage durch den Kopf, ob es eine »Apostelin« geben konnte. Schließlich waren es ausschließlich Männer gewesen, die Jesus um sich geschart hatte. Da sie aber wusste, wie wenig empfänglich Friedrich für derartige semantische Feinheiten war, behielt sie ihre Frage lieber für sich.

»Die hat zwar ein Rad ab. Aber dass sie deswegen gleich …«

»Es ist zum …« Friedrich kam nicht dazu, den Satz auszuführen, denn Annettes Mobiltelefon klingelte.

Ihre Miene hellte sich mit jeder Sekunde, die sie zuhörte, mehr auf. Schließlich bedankte sie sich bei dem Anrufer und legte auf.

»Sie haben Herrn Melchert geschnappt«, verkündete sie mit Genugtuung in der Stimme. »Er wollte sich sehr wahrscheinlich in Richtung Frankreich absetzen, ist aber glücklicherweise in eine Verkehrskontrolle bei Appenweier geraten. Ich denke, dass er jetzt schon bei uns im Vernehmungszimmer sitzen wird.«

Kurz darauf saßen sich Karsten Melchert und die beiden Ermittler gegenüber. Die Formalien wie Belehrung über seine Rechte und der Hinweis auf das mitlaufende Tonbandgerät waren schnell erledigt.

»Ja, Herr Melchert«, begann Friedrich, »ich höre, dass Sie wegen Diebstahls im Gefängnis waren. Und zwar nicht wegen einer geklauten CD beim Rimpo. Sie sind zusammen mit anderen in einige Vereinsgaststätten eingebrochen und haben in mehreren Fällen Glücksspielautomaten aus den Wänden gebrochen. Außerdem haben Sie vor dem Blauen

Turm einen harmlosen Discobesucher fast krankenhausreif geschlagen, weil er Sie angeblich beleidigt hatte. Deshalb sind Sie wegen besonders schwerem Diebstahl und Körperverletzung zu zwei Jahren Freiheitsstrafe verurteilt worden. Sie haben 15 Monate abgesessen. Dann hat man Sie auf Bewährung rausgelassen. Ist das so weit richtig?«

Karsten Melchert schnaubte, äußerte sich aber nicht weiter.

»Wie haben Sie es eigentlich geschafft, die Hausmeisterstelle zu bekommen. Bei so einer … unter solchen Vorzeichen?«, erkundigte sich Annette, um das Gespräch in Gang zu halten.

»Ich habe erzählt, dass ich längere Zeit im Ausland war. Das haben sie geschluckt. Wahrscheinlich haben sie dringend jemanden für die Stelle gebraucht.«

»Schön, es stimmt also. Ich nehme an, dass Sie nicht besonders scharf darauf sind, wieder ins Gefängnis zu müssen.«

Karsten zeigte keine Reaktion. Friedrich nickte Annette zu.

»Sie sind der Liebhaber von Vanessa Schittenhelm«, wechselte sie das Thema. »Wie ist es dazu gekommen?«

Karsten blickte Annette missbilligend an, sagte aber kein Wort.

»Ich will Ihnen ja nicht zu nahe treten, aber ist es nicht ungewöhnlich, dass eine junge Gymnasiastin sich ausgerechnet mit dem Hausmeister einlässt?«

Annettes gewollte Provokation hatte Erfolg.

»Sie war total verrückt nach mir. Nicht nur sie übrigens!«, fügte Karsten Melchert hinzu.

Annette hatte es zumindest geschafft, sein Schweigen zu durchbrechen.

»Sind Sie sicher? Vielleicht ging es Vanessa von Anfang an nur darum, an die Texte von Klassenarbeiten zu kommen«, bohrte Friedrich nach.

Karsten schob ein verächtliches »Pffft« durch die Lippen und zog sich wieder in sein Schneckenhaus zurück.

Annette suchte erneut nach einer unverfänglichen Frage, auf die Karsten eine Antwort zu geben bereit war. Sie fand keine und beschloss, ihn erneut zu provozieren.

»Sagen Sie, wie konnte es eigentlich dazu kommen, dass Sie sich von Herrn Schneider im Lehrerzimmer überwältigen ließen? Ich meine, Sie sind solide gebaut und, wie die Körperverletzung zeigt, mit dem Austeilen auch mal schnell bei der Hand?«

Karstens Nacken versteifte sich. »Keine Ahnung, wie der Schneider mich aufs Kreuz gelegt hat! Ich versteh's echt nicht. Dachte, dieses Würstchen serviere ich mit links ab. Scheiße!«

Friedrich dachte einen Moment daran, Karsten Melchert darüber aufzuklären, dass das »Würstchen« in seiner Freizeit regelmäßig in einem Fitnessstudio trainierte. Aber dann entschloss er sich doch, Karsten Melcherts Selbstzweifel nicht anzutasten. Wer wusste schon, wozu ein angeknackstes Ego vernehmungstechnisch dienlich sein konnte?

Karstens Hände quetschten die Tischplatte so heftig, dass seine Knöchel eine weiße Farbe annahmen. »Dabei ist der ein echtes Weichei!«

»Weichei? Warum das denn?«, wollte Friedrich wissen.

»Seit zwei Jahren treibt der sich bei einem von diesen Seelenklempnern rum. Ich hab das von Vanessa. Irgendwas war da. Hat anscheinend nicht auf die Reihe gekriegt, dass sein alter Herr den Abgang gemacht hat.« Karsten schnaubte verächtlich. Seine Entrüstung schien abzuebben. Aber dann brach sie erneut und noch heftiger als zuvor aus. »Und so einer haut mich aus den Pantinen! Das darf doch einfach nicht wahr sein! Eine halbe Portion wie der!«

Friedrich hatte keine Lust mehr, den nach seiner Ansicht viel zu weitschweifigen Fragen seiner Kollegin und den angeberischen Antworten darauf weiter zuzuhören. Deshalb kam er ohne Weiteres zum eigentlichen Punkt der Vernehmung.

»Fest steht, dass Sie alles andere als zimperlich sind, Herr Melchert.«

Karsten zeigte keine Reaktion.

»Ist ja auf eine Art durchaus verständlich. Wieder ein Diebstahl. Nach Auskunft von Herrn Schneider haben Sie ihn angegriffen. Also auch eine neue Körperverletzung. Sie wären also mit ziemlicher Sicherheit wieder im Bau gelandet. Und dürften deshalb einen gehörigen Zorn gegen den Schneider gehabt haben?«

Karsten antwortete zwar nicht, aber seinem Gesicht war ein »Und wie!« deutlich anzusehen.

Friedrich nickte befriedigt. »Lassen Sie mich einfach mal spekulieren. Sie waren im Knast. Als Sie rauskommen, ist die alte Arbeitsstelle futsch. Das Gymnasium stellt Sie zwar ein. Aber ständig wird Ihnen unter die Nase gerieben, was für ein edler Gnadenakt das ist. Sowohl Lehrer als auch Schüler rümpfen die Nase, wenn sie Ihnen auf dem Pausenhof begegnen. Zumindest glauben Sie das. Die Lehrer schikanieren Sie. Sie trauen sich nicht, sich dagegen zu wehren. Weil Sie Schiss haben rauszufliegen. Und dann kommt noch dieses – wie haben Sie gesagt – ›Würstchen‹ und zeigt Ihnen, was eine Harke ist.«

Friedrich legte eine Kunstpause ein, um danach mit leiser, verständnisvoller Stimme fortzufahren.

»Ich in Ihrer Situation hätte da einen ziemlichen Hass entwickelt. Auf Schneider. Auf die Lehrer. Auf die ganze Schule.«

Jetzt spiegelte Karstens Gesicht Verständnislosigkeit wider.

»Könnte es nicht sein, dass Sie da einfach vollkommen durchdrehen und sich eine Pistole schnappen?«

Wenn Karstens Übergang von Verständnis- zu Fassungslosigkeit gespielt war, dann wirklich sehr gut.

»Sie meinen … dass ich … mit der Knarre durch die Schule … Sie sind ja total behämmert!«

Karsten sprang auf und machte einen Schritt auf Friedrich zu. Es war zu befürchten, dass er im nächsten Augenblick zuschlagen würde. Aber er besann sich im letzten Moment doch noch eines Besseren. Statt auf Friedrich einzuschlagen, drehte er sich um, ging zurück zu seinem Stuhl und trat mit voller Wucht dagegen. Das Möbelstück wurde bis zur mehrere Meter entfernten Wand geschleudert.

»Herr Melchert, mit solchen Aktionen verbessern Sie Ihre Lage nicht wirklich!« Friedrichs Tonfall beinhaltete unmissverständlich eine Drohung.

Obwohl es Karsten sehr viel Mühe kostete, holte er seinen Stuhl zurück und setzte sich darauf.

»Herr Melchert. Wo waren Sie vorgestern, sagen wir von 12 bis 18 Uhr?« Annettes Stimme klang schneidend.

»Am Mittwoch? Nachmittags?« Karsten überlegte nur kurz. »Im Bett.«

»Gibt es dafür Zeugen?«

»Allerdings! Fragen Sie Vanessa! Vanessa Schittenhelm. Die war dabei.« Eine ordentliche Portion Selbstgefälligkeit mischte sich erneut in Karstens Stimme. »Und wie die dabei war! Die war so was von dabei! Fragen Sie sie!«

»Das haben wir längst getan«, erwiderte Annette.

»Dann ist ja alles in Butter.«

»Leider nein, Herr Melchert. Wie gesagt, wir waren bei Frau Schittenhelm. Und zuerst hat sie uns tatsächlich genau die Geschichte erzählt, die Sie beide in der Haaggasse miteinander abgesprochen hatten.«

»Aber dann«, übernahm Friedrich, »hat sie erfahren, dass sie keineswegs die einzige ... Frau in Ihrem Herzen waren. Und deshalb hat sie ihrer Freundin gegenüber zugegeben, uns wegen Mittwoch ein Märchen aufgetischt zu haben!«

»Und die Freundin hat uns erfreulicherweise sofort informiert«, ergänzte Annette.

Karsten ballte seine Hände zu Fäusten. Die Knöchel traten weiß hervor. »Diese kleine, miese Schlampe!«, stieß er zwischen den Zähnen hervor. »Ich hätte es wissen müssen!«

Annette holte Luft, um Vanessa zu verteidigen, aber Friedrich kam ihr zuvor.

»Herr Melchert, ich frage Sie das jetzt genau noch ein Mal. Wo waren Sie am letzten Mittwoch zwischen 12 und 18 Uhr?«

Karsten Melchert blickte Friedrich in die Augen. »Ich war mit Brille unterwegs.«

»Wer ist Brille?«

»Nico Zinser.«

»Wohnhaft?«

»Sind Sie so bescheuert oder tun Sie bloß so? Sie waren doch schon bei ihm in der Haaggasse!«

Friedrich reichte Karsten sein Handy. »Hier! Sie rufen jetzt sofort diesen Brille an!«

Karsten nahm das Mobiltelefon zwar entgegen, blickte Friedrich aber verständnislos an.

»Er soll sich augenblicklich auf die Socken machen und hierherkommen! Sie verlassen dieses Zimmer nicht, bevor dieser Brille hier auftaucht!«

Karsten machte keinerlei Anstalten zu wählen.

»Wird's bald? Oder sollen wir Ihren Kumpel mit der Streife abholen lassen?«

Friedrich verschwieg wohlweislich, dass er nicht die leiseste Ahnung hatte, wo Brille sich im Moment aufhielt.

Karsten zögerte immer noch. Brille hatte gute Gründe, die Polizei zu meiden.

Friedrich ahnte, was in Karsten vorging. »Ich werde Brille fragen, ob er am Mittwoch mit Ihnen zusammen war. Und wenn ja, wo. Mehr will ich nicht von ihm.«

Bevor Karsten zu einer Entscheidung kommen konnte, klopfte es. Unmittelbar danach öffnete sich die Tür zum Vernehmungszimmer, ohne dass auf ein »Herein« gewartet worden wäre. Lutz Steidle, ein Streifenbeamter, den Friedrich seit Jahren kannte, streckte seinen Kopf herein.

Karsten legte das Handy auf den Tisch und schaute interessiert auf den Neuankömmling.

Friedrich lief rot an. »Komm mit!«, zischte er seinen Kollegen nur mühsam beherrscht an.

Als er die Tür zum Vernehmungszimmer hinter sich geschlossen hatte, war es mit Friedrichs Zurückhaltung vorbei.

»Sag mal, bist du eigentlich noch zu retten?«, brüllte er. »Einfach so in eine Vernehmung zu platzen? Was hat man euch eigentlich in der Polizeischule beigebracht? Ich hatte ihn fast so weit, dass er uns die Suche nach diesem Brille abnimmt. Und dann trampelst du hier rein, als ob es sich um dein Wohnzimmer handelt!«

Lutz ließ sich nicht einschüchtern. Im Gegenteil. Er trat Friedrich außerordentlich selbstbewusst entgegen.

»Fritz, du kannst den Typ da drinnen laufen lassen. Wir wissen inzwischen, wer der Amokläufer war.«

Friedrich war im Allgemeinen nicht leicht aus der Fassung zu bringen. Aber jetzt fehlten ihm zumindest vorübergehend die Worte. Lutz genoss die Situation sichtlich. Schließlich wusste er etwas, das der Hauptkommissar nicht wusste. Aber ihm war auch klar, dass er sein Gegenüber nicht länger auf die Folter spannen durfte, wenn er von dessen Zornesausbruch verschont bleiben wollte. Deshalb beeilte sich Lutz, Friedrich mitzuteilen, dass ein Kollege der Göppinger Krimnalpolizei bei ihm angerufen und ihm aufgetragen hatte, dafür zu sorgen, dass diejenigen Kollegen, die im Tübinger Amoklauf ermittelten, umgehend in einem Ort namens Adelberg erschienen. Dort habe man nämlich den Täter gefunden.

»Also«, schloss Lutz, »hol Annette da raus und dann macht, dass ihr in den Schurwald kommt!«

* * *

Holger Munz konnte solche Veranstaltungen nicht leiden. Seit mehr als einer halben Stunde saß er auf einem harten Podiumsstuhl und bemühte sich nach Kräften, gute Miene zum bösen Spiel zu machen. Im Moment war noch nicht abzusehen, ob, und wenn ja, wann, der Kreisvorsitzende der Partei zum Ende seiner Begrüßungsrede kommen würde. Aber wenn Holger erst im Bundestag säße, könnte er sich etwas rarer machen. Natürlich war ein Mindestmaß an Präsenz im Wahlkreis unerlässlich. Aber er müsste nicht mehr jeden zweiten Abend unterwegs sein, wie die Parteioberen das schon im Vorfeld des Wahlkampfs unmissverständlich von ihm verlangt hatten.

Wider Erwarten gingen die einleitenden Worte des Vorsitzenden doch noch zu Ende, und Holger konnte endlich mit seinem Referat beginnen. Er fühlte sich sicher. Er hatte die Rede gefühlt schon mehr als hundertmal gehalten. Die Pointen saßen. Die Parteiseele kam zu ihrem Recht. Der politische Gegner wurde mit deutlichen Worten abgewatscht.

Nach etwas mehr als einer Stunde brandete Beifall auf, der über höflichen Applaus weit hinausging.

Das weitere Programm sah vor, dass es keine offizielle Diskussion gab. Stattdessen sollte nach der Eröffnung des Büfetts die Möglichkeit bestehen, mit dem Kandidaten zwanglos bei erlesenen Häppchen und Wein in lockeren, wechselnden Grüppchen zu plaudern.

Holger blieb bei den gut und teuer angezogenen Damen stehen, die der katholische Pfarrer um sich geschart hatte, wechselte dann zu den wie aus dem Ei gepellten Mitgliedern der Jungen Union, die sich frühzeitig ihre Karrierechancen sichern wollten, und landete schließlich bei einer Gruppe aus dem örtlichen Kulturverein, der traditionell eher der SPD nahestand. Überall hörte er den Gesprächen aufmerksam zu. Nur gelegentlich streute er ein oder zwei Sätze ein, die – wenn möglich – ein Wortspiel oder einen kleinen Scherz enthielten. Holger hatte die Erfahrung gemacht, dass er desto mehr punkten konnte, je mehr er dem Gegenüber das Gefühl gab, dass er es war, der das Gespräch bestimmt hatte.

Als Holger gerade wieder zu einem neuen Grüppchen wechseln wollte, sah er in den Augenwinkeln, dass Dietrich Hanser gerade dabei war, die Veranstaltung zu verlassen. Holger lief ihm gerade so schnell hinterher, dass ein eventueller Beobachter nicht den Eindruck von besonderer Eile gewinnen würde. Er erreichte ihn im Foyer.

»Herr Hanser, Sie wollen doch nicht schon gehen? Haben Sie schon unser exquisites Büfett probiert?«

»Sie wissen ja, wie das ist, Munz. Termine, Termine, Termine. Aber wir sehen uns bestimmt noch in den nächsten Wochen.«

Dietrich Hanser war inzwischen an der Garderobe angekommen und ließ sich seinen leichten Sommermantel geben.

»Ich wollte mich unbedingt noch für Ihre großzügige Unterstützung beim Bau unserer neuen Kreisgeschäftsstelle mit allem Drum und Dran bedanken. Ich meine für die erste

Rate«, fügte Holger mit einem verständnisvollen Lächeln unter Verschworenen hinzu. »Dürfte unternehmerisch wohl günstiger sein, nicht alles auf einmal zu überweisen?«

Dietrich Hanser war in einer Schreinerfamilie aufgewachsen, in der nach einem Arbeitsunfall des Vaters Geld immer außerordentlich knapp gewesen war. Trotzdem hatte Dietrich es mit zäher Energie bis zum Abitur geschafft. Das anschließende Architekturstudium finanzierte er, indem er für Geld alles ausfuhr, was transportiert werden musste: Bier, Brötchen, Gebisse und noch vieles andere mehr. Inzwischen besaß er ein Büro, das 18 Mitarbeiter beschäftigte und Jahr für Jahr satte Gewinne verbuchen konnte.

Trotz des geschäftlichen Erfolgs war Dietrich immer ein Freund unverblümter Rede geblieben. Deshalb nahm er auch jetzt kein Blatt vor den Mund.

»Nein. Mehr gibt's nicht. Ich brauche Ihnen nicht zu erklären, was Stuttgart 21 für mein Unternehmen bedeutet. Deshalb fließt dieses Mal eine ordentliche Summe an die Sozis. Damit die schön standhaft Projektbefürworter bleiben und nicht etwa wegen der Kosten doch noch umfallen. Und an die Grünen. Die Volksabstimmung als ultimative Legitimation für den Weiterbau, trotz der nicht einmal besonders gut gefälschten Zahlen, was die Leistungsfähigkeit des neuen Bahnhofs angeht: Das ist unbezahlbar!«

»Aber Herr Hansen! Sie können doch nicht …«

»Ich bin ein praktischer Mensch, das wissen Sie. Ich unterstütze den, der mir nützt. Sehen Sie zu, dass Sie in ein paar Jahren wieder den Ministerpräsidenten in Stuttgart stellen. Dann wird alles so wie früher. Aber bis dahin muss ich mir die aktuellen Machthaber warmhalten. Und ich habe durchaus schon die Erfahrung gemacht, dass nicht nur die, die weiter oben sitzen, gerne bereit sind, sich ihre … wie soll ich sagen … Bemühungen entsprechend vergüten zu lassen. Guten Abend. Und grüßen Sie mir die Frau Gemahlin.«

Dietrich Hansen strebte dem Ausgang zu und ließ einen stumm schluckenden Holger Munz zurück, der sich aber schnell wieder im Griff hatte. Ein Dietrich Hansen, so schwor sich Holger, sollte sich bloß nicht einbilden, dass er sich ungestraft solche Frechheiten herausnehmen konnte! Auch wenn Holger noch nicht wusste, wie. Aber *dass* der Unternehmer dieses Verhalten noch bereuen würde, stand für Holger so sicher fest wie das Amen in der Kirche.

* * *

Friedrich bog bei der Ausfahrt Uhingen West von der B 10 ab und steuerte über Uhingen, Holzhausen und Oberberken den Ort Adelberg im Landkreis Göppingen an. Bei der Abzweigung zum Kloster bog er rechts ab und gelangte am Hallenbad und dem Gelände des ehemaligen Campingplatzes vorbei zur Ferienhaussiedlung, die sich – abgeschnitten vom eigentlichen Dorf – an einem Hang entlangzog. Dort war in den sechziger Jahren nur der Bau von Ferienhäusern erlaubt gewesen. Aber nach und nach zogen immer mehr Familien dauerhaft ein, und inzwischen war es ein eigener Ortsteil, dem allerdings jede dörfliche Infrastruktur wie Läden, Wirtshäuser oder öffentliche Treffpunkte fehlte.

Friedrich konnte das Ziel nicht verfehlen. Am Ende der Straße, direkt am Waldrand, standen vor einem der Häuser, die alle sehr ähnlich aussahen, mehrere Streifenwagen. Auch ein Einsatzfahrzeug des Roten Kreuzes parkte am Straßenrand.

Friedrich und Annette waren kaum ausgestiegen, als schon ein auffallend großer Mann mit schlaksigen Bewegungen auf sie zukam. Er stellte sich als Stefan Mozer vor und war ein Kollege vom Göppinger Kommissariat.

»Und?«, fragte er statt einer Begrüßung. »Wie fühlt man sich, wenn man den Täter präsentiert bekommt, ohne selbst einen Finger krumm machen zu müssen?«

Friedrich war zu neugierig, um sich über seinen Kollegen zu ärgern. Stattdessen ließ er sich ausführlich berichten, was im Laufe des Nachmittags in Adelberg geschehen war.

Einer Frau Rosen, deren Haus eine Straße weiter oben stand und deren spätabendlicher Spaziergang mit dem Hund täglich an besagtem Haus vorbeiführte, war bereits am Donnerstag aufgefallen, dass in einem der Zimmer das Licht brannte. Zunächst hatte sie sich nichts dabei gedacht. Aber als das Licht auch am Freitag brannte, wunderte sie sich darüber, denn der große Mercedes mit Tübinger Nummer fehlte. Er stand sonst immer am Straßenrand, wenn seine Eigentümer nach Adelberg kamen. Dafür parkte der Opel Corsa vor dem Haus, den sie auch schon gelegentlich dort gesehen hatte. Wem dieses Auto gehörte, wusste Frau Rosen nicht.

Am Samstag gegen Mittag ging sie eigens am Haus vorbei um zu sehen, ob der Mercedes inzwischen am Straßenrand parkte. Er parkte nicht. Dafür war zu erkennen, dass die Deckenlampe trotz des Tageslichts brannte. Frau Rosen entschloss sich nachzusehen. Sie drückte auf den Klingelknopf, der neben dem Gartentor angebracht war. Niemand reagierte. Sie entschloss sich, das Grundstück zu betreten. Die Terrassentür, die von der Straße aus nicht zu sehen war, stand einen Spalt breit offen. Ihr Misstrauen stieg an.

Als sich auf ihr lautes Rufen und Klopfen niemand meldete, öffnete sie die Tür ganz und betrat die Diele. Sie ging zu der Tür, unter der die brennende Lampe hervorschien, und klopfte an. Nichts rührte sich. Frau Rosen klopfte erneut. Nichts. Deshalb drückte sie zaghaft die Türklinke nach unten und spähte ins Zimmer. Links vor ihr sah sie eine reglose Gestalt, deren Oberkörper auf dem Tisch lag. Wieder rief die Nachbarin laut »Hallo«, aber auch diesmal kam keinerlei Reaktion. Sie war sich noch nicht schlüssig, wie sie sich weiter verhalten sollte, als sie neben dem Kopf der Gestalt eine inzwischen fest geronnene Blutlache bemerkte. Sie machte auf dem Absatz kehrt und hörte erst wieder zu rennen auf, als sie die Tür ihrer eigenen Wohnung hinter sich geschlossen hatte.

Mit dem Atem kam nach kurzer Zeit auch ihr rationales Denken zurück. Sie ging zum Telefon, rief die Feuerwehr an und meldete, was sie gesehen hatte. Sie weigerte sich aber, zum

Haus mit dem Toten zurückzugehen und dort auf die Polizei zu warten.

»So weit, so gut. Aber wie kommen Sie darauf, dass es sich bei dem Toten um unseren Amokläufer handelt?«, wollte Friedrich wissen.

Statt einer Antwort forderte Stefan Mozer seine Tübinger Kollegen lediglich mit einer knappen Geste auf, mit ihm in das Haus zu gehen.

Im Wohnzimmer trafen Friedrich und Annette auf Spezialisten der Spurensicherung, die ihre Arbeit gerade beendet hatten.

Friedrich sah sich um. Blickfang des Zimmers war der Schwedenofen, vor dem das stand, was man heutzutage eine Wohnlandschaft nennt. An zwei der vier Wände standen Bücherregale, die zum Teil bis an die Decke reichten. An der dritten Wand hing ein großflächiges Gemälde. Friedrich konnte aus der Distanz nicht erkennen, ob es sich um ein Original handelte.

Den hinteren Teil des Zimmers nahm eine Küchenzeile ein. Davor stand ein Esstisch mit Eckbank und Stühlen. Der bayerische Stil des Ensembles wollte so gar nicht zur sonstigen Einrichtung des Zimmers passen, die neben der Wohnlandschaft aus einer Anrichte, einem Schrank und einer Schreibtischecke bestand, die allesamt keinerlei folkloristische Merkmale aufwiesen.

Auf einem der Stühle saß ein junger Mann. Sein Oberkörper lag auf dem Tisch. Das Gesicht zeigte nach links. Im Bereich der linken Backe war eine etwa zehn Quadratzentimeter große Hautabschürfung zu sehen. Eine Wunde im Schläfenbereich hatte die Blutlache neben dem Kopf gespeist. Auf dem Boden, direkt neben dem Stuhl, auf dem der Mann saß, lag eine Pistole.

Stefan Mozer deutete auf den Toten. »Da haben Sie ihn, Ihren Amokläufer«, verkündete er.

Friedrich hatte seinem Kollegen gegenüber vom ersten Augenblick an keine besondere Sympathie entgegengebracht. Der generöse Tonfall, in dem – gewollt oder nicht – mitschwang, dass Friedrich sich seine Täter von anderen finden lassen musste, trug nicht dazu bei, seine Einschätzung zu verändern. Fast schien es, als ob Stefan Mozer das gespürt hätte.

»Da drüben!«, sagte er in einem vollkommen sachlichen Ton und zeigte auf den Schreibtisch. »Er hat einen Abschiedsbrief geschrieben. Auf seinem Computer. Kommen Sie!«

Stefan ging voraus, Annette und Friedrich folgten. Stefan holte einen Kugelschreiber aus seiner Jackentasche und tippte mit der Spitze kurz auf die Enter-Taste. Der bisher schwarze Bildschirm leuchtete auf. Annette und Friedrich beugten sich vor und erblickten wenige Zeilen eines Word-Dokuments.

ich war's
das im hesse
fuck
sogar dafür bin ich zu blöd!
ich will nicht in den knast
ich will überhaupt nicht mehr
wenigstens werden meine alten ordentlich trouble kriegen
ich gönn's ihnen
von herzen
scheiße das war's
endgültig

Nach dem ersten Überfliegen las Friedrich den Text noch einmal langsam Wort für Wort. Obwohl sein Beruf es mit sich brachte, dass er regelmäßig mit Toten zu tun hatte, berührte ihn ein Selbstmord auch nach seinen zahlreichen Fällen immer wieder aufs Neue. Es war in keiner Weise zynisch, wenn er bei seiner alltäglichen Arbeit das Gefühl hatte, ein Mordopfer habe in gewisser Weise Pech gehabt. Weder den konkreten Tatentschluss noch die Ausführung konnte es in irgendeiner Weise beeinflussen. Aber die Freiwilligkeit eines Selbstmörders war ein Phänomen, das Friedrich nie wirklich verstehen würde.

»Was haben Sie bisher herausgefunden, Herr Mozer?«

Annette holte Friedrich mit ihrer Frage in die Ermittlungswirklichkeit zurück.

»Die Nachbarin hat uns auf den Corsa hingewiesen, den sie schon mehrmals vor dem Haus stehen sah. Sie glaubt, dass er – wie sagte sie noch? – ›irgendwie zum Haus gehört‹.«

»Sie *glaubt*?«, wunderte sich Friedrich. »Was mein Nachbar für ein Auto fährt, das *weiß* ich doch!«

»Nicht unbedingt, wenn das Haus manchmal monatelang leer steht. Wie auch immer. Wir haben den Corsa genauer unter die Lupe genommen. Er war nicht abgeschlossen. Im Handschuhfach lag eine schwarze Sturmhaube. Auf dem Rücksitz ein Overall. Ebenfalls einfarbig schwarz.«

»Das passt!«, stellte Friedrich fest. »Wissen Sie schon, wie der Tote heißt?«

»Wir haben einen Personalausweis in seinem Geldbeutel gefunden. Das Bild ist allerdings schon ziemlich alt.«

Ein etwa 18-Jähriger grinste auf dem Bild des Ausweises spöttisch. Der Junge trug ein ausgeleiertes T-Shirt. Das schulterlange Haar hatte seit mehreren Tagen weder Kamm noch Bürste gesehen. Dem Foto war der Protest eines jungen Mannes aus gutem Hause gegen die bürgerliche Gesellschaft deutlich anzusehen.

»Und? Wem gehört der Personalausweis?«, erkundigte sich Annette.

»Einem gewissen Simon Munz …«, versuchte Stefan Mozer Annettes Frage zu beantworten.

»Munz? Wo wohnt … wo hat der gewohnt?«, fragte Friedrich sofort nach.

»Wenn Sie mich ausreden ließen, kämen wir wesentlich schneller voran! Also, Simon Munz, wohnhaft in Tübingen, Brunnwiesenstraße …«

Wieder kam Stefan nicht dazu, seinen Satz zu beenden.

»Denken Sie dasselbe wie ich?«, wandte sich Friedrich an Annette, ohne weiter auf Stefan einzugehen.

Wortlos schnappte Annette sich ihr Handy und rief im Präsidium an. Nur kurze Zeit später hatten die Polizisten die

Gewissheit, dass die Direktorin des Hesse-Gymnasiums mit ihrer Familie ebenfalls in der Pfrondorfer Brunnwiesenstraße wohnte.

»Also? Was haben wir?« Friedrichs beliebte Anfangsfrage. Ohne auf eine Antwort zu warten, spreizte er seinen Daumen ab und fuhr fort: »Ich gehe davon aus, dass wir hier den Personalausweis des jungen Mannes in der Hand halten. Auch wenn er inzwischen ziemlich anders aussieht. Aber immerhin haben Sie den Ausweis aus seinem Geldbeutel geholt.«

Stefan nickte.

Friedrich fuhr den Zeigefinger aus. »Wir haben Overall und Sturmhaube. Und es gibt einen Abschiedsbrief mit astreinem Geständnis.«

Annette kannte Friedrich schon gut genug, um herauszuhören, dass er sich seiner Sache nicht wirklich sicher war. Und tatsächlich: Friedrich war noch nicht fertig.

»Was ich beim besten Willen nicht verstehe, ist, warum er sich um alles in der Welt ausgerechnet hier umgebracht hat. Ich meine, wie ist er überhaupt hier reingekommen?«

»Er muss einen Schlüssel gehabt haben. Spuren eines gewaltsamen Eindringens sind nirgends zu sehen«, antwortete Stefan.

Ein kurzer Moment des Schweigens folgte.

Dann fragte Annette: »Wem gehört das Haus eigentlich?«

Stefan zuckte mit den Schultern. »Aus irgendeinem Grund wollen die Eigentümer offenbar anonym bleiben. Kein Namensschild an der Tür. Und Briefkasten gibt es auch keinen. Also haben wir es bei den direkten Nachbarn versucht. Fehlanzeige. Da ist niemand zuhause. Frau Rosen konnte uns auch nicht weiterhelfen. Schließlich habe ich beim Rathaus angerufen. Aber freitags um die Uhrzeit war da natürlich niemand mehr zu erreichen.«

»Frau Winter, Sie fahren ins Dorf und treiben den Bürgermeister ...«

»Die Bürgermeisterin«, unterbrach Stefan, »sie haben eine Bürgermeister*in* hier.«

»Von mir aus.« Friedrich wollte sich nicht von Dingen aufhalten lassen, die er allenfalls für Nebensächlichkeiten hielt. Er schaute Annette immer noch direkt an. »Sie treiben die Frau auf und lassen sich nicht wegschicken, bevor Sie wissen, wem diese Hütte hier gehört.«

Es dauerte nicht einmal zehn Minuten, bis Annette anrief und mitteilte, dass der 95-jährige Mathias Wittenberger im Grundbuch als Eigentümer eingetragen war, der eine Tochter hatte, die Silke hieß und an einer Schule in Tübingen als Lehrerin arbeitete.

»Das erklärt, wie er hereinkam. Aber nicht, warum er von Tübingen extra hierherfuhr, um sich umzubringen.«

»Möglich wäre, dass er wegen des PCs gekommen ist. Für seinen Abschiedsbrief«, schlug Stefan vor.

»Ich weiß nicht«, wandte Annette ein. »Warum dann nicht in der Tübinger Wohnung? Dort hatte er bestimmt auch ein Notebook. Oder warum nicht Facebook oder Twitter?«

»Ich finde es auch bemerkenswert, dass er seinen Brief nicht ins Netz gestellt hat«, stimmte Stefan Annette zu.

Friedrich schüttelte den Kopf. »Vielleicht wollte er, dass nur seine Familie ihn liest. Er konnte ja nicht ahnen, dass Frau Rosen uns alarmiert, bevor seine Eltern das hier entdecken.«

Stefan wandte sich an seinen Göppinger Kollegen. »Kann ich mir die Waffe schon ansehen?«

»Kein Problem«, bekam er zur Antwort.

Stefan bückte sich und hob die Pistole auf. »P 8. Heckler und Koch«, stellte er nach einem kurzen Blick fest.

»Genau wie in Tübingen. Es passt einfach alles«, sagte Friedrich.

Annette hörte das unausgesprochene »Fast zu gut« durchaus heraus.

»Frau Winter, ich denke, wir können hier im Moment nicht mehr viel ausrichten. Außerdem …«, Friedrich konnte sich die Spitze nicht verkneifen, »… liegt es uns fern, weiter in Herrn Mozers Kompetenzbereich einzugreifen. Wir fahren zurück nach Tübingen. Jemand muss ja Frau Wittenberger-Munz mitteilen, was passiert ist.«

»Was ist mit Herrn Melchert?«, wollte Annette wissen. »Ich meine, von dringendem Mordverdacht kann ja jetzt wohl kaum mehr die Rede sein. Müssen wir den jetzt nicht laufen lassen?«

Friedrich überlegte nur kurz, nahm sein Handy und rief bei der Tübinger Staatsanwaltschaft an. Dort teilte ihm ein junger Assessor mit, dass Karsten Melchert auf freien Fuß zu setzen sei, da ein Verbleib in der Untersuchungshaft allein aufgrund der gestohlenen Klausur und der zu vernachlässigenden Körperverletzung nicht verhältnismäßig sei. Deshalb ordnete Friedrich in einem zweiten Telefonat mit der Tübinger Polizei die Freilassung von Karsten Melchert an, wobei nicht zu überhören war, dass er es eher widerwillig tat. Außerdem schärfte er den Kollegen ein, sich ruhig etwas Zeit bei den Formalitäten zu lassen. Außerdem sollten sie sich die aktuelle Adresse von Karsten Melchert geben lassen und vor der Entlassung prüfen, ob er tatsächlich dort wohnte.

* * *

Simons Mutter zeigte eins der klassischen Reaktionsschemata auf Annettes so schonend wie möglich vorgebrachte Nachricht vom Tod ihres Sohnes. Damit konfrontiert, flüchtete Silke sich zunächst in ein »Das kann doch gar nicht sein! Es muss da eine Verwechslung vorliegen!«.

Friedrich berichtete Silke von dem Personalausweis, den der junge Mann in Adelberg bei sich gehabt hatte, und ließ sich bestätigen, wie Simon mit achtzehn ausgesehen hatte. Obwohl damit jeder Zweifel an der Identität des Toten ausgeschlossen war, starrte Silke Wittenberger-Munz Friedrich sekundenlang völlig ausdruckslos an. Dann begannen ihre Mundwinkel zu zucken, und nur Augenblicke später begann sie zu weinen. Zunächst leise, dann aber immer lauter und hemmungsloser. Sie steigerte sich in einen Weinkrampf hinein, sodass Friedrich nichts anderes übrig blieb, als einen Arzt anzurufen.

Silke wehrte sich gegen eine Beruhigungsspritze. Aber Friedrich gelang es schließlich, sie dazu zu überreden.

Nach wenigen Minuten wirkte das Medikament. Dann saß Silke, immer noch mit weiß-grauer Gesichtsfarbe, scheinbar teilnahmslos in ihrem Wohnzimmer, das ganz ähnlich wie ihr Büro im Hermann-Hesse-Gymnasium eingerichtet war.

»Würden Sie bitte meine Schwester anrufen?«, bat sie Annette kraftlos. »Es ist die Kurzwahltaste eins. Und dann bitte meinen Mann. Taste 2.«

Annette tat wie gebeten und informierte sowohl Silkes Mann als auch ihre Schwester in knappen, sachlichen Sätzen darüber, was passiert war.

Es dauerte keine fünf Minuten, bis Liliane Wittenberger ihre Schwester flüchtig umarmte.

»Ich bin so furchtbar müde«, kam es leise über Silkes blutleere Lippen.

»Das ist nach der Spritze vollkommen normal«, beschwichtigte der Arzt.

Es war ihm anzuhören, dass es nichts gab, was er noch nicht gesehen hatte. Er erkundigte sich bei Friedrich, ob es für ihn noch etwas zu tun gebe. Als Friedrich verneinte, zog er ab.

»Ich will allein sein! Liliane, hilf mir ins Schlafzimmer!«

Es war mehr ein Hauchen als ein Sprechen. Liliane blickte Friedrich fragend an. Der nickte. Beim gegenwärtigen Zustand von Simons Mutter war an eine Befragung nicht zu denken.

Nachdem Liliane zurückgekommen war, setzte sie sich Friedrich und Annette gegenüber.

»Ich gehe davon aus, dass Sie eine Menge Fragen haben. Soweit ich kann, will ich sie Ihnen gerne beantworten.«

Friedrich erstaunte die Gefasstheit, die seine Gesprächspartnerin trotz der mehr als außerordentlichen Situation an den Tag legte.

»Können Sie mir einen Grund nennen? Ich meine, warum um alles in der Welt hat Ihr Neffe so etwas getan?«

Liliane stand wortlos auf und fischte eine Schachtel Camel aus der Schublade einer Kommode. Bei dem Versuch, eine Zigarette aus der Packung zu holen, fiel sie ihr auf den Boden, weil ihre Hände zu stark zitterten. Friedrich nahm diesen Vorfall mit einem Gefühl der Erleichterung auf. Er mochte Menschen nicht, die ohne Emotionen zu sein schienen. Als Liliane keinerlei Anstalten machte, Friedrichs Frage zu beantworten, sondern nur stumm und in sehr kurzen Abständen an ihrer Zigarette zog, fragte er nach, ob sie seine Frage verstanden habe.

»Selbstverständlich habe ich Ihre Frage verstanden. Ich überlege nur, ob ich sie beantworten will«, gab Liliane zurück und versank erneut in ein längeres Schweigen.

»In Ordnung«, sagte sie, nachdem sie sich entschlossen aufgerichtet hatte. »Ich werde mit Ihnen reden, weil ich keine realistische Chance habe, es nicht zu tun. Früher oder später werde ich ohnedies nicht darum herumkommen. Auch wenn das, was ich zu sagen habe, kein besonders gutes Licht auf meine Schwester und ihren Mann werfen wird. Aber wenn es denn schon sein muss, kann ich es ebenso gut gleich hinter mich bringen.«

Liliane drückte ihre Zigarette in einer Schale aus, die auf dem Tisch stand, zündete sich sofort eine neue an und begann zu reden. Dabei schaute sie jedoch nicht Friedrich, sondern ausschließlich Annette an.

»Sie fragen nach dem Grund. Ich bin Psychotherapeutin. Von daher weiß ich, dass es nicht *den* Grund für irgendetwas gibt. Schon gar nicht für so etwas.«

Friedrich runzelte die Stirn. Er konnte Psychotherapeuten nicht leiden. Seiner Ansicht nach betrieben sie in aller Regel nichts anderes als Kaffeesatzleserei.

»Wenn es sich nicht um meinen Neffen handeln würde, sondern um einen Fall aus dem Lehrbuch, würde ich vermutlich sagen, Simons Verhalten …«

»Verhalten! So kann man es natürlich auch nennen!«, entfuhr es Annette.

Liliane brachte durch ein Herabziehen des linken Mundwinkels unmissverständlich zum Ausdruck, dass sie es überhaupt nicht schätzte, mitten im Satz unterbrochen zu werden.

»Simons Verhalten könnte möglicherweise zu einem gewissen Teil das Resultat seiner eigenen Versagensgefühle sein.« Liliane wartete, ob Friedrich oder Annette reagierten. Als das nicht der Fall war, fuhr sie fort: »Sehen Sie: Simon war das Resultat nachlässiger Verhütung. Silke wollte zu dem Zeitpunkt kein Kind. Schließlich war sie gerade auf dem Sprung zur Oberstudienrätin. Warum sie es nicht abgetrieben hat, verstehe ich bis heute nicht. Sechs Wochen nach der Geburt war sie wieder an der Schule. Um Simon kümmerte sich, wenn überhaupt jemand, unsere Mutter, denn Holger hatte natürlich auch keine Zeit für ihn.«

Friedrich hatte den Eindruck, dass Liliane so redete, als ginge es nur um einen Lehrbuchfall. Aber er wollte sie nicht unterbrechen. Auch Annette sagte nichts.

»Simon war eigentlich immer allein. Im Kindergarten genauso wie in der Grundschule. Die Aufnahme ins Gymnasium schaffte er bei Licht besehen nur, weil Silke sich dafür stark gemacht hatte. Aber nach der Mittelstufe wäre eigentlich Schluss gewesen. Er schaffte es einfach nicht. Nicht, weil er nicht intelligent genug gewesen wäre. Aber er verweigerte sich. Wollte einfach nichts lernen. Wahrscheinlich wollte er unterbewusst seine Eltern zwingen, sich um ihn zu kümmern. Das haben sie ja dann auch. Aber nicht so, wie Simon es gebraucht hätte. Statt wirklicher Zuwendung haben sie ihm Nachhilfestunden verordnet. So hat er die Versetzung jedes Jahr mit Hilfe seiner Mama und Herrn Schneider, seinem geliebten Mathematiklehrer, dann doch noch irgendwie geschafft. Es ist zwar nicht üblich, dass der eigene Lehrer Nachhilfe gibt. Aber wenn es der Sohn der Direktorin ist, gelten eben andere Regeln. Trotzdem: Beim Abitur ist er dann mit Pauken und Trompeten durchgefallen. Da konnten nicht einmal mehr Silke und dieser Herr Schneider etwas dagegen unternehmen.« Liliane seufzte. »Anschließend haben sie es mit

Privatschulen versucht. Es war immer dasselbe. Nach spätestens einem Monat ist er rausgeflogen. Als er dann zwanzig war, weigerte er sich, weiter in irgendeine Schule zu gehen. Ab da hing er nur noch zuhause rum. Hat im Internet gesurft. Musik gehört. Hat sich Videos angesehen.«

Friedrich nickte wissend.

»Nein, nicht, was Sie meinen! Keine Gewaltfilme. Softpornos. Das war sein Geschmack, soweit ich das beurteilen kann.« Liliane machte einen tiefen Zug und stieß den Rauch heftig wieder aus. »Was ich mit alledem sagen will, ist, dass Simon zutiefst von seiner eigenen Minderwertigkeit überzeugt war. Nach außen gab er sich ... cool. Aber in ihm hat es gegärt. Ich weiß das von meiner Schwester.«

Liliane konzentrierte sich scheinbar voll darauf, ihre Zigarette auszudrücken und sich eine neue anzuzünden. Friedrich hatte den Eindruck, dass es sie aus irgendeinem Grund Überwindung kosten würde, weiterzureden. Dass Liliane sich einen erkennbaren Ruck gab, bestätigte seine Vermutung.

»Simon hat mit der Zeit einen regelrechten Hass gegen meine Tochter Lucie entwickelt. Sie müssen wissen, Lucie ist weit überdurchschnittlich intelligent.«

Liliane teilte dieses Faktum nicht im Tonfall der stolzen Mutter mit, sondern wie eine eher desinteressierte Testpsychologin.

»Noch schlimmer wurde es, als Lucie zum ersten Mal eine Klasse überspringen durfte. Völlig aus war es schließlich, als sie in die extra für Hochbegabte eingerichtete Klasse wechselte. Ich habe ihn verstanden. Was ich nicht verstanden habe, war, dass Holger ihm Lucie ständig als leuchtendes Vorbild vor die Nase gehalten hat. Ich habe Holger darauf angesprochen. Mehrmals. Aber er wollte nicht hören. Simon hat natürlich nach außen so getan, als ob ihm das alles überhaupt nichts ausmache. Aber dem geübten Blick entging nicht, wie schlimm das alles für ihn war.«

»Und Sie? Mit Ihrem ... geübten Blick? Haben Sie nichts unternommen?«, erkundigte sich Friedrich spitz.

»Ich weiß nicht, wie oft ich Silke geraten habe, Simon professionell helfen zu lassen. Sie hat es abgetan mit Floskeln wie ›Der fängt sich schon wieder‹ oder ›Wir müssen ihm einfach Zeit lassen‹.«

Liliane schien zum Ende ihrer Ausführungen gekommen zu sein, denn obwohl Friedrich geduldig wartete, sagte sie nichts mehr. Annette überlegte gerade, wie sie Liliane zum Weiterreden bringen könne, als sie doch wieder ungefragt zu sprechen begann.

»Was selbst ich nicht begreife, ist, warum er jemand anderen erschossen hat. Ein Selbstmord. Heimlich, still und leise. Von mir aus in unserem Adelberger Ferienhaus. Das passt. Das kann ich mir vorstellen. Aber ein derartiger Aggressionsausbruch Fremden gegenüber? Simon hat die Schuld an seinem Versagen sich selbst gegeben. Nicht anderen. Dass er Autoaggressionen bis zum Suizid entwickelt, kann ich aufgrund seiner Lebensgeschichte problemlos nachvollziehen. Aber dass er wahllos auf andere Menschen schießt, das kann ich nicht verstehen.«

Friedrich empfand ein Gefühl der Genugtuung darüber, dass selbst die kühl und überlegen analysierende Liliane zugeben musste, nicht weiterzuwissen. Andererseits musste er zugeben, dass ihre Ausführungen durchaus plausibel geklungen hatten. Als nach kurzer Zeit des Wartens klar war, dass Liliane keine weiteren Erklärungen abgeben würde, stand Friedrich auf. Ein Blick auf die Uhr zeigte, dass es bereits kurz vor 22 Uhr war.

»Ich muss natürlich noch mit Ihrer Schwester reden«, kündigte er an. »Würden Sie ihr bitte ausrichten, dass sie mich anrufen soll, wenn sie sich einer Befragung gewachsen fühlt?«

Liliane nickte.

Friedrich und Annette verabschiedeten sich, aber der Kommissar drehte noch einmal um, als er die Tür bereits geöffnet hatte.

»Sagen Sie, hatte Simon eigentlich eine Freundin?«

»Nicht dass ich wüsste.«

»Und sonst? Keine Freunde? Bekannte? Eine Clique, zu der er gehörte?«

»Nein. Zumindest nicht, soweit ich weiß. Er hing ständig vor dem Computer rum. Es kam vor, dass er das Haus mehrere Tage hintereinander überhaupt nicht verlassen hat. Aber das habe ich ja schon gesagt.«

Friedrich hatte sich bereits umgedreht, als Liliane sich noch einmal zu Wort meldete.

»Allerdings ... genau genommen ... gab es da doch ... so etwas Ähnliches wie Freundschaft.«

Da Liliane nicht weitersprach, fragte Annette nach, mit wem diese Freundschaft bestand.

»Mit Stefanie. Meiner anderen Tochter. Aus erster Ehe.«

»Wo finden wir Stefanie?«

»Das weiß ich nicht.«

Als Liliane Friedrichs ungläubigen Blick sah, fügte sie erklärend hinzu: »Wir haben keinen Kontakt mehr zu ihr. Sie hat ein ... erhebliches Drogenproblem. Zwei Therapien hat sie schon abgebrochen. Dealt angeblich selbst in geringem Umfang, um sich den Stoff beschaffen zu können, den sie für sich braucht. Das Letzte, was ich gehört habe, war, dass sie sich zur Zeit wieder einmal in der Tübinger Ecke rumtreibt. Aber wo genau, weiß keiner von uns.«

»Außer Simon?«

»Wahrscheinlich. Die beiden haben über Facebook kommuniziert. Und sich SMS und ellenlange E-Mails geschrieben. Sagt zumindest Silke.«

»Wir brauchen Simons Handy. Damit wir Kontakt mit dieser Stefanie aufnehmen können. Ich kümmere mich sofort darum«, kündigte Annette an, als Friedrich und sie wieder im Auto saßen.

»Es ist Viertel nach zehn! Das mit dem Handy machen wir morgen. So sehr eilt das jetzt nicht mehr. Ich bringe Sie nach Hause.«

* * *

Lothar Wiest hob bedauernd die Hände. »Ich fürchte, du überschätzt meine Möglichkeiten bei Weitem, mein Lieber.« Als Holger nicht reagierte, fuhr Lothar fort: »Auch dir dürfte nicht entgangen sein, dass der Innenminister inzwischen ein Parteibuch hat, das mit unserem nicht übereinstimmt. Außerdem möchte ich dich daran erinnern, dass du es warst, der darum gebeten hat, die Ermittlungen in die Länge zu ziehen.«

Holger gelang es nur mit erheblicher Anstrengung, abzuwarten, bis die Bedienung im Bellevue wieder außer Hörweite war.

»Lothar!«, fuhr er dann auf, »das ist doch eine vollkommen andere Situation. Jetzt wird mein Sohn verdächtigt! Du *musst* mit aller Kraft versuchen, das LKA auf den Fall anzusetzen! Da sitzen die wirklich kompetenten Leute. Und die ganzen technischen Hilfsmittel. *Die* müssen ermitteln! So einen Fall darf man doch nicht einem Tübinger Dorfsheriff überlassen!«

»Holger, ich verstehe dich ja …«

»Es geht um *meinen Sohn*! Begreif das doch! Simon ist unschuldig! Und alles, worum ich dich bitte, ist, deinen Oberen klarzumachen, dass das LKA gar nicht anders kann als die Ermittlungen in diesem Fall an sich zu ziehen.«

»Ich tue, was ich kann. Versprochen! Aber mach dir nicht zu viel Hoffnung. Wie gesagt: Mein Einfluss hält sich seit Neuestem in leider sehr überschaubaren Grenzen.«

Montag, 17. Juni

Als Friedrich wenige Minuten nach neun ins Büro kam, war er freudig überrascht zu sehen, dass Annette bereits an ihrem Schreibtisch saß. Sie empfing ihn sofort mit der Information, ein Anruf bei den Göppinger Kollegen habe ergeben, dass weder bei Simon noch in der Adelberger Wohnung oder im Corsa ein Handy gefunden worden war.

»Ich bin dann«, berichtete Annette weiter, »gleich noch mal zu seiner Mutter rausgefahren. Sie war damit einverstanden, dass ich mir Simons Zimmer ansehe. Ich habe das Unterste zuoberst gekehrt: nichts! Ein junger Mann in seinem Alter und kein Handy? Das gibt es doch einfach nicht!«

»Natürlich nicht«, bestätigte Friedrich. »Außerdem hat seine Tante von SMS gesprochen, die er geschrieben hat. Haben die Göppinger auch das Auto gründlich genug unter die Lupe genommen?«

»Angeblich ja. Da war aber nichts.«

Annettes Telefon klingelte. Sie nahm ab, meldete sich und hörte dann zu, ohne selbst etwas zu sagen. Schließlich beendete sie das Gespräch mit einem »Ich komme sofort!« und legte auf.

»Na bitte, es geht doch!«, wandte sie sich an Friedrich. »Wir haben es! Simons Mutter war dran. Sie hat das Handy in einer Hosentasche gefunden, als sie seine dreckige Wäsche von der Wäschetrommel im Bad in die Waschmaschine packen wollte. Im Bad habe ich nicht nachgesehen«, gab Annette zu, die Friedrichs Blick als unausgesprochenen Tadel interpretierte.

»Hätte ich wahrscheinlich auch nicht«, beruhigte Friedrich seine Kollegin. »Was hatten Sie für einen Eindruck? Ich meine, ist die Mutter schon so weit, dass ich ihr einige Fragen stellen kann?« Ohne eine Antwort abzuwarten, fuhr er fort: »Ach was! Wer in der Lage ist, Wäsche zu waschen, kann auch Fragen beantworten.«

Als Annette ihm auf dem Flur folgte, bot er ihr an, allein zu Silke Wittenberger-Munz zu fahren. Aber Annette bestand darauf, ihn zu begleiten. Auf der Fahrt erzählte sie ihm, dass Simons Mutter ihr während der Suche nach dem Handy in einer Tour damit in den Ohren gelegen habe, ihr Sohn sei unschuldig. Er könne keiner Fliege etwas zuleide tun. Es könne alles nur ein großer Irrtum sein.

Und genau dieselben Sätze waren es, die Silke auch zu Friedrich sagte, kaum dass Annette und er die Wohnung betreten hatten. Friedrich ging davon aus, dass er keine realistische Chance hätte, Silkes Meinung zu ändern, vollkommen gleichgültig, was er ihr sagen würde. Deshalb begnügte er sich damit, darauf hinzuweisen, dass die Ermittlungen noch lange nicht abgeschlossen seien und er ihr im Zuge eben dieser Ermittlungen einige Fragen stellen müsse. Er referierte zusammenfassend, was er von Liliane wusste.

»Die soll bloß still sein! Die hat's nötig, so einen Unfug über meinen Simon zu erzählen! Was ist denn mit ihrer Stefanie? *Ihr* Kind war schon mal im Knast. Nicht *meines*!«

Friedrich fragte, warum man denn nie versucht habe, Simon professionell helfen zu lassen.

»Sagt *sie* das? Natürlich sagt sie das! Sie hat ja keine Ahnung. Selbstverständlich waren wir mit Simon bei Ärzten und Psychologen. Ich weiß nicht einmal mehr, wie viele es letztendlich waren. Einmal haben sie ihn für vier Wochen stationär aufgenommen. In der Nähe von Ravensburg. Aber niemand konnte ihm helfen. Wie auch? Wenn Liliane ständig mit ihrer Lucie herumprahlt?«

Silke hatte nichts mehr von der souveränen Schulleiterin, die Friedrich erst vor fünf Tagen kennengelernt hatte.

»Sie wissen nicht zufällig, wie wir Ihre Nichte Stefanie erreichen können?«, wechselte Friedrich das Thema.

»Sie müssen *mich* fragen, weil Lilli keine Ahnung hat, wo sich ihr sauberes Fräulein Tochter rumtreibt, nicht wahr, so ist es doch?«

»Wissen Sie es denn?«, fragte Friedrich statt einer Antwort.

»Nein. Natürlich nicht. Keine Ahnung. Mein Simon. Der hat zuhause gewohnt. Immer. Er war …« Silke begann zu weinen.

»So kommen wir nicht weiter«, raunte Annette Friedrich zu. »Sie soll uns das Handy geben, und wir verschwinden wieder.«

Silke hatte offensichtlich trotz ihres Weinens verstanden, was Annette gesagt hatte.

»Ich habe das Ding ins Zimmer nebenan gelegt. Holen Sie es, und nehmen Sie es mit, wenn Sie wollen. Und dann gehen Sie bitte. Ich möchte jetzt alleine sein«, schluchzte Silke.

Annette war schon an der Tür zum Nebenzimmer und verschwand darin. Friedrich überlegte kurz, ob es etwas gab, das er Silke unbedingt noch fragen wollte. Aber es fiel ihm nichts ein, was nicht bis zu einem weiteren Besuch hätte warten können. Deshalb folgte er Annette ins Nebenzimmer. Als er eintrat, hielt Annette das Objekt der gemeinsamen Begierde bereits in ihren Händen, die in Handschuhen steckten.

»Mist!«, schimpfte Annette aufgebracht. »Keine einzige SMS zu finden.«

»Dabei hat Simons Tante behauptet, dass Simon und Stefanie einander jede Menge SMS geschrieben haben? Das heißt, Simon muss sie – warum auch immer – komplett gelöscht haben.«

Annette ging auf Friedrichs Überlegungen nicht ein. »Die Speicherkarte ist drin«, stellte sie statt dessen fest. »Aber da ist auch nichts drauf, was uns weiterhelfen würde. So eine Scheiße!«

»Er wollte wohl nicht, dass ihm jemand nach seinem Tod nachschnüffeln kann«, mutmaßte Friedrich. »Schauen Sie mal, ob er wenigstens seine Kontakte im Telefonspeicher hat.«

Friedrich bezog seine Kenntnisse über Mobiltelefone ausschließlich aus Gesprächen mit Friederike, die für seinen Geschmack viel zu häufig mit einem mitleidigen Seufzer seiner Enkelin und den Worten »Opa, das ist doch gar nicht so schwer!« begannen.

»Bingo!« Annette hielt Friedrich das Handy vor das Gesicht. »Steffi. Das muss sie sein.«

Sie diktierte Friedrich die Nummer, der sie in sein Notizbuch kritzelte. Danach tastete Annette ihre Jackentaschen ab, förderte eine Plastiktüte zum Vorschein, steckte das Handy in die Tüte und wollte es in ihrer Jackentasche verschwinden lassen.

»Geben Sie her«, bat Friedrich. »Vielleicht schafft unser Kollege von der Technik, die gelöschten SMS wiederherzustellen. Es ist besser, wenn ich da hingehe. Ich kenne den Mann schon ewig. Den muss man zu nehmen wissen, wenn man etwas von ihm will.«

Annette reichte das Handy an Friedrich weiter.

»So«, verkündete der. »Dann wollen wir mal bei dieser Stefanie anrufen!

Annette wählte Stefanies Nummer in zeitlichen Abständen etliche Male. Das Ergebnis war immer dasselbe. Eine weibliche Stimme teilte mit, dass der Anschluss im Moment nicht zu erreichen sei.

»Dann fahren wir jetzt ins Büro«, bestimmte Friedrich. »Ich gebe dem Techniker das Handy und Sie rufen bei der Tübinger Drogenberatung an. Vielleicht kennen sie Stefanie dort.«

Nach endlos scheinendem Weiterverbinden bekam Annette schließlich einen Streetworker an den Apparat, der Stefanie kannte. Auch wenn er keine Ahnung hatte, wo sie sich im Augenblick aufhielt, gab er ihnen den Tipp, dass ihre Clique sich häufiger am Hirschauer Baggersee treffe. Nachdem er Stefanies Äußeres so gut beschrieben hatte, wie er konnte, beendete er das Gespräch.

* * *

Holger Munz trommelte mit den Fingern auf der blütenweißen Tischdecke. Sein Cappuccino wurde kalt, ohne dass er auch nur einen Schluck getrunken hatte. Die Zeitspanne, bis Lothar Wiest das Bellevue betrat, schien sich endlos hinzuziehen. Als Lothar dann endlich an Holgers Tisch Platz genommen hatte, hielt er es keine Sekunde länger aus.

»Und? Was haben sie gesagt?«, bestürmte er seinen Freund.

»Nein.«

Holger war wie vor den Kopf geschlagen. »Was soll das heißen, nein?«, fragte er fassungslos.

»Dass die LKA-Pferdchen brav im Stall gehalten werden.«

»Aber warum? Warum unternehmen die nichts, um meinen Jungen zu entlasten?« Verzweiflung mischte sich mit Wut in Holgers Stimme.

»Offiziell, weil die objektive Sachlage keinen LKA-Einsatz rechtfertigt.«

»Und inoffiziell?«, fragte Holger misstrauisch.

»Meine Güte, Holger! Demnächst ist Wahlkampf! Der Sohn des gegnerischen Direktkandidaten ist mehr als verdächtig, ein Amokläufer zu sein. Das ist doch *das* gefundene Fressen für die! Ich bitte dich! Wer wählt denn den Vater eines Mörders in den Bundestag? Nein, mein Lieber. Die werden den Teufel tun, Leute vom LKA damit zu beschäftigen, Simons Unschuld nachzuweisen.«

Holger holte Luft zu einer lautstarken, nicht zur Umgebung der gemütlichen Kaffeerunden ringsum passenden Erwiderung.

Aber Lothar kam ihm zuvor. »Ich weiß, wie bitter das für dich ist. Aber wenn wir ehrlich sind: Hätten wir es im umgekehrten Fall anders gemacht?«

Statt einer Antwort stieß Holger den Atem, den er angehalten hatte, geräuschvoll aus.

»Hätten wir nicht«, gab Lothar schließlich zu.

Holger starrte in Richtung der großen silbernen Kuckucksuhr, die neben der Kuchentheke an der Wand hing.

Lothar ergriff schließlich Holgers Arm. »Meine Güte, Holger! Das Business ist hart, du weißt das genauso gut wie ich.«

* * *

Zunächst schienen Annette und Friedrich Glück zu haben. Stefanie saß tatsächlich am Ufer des Baggersees. Ihr leuchtend orangefarbenes Kapuzenshirt stach deutlich vom Grün der Böschung ab. Sie ließ ihre Beine im Wasser baumeln. Aber als Friedrich sie ansprach, wurde sehr schnell klar, dass zumindest im Moment kein vernünftiger Satz aus ihr herauszubekommen war. Die Spritze, die neben ihr auf dem Boden lag, ließ keine Zweifel zu. Stefanie schien sich starke Drogen gespritzt zu haben und befand sich seither in einer Welt, zu der Friedrich und Annette keinerlei Zugang hatten.

Auch wenn er so gut wie keine Hoffnung auf Erfolg hatte, bat Friedrich routinemäßig einen der anwesenden jungen Männer, Stefanie auszurichten, dass sie sich bei der Polizei melden solle, sobald sie wieder dazu in der Lage sei.

Etwa eine halbe Stunde später saßen Friedrich und Annette dem Streetworker Martin Ganser gegenüber. Diesmal hatten sie wirklich Glück. Martin hatte den Namen Simon in seinen Gesprächen mit Stefanie schon einmal gehört.

»Erzählen Sie uns bitte alles, was Sie über ihn wissen«, bat Friedrich.

»Das ist nicht viel. Wenn es Stefanie mal wieder richtig dreckig ging, schrieb sie ihm eine SMS. Sie haben sich dann getroffen. Wo, weiß ich allerdings nicht.«

Martin versank in nachdenklichem Schweigen. »Da war noch was«, fügte er dann hinzu. »Erst vor kurzem hat Stefanie am Rande erwähnt, dass dieser Simon sich über irgendetwas tierisch aufgeregt hat.«

Sowohl Friedrich als auch Annette horchten auf.

Als Martin nicht weitersprach, fragte Annette nach. »Worüber? Worüber hat Simon sich so aufgeregt?«

»Da war irgendwas mit … ich weiß nicht mehr genau … mit einem Video, glaube ich. Das ist ihm wohl ziemlich auf die Nerven gegangen. Aber wie gesagt: Was Genaues weiß ich nicht. Das heißt … ich glaube, in diesem Zusammenhang ist der Name ›Lupo‹ gefallen.«

»Fällt Ihnen sonst noch irgendetwas im Zusammenhang mit Simon ein?«, fragte Annette.

Martin gab sich alle Mühe, schüttelte dann aber den Kopf. »Tut mir leid. Mehr kann ich Ihnen beim besten Willen nicht sagen.«

»Lupo … Lupo … Lupo«, murmelte Friedrich vor sich hin, als er wieder mit Annette allein war. »Wieso kommt mir der Name bekannt vor?«

Dann fiel ihm ein, dass dieser Name ebenfalls in Simons Handy unter den Kontakten gespeichert war. Er holte den Zettel aus der Tasche, auf dem der Polizeitechniker alle auf Simons Handy gespeicherten Kontaktdaten ausgedruckt hatte. Er fand Lupos Nummer schnell und verabredete sich mit ihm auf der Platanenallee.

* * *

Lupo, dessen bürgerlicher Name Ludwig Poschner lautete, wartete bereits auf der Höhe des Hölderlinturmes auf Friedrich, der allein unterwegs war. Seinem Angebot, sich wenigstens den Rest des Tages freizunehmen, damit ihr Überstundenkonto nicht noch weiter wachsen würde, hatte Annette nicht widerstehen können.

Lupo ließ sich Friedrichs Ausweis zeigen und studierte ihn intensiv. Schießlich schien er überzeugt zu sein, dass er tatsächlich einen Polizisten vor sich hatte. Er fuhr mit der linken Hand durch sein langes rotes Haar, das auf ein verwaschenes T-Shirt fiel, auf dessen Rücken die Tourneedaten der »Ärzte« gedruckt waren.

Auf Friedrichs Frage, ob er sich vorstellen könne, dass Simon Munz der Amokläufer sein konnte, sprudelte Lupo sofort los: »Das ist Bullshit! Kompletter Bullshit! Simon war das nicht!«

Friedrich schüttelte den Kopf. »Wir haben ihn gefunden. Die Pistole lag direkt daneben. Es gibt einen Abschiedsbrief. Die Schürfwunde am Kopf, weil meine Kollegin ihn zu Boden geworfen hat. Alles, wirklich alles deutet darauf hin …«

»Nie im Leben!«

Lupos erregte Empörung war mit Händen zu greifen. Aber ihm war auch anzumerken, dass er sich bemühte, möglichst ruhig weiterzusprechen.

»Simon war wirklich korrekt. Aber er war ein totales Weichei. Wie oft habe ich ihm gepredigt, er soll seiner Alten endlich mal ordentlich die Meinung geigen, den Abflug machen und sein Ding durchziehen!«

»Was war denn sein Ding?«

»Null Ahnung. Er hatte da selber keine Peilung.« Lupo schwieg kurz, sprach dann aber unaufgefordert weiter. »Er war der Typ, der alles in sich reinfrisst. So einer tut doch so etwas nicht! Ich meine, in der Schule einen auf Rambo machen! Leute umlegen, die er überhaupt nicht kennt!«

Friedrich ließ Lupos Meinung unkommentiert und wechselte das Thema. »Wir haben gehört, dass Simon mitunter ganz schön ›ausgerastet‹ ist. Zum Beispiel wegen eines Videos. Wissen Sie da etwas Näheres?«

»Ja, da war was … das war … irgendwann letzte Woche.«

»Und was war irgendwann letzte Woche?«, hakte Friedrich nach.

»Da hat mir Simon was auf YouTube gezeigt. Leute aus seiner ehemaligen Klasse hatten ein Video produziert. Zum Teil mit alten Handy-Aufnahmen. In einer Szene versucht Simon einem Mädchen an die Wäsche zu gehen. Zugegeben: reichlich uncool. Mit den Mädchen, da war er eine ziemliche Niete. Na ja, sie hat ihm schließlich eine gescheuert. Mein lieber Harry! Und alle haben natürlich gebrüllt vor Lachen.«

»Woher wusste Simon von diesem Video?«

»Irgend so ein Idiot hat es ihm aufs Handy geschickt, glaube ich.«

»Waren Sie selbst auch auf Simons Schule?«

»Nicht doch! Mein alter Herr hat mich auf die Realschule geschickt. Ein Glück! Und nach der Mittleren Reife: sofort ab in die Lehre. Mechatroniker. Voll korrekt, der Job.«

»Und woher kennen Sie Simon dann?«

»Wir haben mal zufällig gleichzeitig im selben Laden Computerspiele gecheckt. Dann sind wir zu ihm. Zum Ausprobieren.«

Friedrich entschloss sich, Lupo direkt anzugehen. »Was meinen Sie? Wäre das mit dem Video für Simon nicht Grund genug gewesen durchzudrehen?«

Sofort brach bei Lupo wieder blanke Empörung durch. »Nie und nimmer!«

Die Lautstärke und der Gesichtsausdruck ließen keinen Zweifel an der Festigkeit seiner Überzeugung zu.

»Was macht Sie denn da so sicher?«, fragte Friedrich.

»Simon hätte sich nie selbst das Licht ausgeknipst. Und jetzt schon gar nicht!«

Friedrich forderte Lupo mit einer knappen Geste zum Weiterreden auf.

»Er stand ganz kurz vor dem dritten Kyu. Da war er scharf drauf wie Rettich. In einem Monat wäre Prüfung gewesen …«

Lupo sah an Friedrichs Miene, dass der kein Wort verstand.

»Simon und ich machen Ju-Jutsu. Ich habe ihn eines Tages einfach mit zum Training geschleift. Weil er den ganzen Tag nur noch vor dem Bildschirm hing. Erst ist er nur in der Ecke gehockt. Hat uns zugeschaut. Aber schon beim nächsten Mal ist er mit auf die Matte gekommen. Ab da hat er wie ein Wilder trainiert. Der Trainer meinte, da geht was. Als Simon das gehört hat, war er kaum mehr aus der Halle zu kriegen. Sein Anzug war immer klatschnass hinterher. Und dann bringt er sich vier Wochen vor dem grünen Gürtel um? Erzählen Sie's Ihrem Frisör!«

Lupo merkte, dass er Friedrichs Arm umklammert hielt, ohne sich dessen bewusst gewesen zu sein. Er ließ ihn los und trat einen Schritt zurück. Aber nur Sekunden später griff er erneut nach Friedrichs Arm.

»Noch was!«, stieß er schnell hervor, wie um Friedrichs Zweifel endgültig zu zerstreuen.

»Stefanie!«

Friedrich blickte offensichtlich so auffordernd, dass Lupo sofort nachsetzte.

»Mit der ist er irgendwie verwandt. Keinen Plan, wie genau. Aber er hat sich gelegentlich aufgeführt, als ob er ihr Daddy und ihr Bodyguard in einem wäre. Er muss sich um sie kümmern. Sie beschützen. So einen Müll hat der abgelassen.« Mit jedem Satz wurde Lupo eifriger. »Klar, sie saß bis zum Hals in der Scheiße! Sie spritzt. Und dealt. Es gab Trouble mit

Typen aus der Szene. Wenn ihre Lieferanten Druck gemacht haben, weil sie keine Kohle mehr hatte. Wenn ihre Freier vom Straßenstrich Schweinereien von ihr verlangt haben. Sie hat ihm dann geschrieben. Und er hat sofort den Schraubenzieher aus der Hand geworfen. Hat sich in seinen Corsa gesetzt und ist zu ihr gefahren. Einmal hat er sie über einen Monat lang versteckt. Im Ferienhaus von seinen Alten.«

Lupo schwieg, weil er nicht weiterwusste.

Friedrich half ihm. »Sie meinen also, dass Simon allein schon wegen seiner Sorge um Stefanie nicht Amok gelaufen wäre und sich umgebracht hätte?«

Lupo fühlte sich verstanden. »Sie haben's gecheckt!«, stimmte er stürmisch zu. »Sie war, außer Ju-Jutsu, das Einzige, wo er seinen Arsch hochgekriegt hat. Und außer bei mir … Vielleicht …«, fügte er mit wesentlich leiserer Stimme hinzu.

Friedrich schüttelte einen Anflug von Rührung ab und überlegte, ob er Lupo noch einmal darauf hinweisen sollte, dass die Indizien, die für einen Selbstmord Simons sprachen, sich trotz der engagiert vorgetragenen Argumente seines Freundes nicht wegdiskutieren ließen. Aber er entschied sich dagegen. Stattdessen fragte er ihn, ob er eine Idee habe, wie Simon an die Waffe gekommen sein konnte, mit der er sich erschossen hatte.

»Ich habe doch schon gesagt, dass er ein Weichei war«, verneinte Lupo vehement. »Der hätte nicht einmal gewusst, wie man mit so einem Teil umgeht. Und woher man so etwas bekommt? Da habe nicht einmal ich irgendeine Peilung!«

Friedrich war jetzt endgültig klar, dass Lupo von Simons Unschuld so überzeugt war, dass er bei jeder weiteren Frage die Tatsachen dahingehend zurechtbiegen würde. Deshalb entschloss er sich, die Befragung zu beenden, übergab Lupo jedoch sicherheitshalber noch seine Karte, bevor er sich von ihm verabschiedete.

Als Friedrich am Taubenhaus vorbei die Metalltreppe zur belebten Eberhardsbrücke hinaufging, überlegte er, ob es im

Moment noch Befragungen oder andere Ermittlungsschritte gab, die er unbedingt sofort erledigen musste. Als er aber die Leute sah, die sich in kleineren Grüppchen auf der Terrasse der Neckarmüllerei ihr Bier schmecken ließen und sich über ihre dampfenden Teller hermachten, überlegte er es sich anders. Er kaufte sich am Tagblatteck eine Lokalzeitung, wechselte die Straßenseite, bestellte sich zu einem hellen Hefeweizen eine Grillhaxe mit Krautsalat und Brezelknödel und studierte aufmerksam die Wohnungsanzeigen.

Als die Haxe gegessen und auch das zweite Weizenbier getrunken war, entschloss sich Friedrich zu einem Spaziergang. Er wanderte die Gartenstraße entlang, bog nach dem Haus mit der Nummer 89 links ab und stieg auf den Österberg. Als er den Turm erreicht hatte, war er mehr außer Atem, als ihm lieb war. Er blieb stehen und genoss die Aussicht. Nach einigen Minuten machte er sich an den Abstieg und erreichte schnell den Weg, der auf halber Höhe in Ost-West-Richtung verläuft. Auf einer Bank konnte Friedrich schon von weitem ein Liebespärchen ausmachen, das offensichtlich so sehr beschäftigt war, dass es den näherkommenden Spaziergänger gar nicht erst wahrnahm. Friedrich bemühte sich erfolgreich, möglichst geräuschlos an den beiden vorbeizugehen, und bemerkte erst nach einigen Schritten, dass er begonnen hatte, ein fröhliches Liedchen vor sich hin zu pfeifen.

* * *

Das Bellevue war nur spärlich besetzt. Die Zeitspanne, innerhalb derer die Gäste kamen, um Kaffee und Kuchen zu bestellen, war vorbei. Und zu Abend essen wollten offensichtlich nur wenige. So konnten Holger Munz und Lothar Wiest sich unterhalten, ohne darauf achtgeben zu müssen, ob ihnen jemand zuhören konnte.

»Holger, du musst vorsichtiger sein«, forderte Lothar. »Ich weiß, dass du so gut wie nominiert bist als Direktkandidat für unseren Wahlkreis. Aber im Gegensatz zu dir ist mir nicht verborgen geblieben, dass hinter vorgehaltener Hand schon darüber gesprochen wird, wer nachrücken könnte, wenn du – aus welchen Gründen auch immer – sagen wir einmal … ausfallen würdest.«

»Unfug!«, widersprach Holger vehement. »Wer sollte denn das sein? Mir fällt niemand ein, vor dem ich Angst haben müsste.«

»Täusch dich nicht. Es werden Namen genannt, auch wenn du im Moment zu sehr mit anderen Dingen beschäftigt bist, um davon etwas mitzubekommen.«

»So? Und welche Namen werden denn so genannt, deiner Meinung nach?«

»Mehrere. Aber von Interesse ist nur einer. Dr. Kristina Eberharter. Jung. Sexy. Beruflich erfolgreich. Politische Senkrechtstarterin. Die scharrt mit den Hufen, seit das mit deinem Simon in der Zeitung stand. Vor der solltest du dich unbedingt in Acht nehmen! Außer … sie hat eine Leiche im Keller und du bekommst heraus, welche. Ich an deiner Stelle würde sofort anfangen, intensiv danach zu suchen.«

»Da brauche ich nicht lange zu suchen, mein Lieber! Wenn die auch nur den Mund aufmacht, um mich auszubooten, werde ich diskret streuen, dass sie sich seit Jahren Koks und Schlimmeres reinzieht!«

»Ach was?! Woher weißt du das?«

»Die Schwester meiner Frau ist ihre Psychotherapeutin. Einmal habe ich sie in der Praxis abgeholt. Als wir gerade gehen wollten, hat das Telefon geklingelt. Meine Schwägerin ist ins Nebenzimmer gegangen. Und auf dem Tisch lag die Akte von der Eberharter. Ich konnte einfach nicht widerstehen …«

»Ja dann …«

»Danke, dass du mir den Tipp gegeben hast.«

»Keine Ursache.«

Dienstag, 18. Juni

Als Friedrich sein Büro betrat, hatte er bereits eine äußerst unerfreuliche Konfrontation mit seinem Schwiegersohn hinter sich. Dem war seine schlechte Laune bereits ins Gesicht geschrieben, als er das Esszimmer betrat, in dem Friedrich mit Tochter Magdalena und Enkelin Friederike beim Frühstück saß. Auch wenn er es nicht ausdrücklich sagte, war ihm anzusehen, wie sehr ihn Friedrichs Anwesenheit störte. So tranken Friedrich und Magdalena ihren Kaffee schweigend weiter. Nur Friederike versuchte bemüht, eine Unterhaltung in Gang zu bringen. Aber schon nach ein, höchstens zwei Sätzen kehrte wieder Stille ein. Dann holte Magdalenas Mann Luft, räusperte sich und forderte Friedrich unumwunden auf, sich nicht weiter darauf zu verlassen, bei seiner Tochter wohnen zu können. Schließlich sei die Wohnung schon für drei Personen klein genug. Friedrich solle sich ab sofort – bitteschön – wesentlich intensiver als bisher darum kümmern, eine eigene Wohnung zu finden. Friedrich überlegte, ob er den Tonfall seines Kontrahenten aufnehmen und ihm ordentlich die Meinung sagen sollte. Aber er entschied sich dagegen. Stattdessen stand er auf, verabschiedete sich demonstrativ freundlich von Tochter und Enkelin, würdigte seinen Schwiegersohn keines weiteren Blickes und machte sich auf in Richtung Präsidium.

Von dort wollte er mit Annette zu einer neuerlichen Befragung von Simons Mutter aufbrechen, als eine Kollegin, die am vergangenen Wochenende Dienst gehabt hatte, das Büro betrat.

»Karsten Melchert freizulassen war vielleicht doch keine besonders gute Idee!«, sagte sie nach einer knappen Begrüßungsgeste und berichtete, dass am Montag gegen 23.30 Uhr eine ängstliche junge Frau bei der Polizei angerufen hatte.

Die laue Sommernacht hatte sie und ihren Freund auf dem Nachhauseweg von einer Geburtstagsparty animiert, in der Nähe einer Waldlichtung anzuhalten und eine Decke auf der im Mondschein gelegenen Wiese auszubreiten. Die beiden waren gerade mitten in ihrem Liebesspiel, als sie mehrere Schüsse hörten, die klangen, als seien sie ganz in der Nähe abgefeuert worden. Die Polizistin sowie ein männlicher Kollege fuhren hin und schnappten sich zwei Männer, die offensichtlich Schießübungen auf Blechdosen im Wald veranstalteten.

»Kommt die Pointe noch oder habe ich sie schon verpasst?«, unterbrach Friedrich seine Kollegin wenig charmant.

»Die Pointe hat zwei Teile.« Die junge Frau ließ sich nicht aus der Ruhe bringen. »Teil eins: Im Wald hatte keiner der beiden einen Ausweis dabei. Deshalb haben wir sie zur Feststellung der Identität mitgenommen. Einer der beiden Männer heißt Karsten Melchert. Und Teil zwei der Pointe: Die Pistole, mit der im Wald geschossen wurde, gehört mit Sicherheit zu den gestohlenen Waffen aus dem bayerischen Bundeswehrdepot!«

Friedrich pfiff durch die Zähne, Annette blies die Backen auf.

»Als das klar war, haben wir Melchert festgehalten.«

»*Herrn* Melchert, so viel Zeit muss sein!«, korrigierte Friedrich mit einem Seitenblick auf Annette.

»Wir haben ihn nicht noch einmal laufen lassen. Wenn ihr mit ihm reden wollt: Er sitzt in einer unserer Zellen.«

»Kommen Sie!«, forderte Friedrich Annette auf. »Ich will sofort mit ihm sprechen!«

»Wieso *das* denn?« fragte Annette perplex. »Ich denke, wir haben unseren Amokläufer längst?«

Friedrich wiederholte die Bedenken gegen eine Täterschaft, die von Lupo vorgebracht worden waren. »Das können wir nicht einfach so vom Tisch wischen«, schloss er.

»Ich weiß nicht«, widersprach Annette. »Abschiedsbrief mit Geständnis, Overall, schlüssige Ausführungen der Tante zum Motiv. Was wollen wir denn noch? Ich finde, der Fall kann abgeschlossen werden. Ich erledige diesmal sogar freiwillig den Schreibkram.«

»Ja doch, Sie haben ja Recht«, räumte Friedrich ein. »Trotzdem! Herrn Melcherts Motive sind auch durchaus plausibel. Und er schießt im Wald mit einer Pistole herum, die aus demselben Diebstahl stammt wie die Waffe im Hesse-Gymnasium.«

Annette seufzte, wie eine Frau es tut, wenn sie zwar von der Widersinnigkeit eines männlichen Vorschlags fest überzeugt ist, um des lieben Friedens willen aber trotzdem nachgibt. Sie schnappte sich ihre Jacke und folgte Friedrich auf den Gang hinaus.

Karsten Melcherts Befragung gestaltete sich genauso mühsam wie beim ersten Versuch. Wieder musste ihm jedes Wort aus der Nase gezogen werden. Auf Friedrichs direkte Frage, ob er der Amokläufer gewesen sei, stritt Karsten dies allerdings sehr lautstark, wortreich und mit zahlreichen Kraftausdrücken gespickt ab. Friedrich wechselte die Taktik und lenkte die Befragung auf die Pistole, mit der am Montag im Wald geschossen worden war.

Es bedurfte gut einer halben Stunde und viel geduldiger Überredungskunst, bis Karsten Melchert endlich zugab, dass er die Pistolen aus Bayern von einer Gefängnisbekanntschaft angeboten und schließlich geliefert bekommen hatte. Karsten beabsichtigte, die Waffen auf dem Schwarzmarkt möglichst gewinnbringend zu verkaufen. Als Versteck wählte er einen Kellerraum der Schule, in dem sich lediglich Gerümpel stapelte und den seit dem Tag seiner Einstellung, soweit er wusste, niemand je betreten hatte.

Annettes Stirn legte sich in Falten, die von ihren Zweifeln an Karstens Bericht zeugten.

»War das nicht trotzdem ziemlich riskant?«, fragte sie nach. »Ich meine, es hätte doch jederzeit jemand den Raum betreten und herumstöbern können?«

»Und wenn schon? Ich habe die Dinger natürlich gut versteckt.« Karsten fühlte sich offensichtlich in seiner kriminellen Ehre gekränkt. »Einmal«, fuhr er auf, »als ich mir die Dinger angesehen habe, ist noch jemand im Keller rumgeschlichen. Keine Ahnung, wer das war und was der dort wollte. Ich habe sofort die Taschenlampe ausgemacht, die

Kiste wieder zurück hinter alte Bücherregale geschoben und mich mucksmäuschenstill verhalten, bis der Typ wieder weg war. Außer mir hat niemand von den Waffen gewusst. Da bin ich mir vollkommen …« Karsten brach ab, weil ihm klar wurde, dass er sich mit seiner Aussage selbst belastete.

Friedrich ging jedoch nicht weiter darauf ein. Stattdessen fragte er: »Und? Wie läuft das Geschäft? Ich meine, haben Sie schon Käufer für Ihre … Ware gefunden?«

»Die Hälfte der Lieferung ist weg.« In Karstens Stimme schwang Stolz mit. »Aber ich habe natürlich nicht die leiseste Ahnung, wer die Dinger gekauft hat. Das läuft alles über … Bekannte …«

»Deren Namen Sie uns natürlich nicht sagen wollen?«, stellte Friedrich mehr fest, als er fragte.

Karstens einzige Antwort war ein breites Grinsen.

»Glauben Sie mir, früher oder später werden Sie sie uns nennen«, prophezeite Friedrich. »Aber darum geht es im Moment gar nicht.« Er baute sich drohend vor Karsten auf. »Ich will jetzt endlich wissen, wo Sie am Mittwoch letzter Woche von 12 bis 17 Uhr waren.«

Karsten schwieg beharrlich.

»Kommen Sie!«, fuhr Friedrich Karsten an. »Sie wissen doch genau, dass Vanessa Schittenhelm längst zugegeben hat, am Mittwoch *nicht* mit Ihnen im Bett gewesen zu sein!«

Karsten versuchte ein Stöhnen, das gelangweilt klingen sollte.

»Also, wo waren Sie wirklich?«, fragte Friedrich schon etwas freundlicher.

»Sie wollen mir das Ding in der Schule immer noch anhängen? Obwohl schon längst in der Zeitung gestanden hat, dass es der Sohn von der Chefin war? Das glaub ich einfach nicht!«

»Wenn Sie es nicht waren, warum sagen Sie uns dann nicht einfach, wo Sie sich an dem Mittwoch herumgetrieben haben? Wir prüfen es nach, und wenn es stimmt, sind Sie raus.«

Karsten Melchert war anzusehen, dass er einen heftigen Kampf mit sich selbst ausfocht.

Schließlich rang er sich durch zu reden. »Ich war mit Brille unterwegs nach Stuttgart. In den Puff. Das heißt ... da wollten wir zumindest hin.«

Annette musste Karsten sehr zweifelnd angesehen haben, denn er wandte sich an sie.

»Nicht wegen mir! Wegen Brille. Der kriegt einfach keine Frau in sein Bett. Arme Sau. Und allein traut er sich nicht mal zu den Huren. Er hat mich schon die ganze Zeit genervt, mal wieder mit ihm ins Bohnenviertel zu fahren. Am Mittwochmittag war ich sein Gequengel endgültig leid. Wir haben uns auf unsere Maschinen gesetzt und sind los. Aber schon kurz vor der Ausfahrt nach Möhringen war es aus. Er ist einfach abgebogen und hat kurz hinter der Auffahrt angehalten. Rumgezappelt. Wollte auf einmal unbedingt, dass wir umkehren. Hatte wohl Muffe gekriegt vor der eigenen Courage. Was blieb mir denn übrig?« Karsten holte tief Luft. »Wir sind dann«, erzählte er ungefragt weiter »stattdessen die Alb rauf. Kurven fahren. Eine nach der anderen. Richtig schnell. Extreme Schräglage. War echt klasse! Und hinterher zurück zu Brille in die Haaggasse. Er hatte einen Kasten Bier. Der war leer, als ich nach Hause bin.«

»Wann sind Sie denn nach Hause gegangen?«, erkundigte sich Annette.

»Keine Ahnung. Es muss so irgendwann zwischen zwei und drei morgens gewesen sein.«

Annette war nicht von Karstens Geschichte überzeugt.

»Hat Sie jemand gesehen? Ich meine, während Sie auf der Schwäbischen Alb rumgegondelt sind?«

»Das weiß ich doch nicht!«

»Na ja, vielleicht haben Sie ja zwischendurch getankt? Oder irgendwo eine Currywurst gegessen?«, schlug Friedrich vor.

»Wenn wir mit unseren BMWs unterwegs sind, dann *fahren* wir und essen keine Currywurst!«

»Schlecht für Sie!«, bemerkte Annette kühl.

Karsten sprang auf. »Fragen Sie Brille, wenn Sie mir nicht glauben! Der wird Ihnen sagen, dass es genau so war!«

»Daran, dass er Ihre Aussage bestätigen wird, habe ich nicht den leisesten Zweifel.« Annette machte eine kleine Pause. »Aber ob wir ihm das auch glauben, steht auf einem ganz anderen Blatt!«

»Ein Knastbruder gibt einem Verdächtigen ein Alibi, nachdem das erste getürkte, das mit Vanessa, aufgeflogen ist? Würden Sie Ihnen an unserer Stelle glauben?«, legte Friedrich nach.

»Es war aber so!«, motzte Karsten.

Dennoch war es erkennbar, dass er sich seiner misslichen Lage durchaus bewusst war.

»Schön. Lassen wir das vorerst. Was war am Montag?«, fragte Friedrich übergangslos. »Wie ist es da zu Ihren Schießübungen im Wald gekommen?«

Er konnte nach und nach mühsam aus Karsten herausquetschen, dass der die Pistolen eigentlich selbst nie benutzen wollte. Aber als Brille und er am Montag, wenn nicht betrunken, so doch durchaus angeheitert auf dem Nachhauseweg vom »Bären« waren, tauchte plötzlich die Idee auf, im Wald auf Blechbüchsen zu schießen. Schließlich hatten sie ja nicht wissen können, dass in ihrer unmittelbaren Nähe ein Pärchen die laue Sommernacht anderweitig nutzte.

»Wie sind Sie am Montag an die Pistolen gekommen? Sie mussten doch Ihren Schulschlüssel mit Sicherheit abgeben, nachdem Sie nicht mehr dort arbeiten?«, fragte Annette nach.

»Den, den ich offiziell bekommen hatte, natürlich. Aber nicht den, den ich mir beizeiten habe nachmachen lassen.«

Überfallartig baute sich Friedrich erneut vor Karsten auf.

»Soll ich Ihnen sagen, wie ich die Sache sehe? Sie haben die Pistolen im Keller versteckt. Vielleicht stimmt es sogar, dass Sie sie nicht benutzen wollten. Aber dann erwischt man Sie dabei, wie Sie im Lehrerzimmer eine Klassenarbeit stehlen. Sie wissen ganz genau, was das bedeutet: zurück in den Knast! Ohne jede Chance, hinterher Ihre Hausmeisterstelle jemals wiederzubekommen. Sie steigern sich in einen Zorn hinein. Gegen Schneider. Gegen die Ungerechtigkeit der Welt. Gegen die Schulleiterin. Gegen die ganze Schule. Und irgendwann können Sie nicht mehr anders. Sie gehen in den Keller, schnappen sich eine der Pistolen und stürmen in die Aula!«

Karsten Melchert zeigte keine Regung.

»War es so? Wenn Sie gestehen, kann ich vielleicht ...«

»Nein! So war es nicht! Ich habe damit nichts zu tun! Ich schieße nicht auf wildfremde Leute! Und jetzt sage ich überhaupt nichts mehr, bevor nicht ein Anwalt neben mir sitzt!«

Karsten verschränkte seine Oberarme, blickte an Friedrich und Annette vorbei und blieb regungslos sitzen. Friedrich, dem klar war, dass er zumindest im Augenblick nicht weiterkam, entschied, Karsten im eigenen Saft schmoren zu lassen.

Statt also weiter einem stummen Karsten Melchert gegenüberzusitzen, machten sich Friedrich und Annette auf, um noch einmal mit Silke Wittenberger-Munz zu reden.

* * *

An der Tür wurden sie von Holger Munz empfangen, der ihnen mitteilte, dass seine Frau im Moment wieder an ihrer Schule sei und arbeite. Auf Annettes ungläubig erstaunten Blick erläuterte er, dass Arbeit nach Ansicht seiner Frau das Einzige sei, das sie vom Verrücktwerden bewahren könne. Es war nicht zu überhören, dass er für diese Sichtweise keinerlei Verständnis hatte, obwohl er sich bemühte, seine Wertung nicht zu offenkundig werden zu lassen.

Auf Friedrichs Frage nach einem möglichen Motiv Simons reagierte Holger lediglich mit schlecht gespielter Ratlosigkeit. Auch zu Simons Beziehung zu Lupo oder Stefanie konnte er nichts sagen.

Als Friedrich und Annette schon wieder gehen wollten, hielt Holger sie zurück und bat sie noch einmal zurück in die Wohnung. Er nötigte sie fast, in den weißen Ledersesseln Platz zu nehmen.

Dann platzte er heraus: »Simon war das nicht! Der könnte so etwas nie tun! Sie sind meine letzte Chance! Helfen Sie mir! Sie müssen weiterermitteln! Er ist unschuldig! Der wirkliche Täter läuft irgendwo da draußen immer noch frei herum! Vielleicht schlägt er morgen an einer anderen Schule zu. Nachdem es beim ersten Mal nicht richtig geklappt hat!«

»Die Ermittlungen sind noch nicht endgültig abgeschlossen«, stellte Friedrich fest. »Genau deshalb wollen wir uns ja mit Ihrer Frau unterhalten. Und wenn wir dann noch einmal mit Ihnen sprechen möchten, melden wir uns.«

* * *

Auf dem Weg zum Hermann-Hesse-Gymnasium klingelte Friedrichs Handy. Er meldete sich, hörte eine halbe Minute zu, notierte sich eine Nummer, unterbrach die Verbindung und wählte sofort wieder.

Lupo hatte im Präsidium angerufen und darauf bestanden, mit Kommissar Holzwarth persönlich zu sprechen. Es dauerte nicht lange, bis die Verbindung zu ihm hergestellt war. Auch bei diesem Gespräch beschränkte sich Friedrich im Wesentlichen darauf zuzuhören. Er bedankte sich ausdrücklich bei Lupo und beendete das Telefonat.

»Das war Simons bester Freund«, erklärte Friedrich. »Der, den es laut Simons Tante gar nicht gibt. Er hat zwei Beobachtungen gemacht, die möglicherweise nicht ganz uninteressant sein könnten.«

Statt fortzufahren, musterte Friedrich Annette aufmerksam von der Seite. »Sagen Sie, unser Amokläufer … den Sie überwältigt haben … Was hatten Sie für einen Eindruck?«

»Wie?« Annette wusste nicht, worauf Friedrich mit seiner Frage hinauswollte. »Was meinen Sie mit ›Eindruck‹?«

»Ich meine … hatten Sie auch das Gefühl, dass sich der Täter bei seinem Fall auf den Boden richtig wehgetan hat? Das stand zumindest so in den Boulevardblättern. Behauptet Lupo.«

Annette verlor langsam die Geduld. »Könnten Sie mir bitte sagen, was das alles soll? Vielleicht wäre ich dann in der Lage, zur Lösung Ihres Problems beizutragen.«

»Entschuldigung. Ich habe vergessen, Ihnen etwas zu erzählen.«

Friedrich berichtete seiner Kollegin, dass Simon ebenfalls ein ambitionierter Ju-Jutsu-Kämpfer und gerade dabei war, den grünen Gürtel zu erwerben.

»Na und?«

»Na ja, Lupo meint, dass Simon nach Ihrem Angriff auf seine Beine sich bestimmt nicht den Kopf aufgeschürft hätte. Stattdessen hätte er unwillkürlich mit den Unterarmen ein Dreieck gebildet, um sich so abzustützen. Lernt man so was bei Ju-Jutsu?«

»Ja, klar. Das geht einem mit der Zeit in Fleisch und Blut über. Aber mit einem grünen Gürtel, den er ja noch gar nicht hatte, ist man lange noch nicht so gut, dass man in so einer Situation automatisch richtig fällt. So etwas dauert Jahre.«

Friedrich nickte bedächtig.

»Und«, begann er mit einem neuen Gedankengang, »dass eigentlich niemand von denen, die wir befragt haben, sich Simon als Gewalttäter vorstellen kann, heißt auch nicht viel.«

»Wie oft stellt sich der nette Familienvater von nebenan als ein perverser Mörder heraus«, stimmte Annette zu.

Friedrich nickte erneut. »Andererseits: Simon hatte ein Ziel«, überlegte er laut. »Eines, das ihm wichtig war. Der grüne Gürtel. Läuft jemand wenige Wochen vor der Prüfung Amok, wenn er monatelang für einen Gürtel trainiert hat? Und was ist mit Lupo und Stefanie? Er hatte durchaus Freunde, auch wenn seine Tante nichts davon wusste.«

»Das klingt mir alles viel zu rational. Normalerweise mögen Sie vielleicht Recht haben. Da mag das eine Rolle spielen. Aber was, wenn er, wie auch immer, in eine totale emotionale Ausnahmesituation geraten ist? Zum Beispiel durch das Video, das ihm sein Versagertum mehr als eindrücklich vor Augen führt? Ist ihm dann sein grüner Gürtel nicht vollkommen schnuppe? Und gilt das nicht letztlich für Lupo und Stefanie genauso?«

Friedrich antwortete nicht. Deshalb holte Annette tief Luft und überwand sich, ihrem Vorgesetzten und wesentlich älteren Kollegen eine Frage zu stellen, die ihr schon länger auf dem Herzen lag.

»Bei allem Respekt, den ich Ihnen gegenüber wirklich habe: Könnte es nicht sein, dass Sie ständig nach Belegen für Simons Unschuld suchen, weil Sie sich auf diesen Karsten Melchert als Täter eingeschossen haben? Ich meine, der Typ ist nicht Schwiegermutters Liebling. Weiß Gott nicht! Aber mit dem Amoklauf hat er meiner Meinung nach nichts zu tun!«

Annette verstummte und blickte mit einer Mischung aus Spannung und uneingestandener Ängstlichkeit auf Friedrich.

Der verzog keine Miene. Es dauerte einige Sekunden, bevor er Annette direkt in die Augen blickte.

»Einerseits liegen Sie vielleicht gar nicht so weit daneben mit dem, was Sie da sagen. Möglicherweise *will* ich aus irgendwelchen Gründen nicht, dass Simon es war. Andererseits müssen wir nun einmal in alle Richtungen ermitteln. Und Karsten Melchert ist immer noch eine dieser Richtungen. Zumal er zugegeben hat, mit den Pistolen gehandelt zu haben, von denen eine beim Amoklauf verwendet wurde. Er hatte also problemlos Zugriff auf die Waffen, an die Simon nicht herankam.«

»Das sehe ich nicht so. Simon muss Zugang zu den Waffen gehabt haben. Schließlich hat er sich mit einer davon selbst erschossen. Als Sohn der Schulleiterin kann er sich den Generalschlüssel leicht beschafft haben. Er stöbert in dem Keller herum. Warum auch immer. Findet die Waffen und nimmt ein paar davon mit. Finden Sie das so unrealistisch?«

Friedrich schüttelte stumm den Kopf.

»Es kann doch gut sein, das Simon derjenige war, vom dem Karsten Melchert uns erzählt hat. Sie wissen schon. Der, den er im Keller gehört hat. Was, wenn sich Herr Melchert täuscht? Wenn Simon ihn schon einige Zeit im Keller beobachtet hat? Schon bevor Karsten die Pistolen wieder hinter das Regal geschoben hat?«

Friedrich überdachte Annettes Argumentation, ließ aber nicht erkennen, zu welchem Ergebnis er gelangt war.

Nach einer halben Minute unterbrach Annette die Stille. »Sie sprachen vorher von *zwei* Beobachtungen, die dieser Lupo gemacht hat.«

»Stimmt. Da ist noch etwas. Einen Tag vor Simons Tod saßen die beiden abends zusammen in Lupos Bude. Simon bekam eine SMS, die ihn ziemlich in Aufruhr brachte. Von wem, wollte er partout nicht sagen. Das kam laut Lupo gelegentlich vor, wenn auch in unregelmäßigen Abständen. Deshalb hat sich Lupo zusammengereimt, dass diese SMS vielleicht von Stefanie stammen könnte, weil sie wieder einmal in Schwierigkeiten steckte.«

»Und? Hilft uns das weiter?«

»Keine Ahnung, ob uns das weiterhelfen könnte. Zumindest im Moment wüsste ich nicht, wie«, gab Friedrich nach kurzem Überlegen zu. »Aber ich habe unseren Spezialisten ja schon auf Simons Handy angesetzt. Vielleicht schafft er es ja, die gelöschten SMS wiederherzustellen. Wenn Sie Recht haben und Simon unser Mann ist, will ich wenigstens wissen, was im Kopf dieses Jungen vorgegangen ist. Warum er so etwas getan hat.«

* * *

Silke Wittenberger-Munz kam gerade aus dem Lehrerzimmer, als Friedrich und Annette um die Flurecke bogen. Friedrich sah mit einem Blick, dass sie trotz ihres zügigen Gangs und der lässig unter den Arm geklemmten Kollegmappe dem Weinen nahe war.

In Silkes Büro brauchte Friedrich keine Fragen zu stellen. Silke bemühte sich um eine feste Stimme und begann von sich aus zu sprechen. Dabei wiederholte sie im Wesentlichen, was Friedrich schon von ihrer Schwester Liliane erfahren hatte, ohne ihre eigene Rolle dabei zu beschönigen. So wurde deutlich, wie schwer die Selbstvorwürfe wogen, mit denen sich Silke seit dem Tod ihres Sohnes herumschlug. Und genauso klar trat zutage, dass es ihre aktuelle Bewältigungsstrategie war, sich in die Arbeit zu flüchten, um nicht ständig das ganze Ausmaß des Schreckens vor Augen haben zu müssen.

Friedrich bewunderte Silkes Selbstbeherrschung, mit der es jedoch ohne erkenntlichen Grund vom einen auf den anderen Augenblick vorbei war. Silke schlug die Hände vor das Gesicht und sog die Luft ein, als ob sie mehrere Minuten den Atem angehalten hätte. Dann stieß sie einen jaulenden Laut aus, der in ein mitleiderregendes Schluchzen überging. Es dauerte mehrere Minuten, bis Silke sich einigermaßen beruhigt hatte.

Annette versuchte, das Gespräch wieder in Gang zu bringen, indem sie sich danach erkundigte, womit Silke sich im Moment beschäftigte.

Sichtlich froh, das Thema wechseln zu können, drückte Silke ihre Wirbelsäule durch. »Der ›Tübinger Vertrag‹. Da findet nächstes Jahr das 500-Jahr-Jubiläum statt. Ein gutes Thema für den Geschichtsunterricht.« Silke verstummte kurz. »Das ist wirklich eine interessante Materie. Einer der ersten Staatsverträge überhaupt. Herzog Ulrich brauchte Geld. Und Hilfe gegen den ›Armen Konrad‹.« Silke prüfte mit einem Blick, ob Friedrich mit diesem Begriff etwas anfangen konnte. Als sie sein ratloses Gesicht sah, fuhr sie fort: »Ein Bauernaufstand im Remstal. Wegen der unerträglichen Steuerlast. Ulrich verhandelte mit den so genannten Landschaften, also mit Rittern, hohen Klerikern und den Spitzen der Kommunalverwaltungen auf Schloss Hohentübingen. Die Landschaften versprachen, die Staatsschulden zu bezahlen und gegen den ›Armen Konrad‹ vorzugehen. Dafür erhielten sie kleine politische Mitspracherechte. Auch wenn das sehr wenig zu sein scheint, ist es doch das erste Mal, dass ein Herrscher von Gottes Gnaden statt ausschließlich mit seinesgleichen mit Untertanen verhandelt und ihnen vertraglich sogar minimale Machtbefugnisse zubilligt.«

Silke holte Luft, um weiterzudozieren, besann sich aber eines Besseren. »Sie sind bestimmt nicht gekommen, um sich von mir die gesamte Tübinger Geschichte erklären zu lassen.«

»Nein«, beeilte sich Friedrich zu versichern. »Was können Sie uns zu Simons Verhältnis zu Ihrer älteren Nichte sagen?«

»Stefanie? Simon und Stefanie? Da gab es kein ... Verhältnis. Sie kannten sich ja kaum. Wieso fragen Sie danach?«

»Ist nicht so wichtig.« Friedrich wechselte das Thema. »Wussten Sie, dass Simon Ju-Jutsu gemacht hat?«

»Das ist so eine Art asiatische Selbstverteidigung, nicht? Ja. Er hat zwar nie davon erzählt, doch ich musste schließlich jede Woche seinen Anzug waschen. Aber sonst hat er nur gespielt. Mit dem Computer. Leider. Den ganzen Tag. Und oft die ganze Nacht. Wenn ich ...« Silke stockte, setzte aber sofort nach: »Wenn ich mich nur mehr um ihn gekümmert hätte! Wenn ich ...«

Weiter kam Silke nicht, denn sie brach erneut in hemmungsloses Schluchzen aus. Friedrich kam zu der Überzeugung, dass eine weitere Befragung kaum brauchbare Erkenntnisse bringen würde. Er wartete ab, bis Silke sich wenigstens wieder einigermaßen beruhigt hatte, gab Annette ein Zeichen und war froh, als sich die Bürotür hinter ihnen geschlossen hatte.

* * *

Als Friedrich und Annette zurück in ihr Büro kamen, saß Holger Munz bereits auf dem Gang und wartete auf sie. Noch bevor einer der Polizisten ein Wort sagen konnte, wiederholte Holger mit sehr eindringlichen Worten, dass er von der Unschuld seines Sohnes hundertprozentig überzeugt sei. Auch er machte sich massive Vorwürfe, dass er sich all die Jahre nicht hinreichend um Simon gekümmert hatte.

Friedrich fragte Holger ungeduldig, warum er eigentlich gekommen sei.

»Haben Sie sich eigentlich schon die Frage gestellt, wie mein Simon an die Waffe gekommen sein soll? Das wollte ich wissen!«

Annette klärte ihn darüber auf, auf welche Weise Simon Zugang zu den Pistolen gehabt haben könnte. Holger sank in sich zusammen. Aber er erholte sich schnell wieder und wies darauf hin, dass Simon vielleicht nach landläufiger Meinung etwas »komisch« gewesen sein könnte. Aber das heiße ja nicht viel. Schon gar nicht, dass er zu einem Amoklauf fähig wäre. Und die These, dass Computerspiele zu mehr Gewaltbereitschaft führe, sei ja längst alles andere als unumstritten.

Es zeichnete sich ab, dass keine weiteren Informationen zu erhalten waren. Deshalb beendete Friedrich das Gespräch.

An der Tür wandte sich Holger noch einmal um und bat Friedrich erneut mit Nachdruck, alles nur Erdenkliche zu tun, um Simons Unschuld zu beweisen.

Friedrich schoss durch den Kopf, wie wenig dieser verzweifelte Vater mit dem vor Selbstsicherheit strotzenden Bundestagskandidaten gemein hatte, dessen strahlenden Auftritt und flammende Rede er erst vor einigen Tagen bei einer Wahlkampfveranstaltung miterlebt hatte.

* * *

Ein Bote klopfte an und brachte Friedrich den Bericht aus der Technikabteilung. Er enthielt sämtliche SMS, die Simon Munz innerhalb der letzten zwei Wochen vor seinem Tod geschrieben und erhalten hatte. Im Wesentlichen waren sie an Lupo und Stefanie gerichtet oder von ihnen geschrieben worden, ohne dass ihr Inhalt geeignet gewesen wäre, die Ermittlungen voranzubringen. Lediglich eine SMS war hochinteressant. Sie stammte von Stefanie. Simons Cousine hatte die Botschaft am Tag vor dessen Selbstmord geschrieben.

Der Text lautete: »Simon, hilf mir! Ich sitz mal wieder voll in der Scheiße. Wir müssen uns treffen! Im Ferienhaus von deinen Alten. In der Nacht von Mittwoch auf Donnerstag. Ich werde ab drei da sein. Du musst auch kommen!! Wundere dich nicht über die seltsame Zeit. Und auch nicht über die komische Nummer. Ich benutze das Handy von einem Kumpel. Morgen erkläre ich dir alles.«

»Das erklärt, warum wir Simon in diesem Adelberg gefunden haben«, stellte Annette fest.

»Aber es wirft auch jede Menge neuer Fragen auf«, konterte Friedrich. »Wie soll ich mir das jetzt vorstellen? Simon veranstaltet in Tübingen einen Amoklauf. Danach fährt er mitten in der Nacht nach Adelberg und trifft sich mit Stefanie. Und erst danach bringt er sich um? Ich weiß nicht. Übermäßig plausibel klingt das nicht, wenn Sie mich fragen.«

»Du meine Güte! Der Junge war spätestens nach seinem ... Auftritt im Hesse-Gymnasium vollkommen durch den Wind. Da kann doch niemand erwarten, dass er noch in der Lage ist, rational zu handeln. Ich sehe da keinen ernsthaften Widerspruch.«

* * *

Brille stellte sich taub. Trotz des Sturmläutens öffnete er die Tür nicht. Stattdessen zog er sich ein Kissen über die Ohren und versuchte, wieder einzuschlafen. Der in der vorangegangenen Nacht genossene Alkohol wirkte nach.

Als Friedrich nicht aufhörte, auf den Klingelknopf zu drücken, verlor Brilles Nachbarin mit dem Rollator die Geduld. Sie ließ Friedrich und Annette herein. Auf Brilles Stockwerk angekommen hämmerte Friedrich mit der Faust gegen die Wohnungstür. Es dauerte trotzdem noch einige Minuten, bis Brille verschlafen und lediglich mit pink-weiß gestreiften Boxershorts bekleidet vor ihm stand. Er wollte die Tür sofort wieder schließen, als er Friedrich sah. Ob er ihn instinktiv als Polizisten erkannte oder ob er bei jedem Fremden so reagiert hätte, war nicht zu entscheiden.

Annette stemmte ihre Schulter gegen das Türblatt.

»Herr Zinser, guten Tag. Mein Name ist Holzwarth. Das ist meine Kollegin Winter. Wir kommen von der Tübinger

Kriminalpolizei und haben da ein paar Fragen an Sie. Dürfen wir kurz reinkommen?«

Ohne eine Antwort abzuwarten, betrat Friedrich die Wohnung. Annette folgte ihm.

»He! Das dürfen Sie nicht! Machen Sie, dass Sie aus meiner Wohnung verschwinden!«

Friedrich ließ sich ungerührt auf den einzigen Stuhl im Zimmer sinken, nachdem er Brilles Jeans und T-Shirt auf das Bett gelegt hatte.

»Sehen Sie«, belehrte Friedrich Brille geduldig, »wir können es kompliziert machen. Wir verschwinden wieder, holen uns einen Durchsuchungsbeschluss, kommen zurück und stellen Ihnen die ganze Bude auf den Kopf. Oder Sie beantworten unsere Fragen, und in weniger als fünf Minuten können Sie zurück in die Federn kriechen.«

»Sie können mir gar nichts! Ich bin ein unbescholtener Bürger. Sie haben nichts gegen mich in der Hand! Sie kriegen nie und nimmer einen Durch…«

»Das sehe ich aber vollkommen anders!«, schnitt Friedrich Brille scharf das Wort ab. »Ihr Kumpel Karsten hat nämlich gestanden, dass er mit Pistolen handelt. Sie beide waren zusammen im Knast. Da spricht doch alles dafür, dass Sie mit von der Partie sind. Da habe ich schon für wesentlich weniger eindeutige Fälle die notwendigen Papiere ohne Probleme bekommen. Also? Kriegen wir das hier jetzt alles friedlich über die Bühne oder wollen Sie jede Menge Ärger?«

Friedrich ertappte sich bei dem Gedanken, wie angenehm es sich doch ermitteln ließ, wenn er statt mit seiner Exfrau Hanna mit Annette Winter zusammen unterwegs war. Er musste sich dann nicht ständig mit gelehrten Vorträgen zu Fragen der Rechtsstaatlichkeit seines Vorgehens auseinandersetzen. Und er konnte sicher sein, dass sie ihm nicht mit der Vielzahl verschiedener Bedeutungen auf den Wecker fiel, die sprachliche Äußerungen, aber auch sonstiges menschliches Verhalten haben konnten.

»Von mir aus«, unterbrach Brille Friedrichs Gedanken. »Was interessiert Sie denn so brennend, dass ich dafür meinen Schönheitsschlaf opfern muss?«

»Wir wüssten zu gerne«, bemerkte Annette wie beiläufig, »wo, und wenn Sie nicht allein waren, mit wem Sie die Zeit von 12 bis 17 Uhr am letzten Mittwoch verbracht haben.«

Brille ging im Zimmer auf und ab. Er schien angestrengt zu überlegen. »Mittwoch, sagten Sie?« Er versuchte offensichtlich, Zeit zu schinden. »Von 12 bis 17 Uhr?«

»Genau das war die Frage meiner Kollegin«, bestätigte Friedrich ruhig.

»Mittwoch … Mittwoch … ah, daher weht der Wind! Es geht gar nicht darum, wo ich war. In Wirklichkeit wollen Sie wissen, wo Karsten war! Da kann ich Sie beruhigen. Wir waren an dem Tag zusammen. Von Mittag bis in die späte Nacht.«

Annette ließ nicht locker. »Und? Was haben Sie gemacht?«

»Was werden wir schon gemacht haben? Rumgehangen. Wie immer. Bier getrunken. Ferngesehen. Was man eben so macht.«

»Da hat uns Ihr Freund Karsten Melchert aber etwas ganz anderes erzählt!«, behauptete Friedrich.

»Wollen Sie denn gar nicht wissen, was?«, bohrte Annette nach, als Brille schwieg.

»Er sagte, Sie seien auf dem Weg nach Stuttgart gewesen«, bemerkte Friedrich. »Ins Bohnenviertel. Und Sie hätten kalte Füße bekommen. Weil Sie's … nicht so richtig draufhaben mit den Mädels.«

»Das ist nicht wahr! Das hat Karsten nie gesagt!«

Brilles Empörung war echt. Daran hatten weder Friedrich noch Annette Zweifel. Friedrich kam auf die Ausgangsfrage zurück.

»Also: Waren Sie jetzt zusammen in Stuttgart oder nicht?«

»Ja, waren wir. Jetzt erinnere ich mich.«

»Und waren im Puff?«

»Nein. Wir sind vorher wieder umgekehrt. Aber nur, weil ich nicht genügend Kohle dabeihatte. Das war der Grund! Und sonst gar nichts!«

Friedrich schmunzelte, wurde aber sofort wieder ernst. »Und danach? Nachdem Sie umgekehrt waren?«

»Wir waren mit unseren Maschinen unterwegs. Die brauchten mal wieder richtig Auslauf. Karsten und ich sind ein kleines Rennen …«

»Sie wissen, dass so etwas nicht erlaubt ist?«, warf Friedrich ein. »Aber das ist im Augenblick nicht so wichtig. Wo sind Sie denn hingefahren?«

»Weiß ich nicht. Steige rauf, Steige runter, Steige rauf, Steige runter. Durch welche Käffer wir dabei gekommen sind? Keine Ahnung!«

»Und danach? Nach Ihrem … Rennen?«

»Zurück zu mir. Bier trinken. Fernsehen. Das Übliche.

»Wie lange?«

»Bis das Bier alle war.«

»Geht das vielleicht ein klein wenig präziser?«

»Auf jeden Fall weit nach Mitternacht. Das weiß ich sicher!«

»Und warum sind Sie sich da so sicher? Ich meine, Sie hatten doch immerhin schon einen Kasten Bier zusammen geleert!«

»Ein Kasten Bier zu zweit? Das heißt überhaupt nichts! Das stecken wir doch locker weg.« In Brilles Stimme schwang Stolz mit. »Und außerdem … habe ich zufällig auf die Uhr geschaut, als ich die letzten beiden Flaschen aus der Kiste geholt habe.«

Friedrich und Annette sahen sich an.

»Sonst noch was?«, erkundigte sich Brille, wobei es ihm gelang, mit seiner Frage deutlich zum Ausdruck zu bringen, wie sehr ihm das ganze Gespräch auf die Nerven ging.

»Nein, das war's. Vielen Dank und schlafen Sie schön!«, verabschiedete sich Friedrich.

Auf dem Flur blickte Annette ihn fragend an. »Glauben Sie ihm?«, wollte sie wissen.

»Schwierig. Einerseits ist davon auszugehen, dass Brille seinen Kumpel im Zweifel decken würde, auch wenn sie nicht zusammen waren. Andererseits ist die Geschichte fast zu gut, um ausgedacht zu sein.«

»Wir sind also nicht wirklich schlauer als zuvor?«

»So kann man es kurz und bündig zusammenfassen.«

* * *

Auf dem Rückweg zum Derendinger Polizeihochhaus kamen Friedrich und Annette mehrere Streifenwagen mit Martinshorn und Blaulicht entgegen. Annette fragte bei der Dienststelle an und erfuhr, von einer Anruferin aus der Stauffenbergstraße sei gemeldet worden, dass eine ältere Frau einen jungen Mann mit einer Schusswaffe bedrohe.

»Stauffenbergstraße! Ältere Frau! Schusswaffe! Sie wissen, was das vermutlich bedeutet?«, fragte Friedrich.

»Sie meinen, dass Olga Breuninger den Liebhaber ihrer Tochter …«

»Genau das meine ich! Los!«

Als Friedrich und Annette in der Stauffenbergstraße ankamen, saß Olga Breuninger bereits auf der Rückbank des Streifenwagens. Neben dem Auto stand ein unversehrter Philipp Schweizer, auf den eine aufgelöste Luise Denzinger einredete.

»Was war hier los?«, wollte Friedrich wissen.

Luise Denzinger drehte sich zu den Neuankömmlingen um. »Gut, dass Sie kommen, Frau Winter! Wenn ich das auch nur geahnt hätte! Ich hätte sie doch niemals ins Haus gelassen! Aber ich konnte doch nicht wissen, was diese … diese … Furie vorhat! Frau Winter, Sie müssen mir glauben: Ich kann wirklich nichts dafür!«

»Haben Sie die Polizei angerufen?«, wollte Friedrich wissen.

»Aber natürlich! Ich war im Garten und habe zufällig durch das offene Fenster ins Zimmer von Herrn Schweizer gesehen. Und da steht diese …! Und bedroht ihn mit einer Pistole! Ich bin auf Zehenspitzen ins Haus geschlichen und habe sofort die 112 gewählt. Mein Gott! Es ist nicht auszudenken, was da hätte passieren können! Sie glauben doch nicht, dass ich etwas dafür kann, weil ich sie hereingelassen habe? Wer hätte denn so etwas vermuten können? Ich wollte …«

Friedrich wandte sich ungeduldig an seinen uniformierten Kollegen: »Können Sie mir vielleicht sagen, was hier passiert ist?«

Bevor der Polizist antworten konnte, meldete sich Philipp Schweizer zu Wort. »Ich saß gerade in meinem Zimmer und war damit beschäftigt, meine Sportpistole zu reinigen, als Frau Beuninger hereingestürmt ist. Von der ersten Sekunde an hat sie mich wüst beschimpft. Ich sei Abschaum. Solche Menschen wie mich sollte man …«

»Frau Breuningers Haltung Ihnen gegenüber ist uns hinlänglich bekannt. Wie ist es weitergegangen?«, drängte Friedrich.

»Ich habe versucht, vernünftig mit ihr zu reden. Es war aussichtslos. Dann habe ich sie gebeten zu gehen. Erst höflich, dann bestimmter. Aber sie wurde nur noch wütender. Und dann hat sie sich blitzschnell die Pistole geschnappt und auf mich gerichtet! Ich solle ihr jetzt sofort versprechen, ihre Tochter nie wiederzusehen, oder sie bringt mich auf der Stelle um!«

»Das ist ja entsetzlich!«, mischte sich Luise Denzinger ein. »Ich wäre gestorben vor Angst!«

»Dazu bestand kein Anlass«, beruhigte Philipp Schweizer seine Vermieterin. »Ich wusste ja ganz genau, dass die Waffe nicht geladen war. Außerdem bin ich ihr körperlich deutlich überlegen. Es war mir deshalb auch problemlos möglich, ihr die Pistole zu entwenden und sie zurück in den Waffenschrank zu legen.«

»Als wir ankamen, war die Sache eigentlich schon erledigt«, ergänzte der Streifenpolizist. Er zeigte auf Olga Breuninger. »Diese Dame saß zusammengesunken auf einem Stuhl, als wir ins Zimmer kamen. Wir konnten sie widerstandslos mitnehmen und ins Auto setzen.«

Friedrich atmete hörbar auf. »Kommen Sie, Frau Winter, ich glaube nicht, dass wir hier noch viel ausrichten können. Wir nehmen uns die Dame nachher im Präsidium vor.«

* * *

»Herr Melchert hat Sehnsucht nach Ihnen«, verkündete Friedrichs Sekretärin, als er gerade dabei war, seine Jacke an den dafür vorgesehenen Haken aufzuhängen, der an der Wand neben seinem Schreibtisch hing. »Sie sollen so schnell wie möglich zu ihm kommen.«

Kaum zwei Minuten später saßen Friedrich und Annette dem Hausmeister gegenüber.

»Ich habe die ganze Zeit gegrübelt wie ein Verrückter«, überfiel er sie sofort. »Weil Sie doch gefragt hatten, ob uns jemand gesehen hat. Und dann ist es mir eingefallen! Da war so ein Sonntagsfahrer. Alter Mann mit Hut. Sie verstehen schon, was ich meine. Fuhr die Holzelfinger Steige runter. Vierzig. Allerhöchstens fünfzig. Und natürlich mitten auf der Straße. So, dass wir eine ganze Weile nicht überholen konnten. Als es dann endlich ging, schon fast ganz unten, haben wir ihm gezeigt, wozu die PS gut sind, die wir unter den Hintern haben.« Karstens Eifer stieg mit jedem Satz. »Wir sind dann vielleicht ein wenig knapp vor ihm wieder eingeschert. Das könnte eventuell schon sein. Und als wir unten ankamen, mussten wir an einer Ampel halten. Er stand dann auf einmal wieder hinter uns. Könnte doch gut sein, dass der sich unsere Nummer aufgeschrieben hat. Um uns anzuzeigen. Alte Männer mit Hut und Nickdackel im Rückfenster machen das doch! Bestimmt! Das war einer, der sich Nummern aufschreibt und dann zu den Bullen rennt! Suchen Sie diesen Mann! Der kann nämlich bestätigen, dass wir an dem Tag mit dem Motorrad rumgegondelt sind!« Nach einer Pause fiel Karsten noch etwas ein. »Ich habe das gelesen! Dass Sie auch ermitteln müssen, was gut für mich ist!«

Friedrich gab Annette ein Zeichen. Sie folgte ihm auf den Flur.

»Um den Langsamfahrer auf der Holzelfinger Steige kann ich mich alleine kümmern. Währenddessen sollten Sie sich mal die Wohnung dieser Frau Breuninger ansehen. Fragen Sie sie aber vorher. Die ist jetzt eingeschüchtert genug. Die wird es Ihnen bestimmt erlauben. Und«, fügte Friedrich noch hinzu, »rufen Sie bitte noch mal im Krankenhaus an. Fragen Sie, ob Herr Fotiadou inzwischen in der Lage ist, uns zu erklären, warum er wie ein Verrückter über die Adlerkreuzung gebrettert ist.«

* * *

Olga Breuninger war zunächst keineswegs damit einverstanden gewesen, dass Annette sich die Wohnung in der Bismarckstraße ansah. Aber nach Annettes Hinweis, dass sie sich mit einer Weigerung sehr viel mehr schade als nütze, lenkte Olga ein. Sie nahm auch Annettes Angebot an, ihr den Schlüssel zu geben, um zu vermeiden, dass – für alle Nachbarn sichtbar – ihre Tür von Streifenbeamten aufgebrochen werden musste.

Zunächst ging Annette wieder in die Küche, sah sich dort aber nur oberflächlich um und steuerte dann das Nebenzimmer an.

Der Raum wirkte im Gegensatz zur Küche fast leer und aufgeräumt. An den Wänden standen Regale, die dazu dienten, neben Kochbüchern eine umfangreiche Sammlung von Frauenzeitschriften sowie Vasen, Verpackungskartons und Küchengeräte aufzunehmen, die nicht jeden Tag gebraucht wurden. Eins der Regale weckte das besondere Interesse Annettes, weil drei relativ neu aussehende Leitz-Ordner hier fehl am Platz waren. Die Rücken der Ordner waren mit aufsteigenden Jahreszahlen beschriftet. Es begann mit »2011« und der Ordner, der am weitesten rechts stand, trug die Aufschrift »2013«.

Annette nahm den Ordner mit der Aufschrift »2011« aus dem Regal und begann, darin zu blättern. Er beinhaltete Kopien von Briefen, die Olga offensichtlich nicht nur an Adressaten in ihrer unmittelbaren Nachbarschaft, sondern auch an die Stadtverwaltung, an Stadt- und Kreisräte sowie an Landtags- und Bundestagsabgeordnete aller Parteien geschrieben hatte. In den Briefen an die Nachbarn empörte sie sich in einem bitteren Tonfall über die Ungezogenheit und den Lärm der Kinder genauso wie darüber, dass ein Paar seit Jahren ohne Trauschein zusammenlebte. Ganz besonders hatte sie sich auf zwei Männer eingeschossen, die anscheinend keinerlei Hehl daraus machten, dass sie schwul waren. In den Briefen an Ämter und Abgeordnete beklagte sie allgemein die Schlechtigkeit der Welt und den mangelnden Willen der Obrigkeit, diese Missstände zur Kenntnis zu nehmen, geschweige denn, mit der gebotenen Entschlossenheit dagegen zu Felde zu ziehen.

Auch der Ordner »2012« enthielt ähnliche Schreiben, wenn auch auffiel, dass die Wortwahl aggressiver wurde und immer häufiger unspezifische Drohungen gegen alle und jeden auftauchten. Außerdem gab es Schreiben, die den Empfänger unmissverständlich aufforderten, die Stadt zu verlassen. Der letzte Ordner mit der Aufschrift »2013« enthielt vor allem Fotografien, die mit einer Sofortbildkamera aufgenommen worden waren. Auf fast allen konnte Annette Häuserwände sehen, auf die mit blauer Lackfarbe Parolen wie beispielsweise »Perverse Schweine«, »Das Ende ist nah!« oder »Homos raus!« gesprüht worden war. Unter einigen der Fotos war handschriftlich das Datum der Aufnahme vermerkt.

Annette sah sich die einzelnen Bilder genauer an. Die meisten Fassaden sagten ihr nichts. Aber einige der Häuserwände erkannte sie wieder. Das Kino Arsenal war mit »Schande!« beschriftet. An der Frontseite des LTT prangte »Kein Sex auf der Bühne!« und an den Räumlichkeiten des Erziehungswissenschaftlichen Instituts in der Münzgasse war »Unsere Kinder kriegt ihr nicht!« zu lesen.

Annette wollte den Ordner schon wieder schließen und ins Regal zurückstellen, als sie ganz hinten drei weitere Bilder entdeckte, die keine besprühten Häuserwände zeigten. Stattdessen waren zweimal ein Hund und einmal eine Katze zu sehen, die in ihrem eigenen Blut schwammen, das ihnen aus der durchtrennten Kehle geflossen war. Wieder stand unter den Fotos ein Datum und außerdem die Namen »Purzel«, »Whiskey« und »Mona«.

Annette Winter hatte genug gesehen.

* * *

Beim Polizeiposten Unterhausen huschte sofort ein wissendes Lächeln über das Gesicht des Diensthabenden, als Friedrich fragte, ob am Mittwoch oder danach ein älterer Herr mit Hut eine Anzeige erstattet hatte.

Der Polizist grinste. »Allerdings! Herr Zuber hat uns am Mittwoch wieder einmal beehrt.«

Friedrich schaute verständnislos.

»Herr Zuber kommt pro Monat mindestens zwei, drei Mal. Regt sich jedes Mal tierisch auf. Über die heutige Jugend im Allgemeinen. Und über das entsetzliche Rowdytum auf unseren Straßen im Besonderen. Ich rede dann meistens etwa zehn Minuten mit ihm und er zieht wieder ab, ohne jemals wirklich eine konkrete Anzeige zu erstatten.«

»Wissen Sie noch, was er an diesem Mittwoch genau gesagt hat?«

»Tut mir leid. Ich höre nicht wirklich zu, wenn er mit seinen Geschichten kommt. Und merken tue ich sie mir schon gar nicht.«

Friedrich ließ nicht locker. »Könnte es sein, dass es um einen Vorfall mit zwei Motorradfahrern am Fuße der Holzelfinger Steige ging?«

Der Polizist breitete die Arme aus. »Wie gesagt, das geht bei mir zum einen Ohr rein und zum anderen wieder raus. Aber fragen Sie ihn doch selbst. Ich gebe Ihnen seine Adresse.«

Kurz darauf saß Friedrich Bastian Zuber in dessen Gartenlaube gegenüber. Der pensionierte Richter nötigte ihn in einen bequemen Gartenstuhl und verschwand im Haus, um sofort wieder mit einem Krug Most, einer Flasche Mineralwasser und zwei Gläsern zurückzukehren. Seine Eilfertigkeit ließ bei Friedrich sofort den Verdacht aufkommen, dass Herr Zuber deutlich weniger Besuch und damit Unterhaltung bekam, als ihm lieb war.

Sein Gastgeber bestätigte Friedrich, dass er in der Tat am Mittwoch vergangener Woche nicht nur die Holzelfinger Steige hinuntergefahren, sondern auch von zwei Motorradfahrern mit Tübinger Kennzeichen belästigt worden war.

»Und können Sie mir auch sagen, wann, ich meine, um welche Uhrzeit das war?«

Bastian Zuber überlegte keine Sekunde. »Um 13 Uhr 40. Ich habe mir das sofort aufgeschrieben. Genau wie die Nummern der Motorräder. Warten Sie!«

Wieder verschwand der ehemalige Richter im Haus. Wieder kam er sofort zurück zu Friedrich und hielt einen dünnen Stapel Blätter in der Hand, die aus einem Spiralblock herausgerissen waren.

»Mittwoch sagten Sie? Das muss das drittletzte Blatt sein.«

Er fächerte den Stapel auf und nahm ein Blatt heraus und reichte es Friedrich. »Das sind sie. Und um 13 Uhr 40. Wie ich es Ihnen gesagt habe!«

Die Kennzeichen stimmten. Friedrich hatte hiermit die Bestätigung, dass Karsten Melchert in Bezug auf die Spritztour und den Vorfall an der Holzelfinger Steige die Wahrheit gesagt hatte.

»Darf ich mich erkundigen, warum sich die Mordkommission für den Vorfall interessiert? Wissen Sie, ich war Strafrichter. Da habe ich ein quasi … dienstliches Interesse …«

Friedrich war klar, dass es dem pensionierten Richter vor allem darum ging, seinen Gesprächspartner noch nicht zu verlieren. Deshalb machte er es genauso wie der Diensthabende im Unterhausener Polizeiposten. Er unterhielt sich noch einige Minuten mit seinem Gastgeber, ohne viel vom eigentlichen Grund seines Besuches preiszugeben, bevor er sich verabschiedete und nach Tübingen zurückfuhr.

Auf der Fahrt dachte Friedrich über das nach, was er gehört hatte. Einerseits hatte Karsten Melchert mehr als genug Zeit gehabt, um zum Hesse-Gymnasium zu fahren und den Amoklauf zu starten, wenn das Treffen mit Herrn Zuber bereits vor 14 Uhr stattgefunden hatte. Aber andererseits konnte Friedrich sich nur schwer vorstellen, dass die Stimmung einer genussvollen Motorradtour mit einem Freund innerhalb kürzester Zeit so gravierend umschlagen konnte, dass Karsten zur Waffe gegriffen und das Gymnasium gestürmt hätte. Außer, überlegte Friedrich, es wäre in der Zwischenzeit noch irgendetwas vorgefallen, von dem er bisher keine Ahnung hatte.

* * *

»Geben Sie es doch endlich zu! *Sie* waren das im Hesse-Gymnasium! Sie sind dort hineingestürmt und haben um sich geschossen! Erst schmieren Sie nur Häuserwände voll. Dann töten Sie Tiere. Und als Nächstes Menschen! So war es doch, Frau Breuninger! Reden Sie endlich! Sie werden sehen: Wenn Sie es zugeben, wird es Ihnen viel besser gehen.«

Olga Breuninger hatte schon vor zehn Minuten aufgehört, Friedrich oder Annette zu antworten. Auch jetzt blieb sie apathisch auf ihrem Stuhl sitzen und starrte an Friedrich vorbei ins Leere.

Annette blickte Friedrich fragend an. Der nickte. Annette griff zum Telefon und gab die Anweisung, dass Olga wieder in ihre Zelle gebracht werden sollte.

Als die beiden kaum im Büro angekommen waren, stürmte Rechtsanwalt Dr. Elmar Waidelich herein. Er habe gerade mit der Staatsanwaltschaft telefoniert. Auch dort sei man der Ansicht, dass bei Frau Breuninger keinerlei Fluchtgefahr bestehe, sodass er auf der sofortigen Freilassung seiner Mandantin bestehen müsse.

Ein Anruf Friedrichs bei Staatsanwalt Konrad Kästner ergab, dass Dr. Waidelich recht hatte. Nur wenige Minuten später war Olga Breuninger auf freiem Fuß.

»Ich glaube nicht, dass sie es war«, sagte Annette, als der Rechtsanwalt den Raum verlassen hatte. »Sie wollte mit ihren … Aktionen immer gezielt diejenigen treffen, die sich in ihren Augen unmoralisch verhalten. Das passt einfach nicht zusammen mit einem Amokläufer, der wahllos um sich schießt.«

Friedrich nickte bedächtig mit dem Kopf. »Da mag was dran sein. Aber wer sagt uns, dass sie nicht auf ihr eigentliches Ziel, den Liebhaber ihrer Tochter, gezielt und nur einen anderen getroffen hat, weil sie keine gute Schützin ist? Schließlich saßen sowohl Philipp Schweizer als auch Alexander Schief auf den Lehrerbänken hinter dem Podium.«

»Trotzdem! Ich bin überzeugt, dass wir den Täter längst kennen. Alles spricht doch dafür, dass Simon Munz unser Mann ist! Meiner Ansicht nach sollten wir die Sache beenden und mit dem Abschlussbericht anfangen.«

Friedrich holte zu einer Entgegnung Luft, wurde aber vom Klingeln des Telefons abgelenkt. Er hob ab und erkannte Erna Marquardt sofort an ihrer markanten Stimme. Eine Freundin von ihr habe eine Wohnung zu vermieten. Wenn er Interesse habe, solle er möglichst schnell zu ihr in die Gössstraße kommen, wo er Näheres erfahren könne. Ein frischer Hefezopf stehe ebenfalls bereits auf dem Tisch.

Friedrich versprach sofort zu kommen, nachdem er erfahren hatte, dass die Wohnung in der Südstadt und damit weit genug entfernt von Ernas Haus lag.

»Ich muss rasch etwas erledigen und bin in spätestens einer halben Stunde … sagen wir in einer Stunde wieder hier«, fügte er in Erinnerung an Ernas ausgeprägten Mitteilungsdrang hinzu.

Annette hielt Friedrich zurück. »Bevor ich es vergesse: Ich habe in der Klinik angerufen. Herr Fotiadou liegt im künstlichen Koma. Wir können nächste Woche mit ihm reden. Frühestens.«

* * *

Wie bei seinem ersten Besuch ließ Erna Friedrich kaum zu Wort kommen, nachdem sie Kaffee eingeschenkt und einen Teller mit Hefezopf vor ihm aufgestellt hatte. Und genau wie damals versuchte Erna, ungefragt Teile ihrer Familiengeschichte zu erzählen. Friedrich hörte nur mit einem halben Ohr zu. Gleichzeitig sah er sich allenfalls mäßig interessiert im Wohnzimmer um. Ein Einbauschrank – mutmaßlich von Eugen, Ernas Verflossenem persönlich eingebaut – dominierte den Raum. Ein an die Wand gerücktes Sofa mit einer Wolldecke darauf ließ vermuten, dass sich Erna gelegentlich ein Mittagsschläfchen gönnte. Die wesentliche Funktion des Zimmers schien jedoch gemütliches Fernsehen zu sein. Darauf deutete zumindest ein in die Schrankwand integrierter, großer Flachbildschirm hin sowie einer dieser Ohrensessel, die man per Knopfdruck in alle nur erdenklichen Positionen bringen konnte. An der dem Fernsehapparat gegenüberliegenden Wand waren Fotos aufgehängt. Zweifellos Mitglieder von Ernas Familie. Besonders aufwändig gerahmt war das Bild eines Jugendlichen von etwa 15 oder 16 Jahren. Friedrichs Blick schweifte weiter, kehrte aber dann wieder zu diesem Foto zurück. Auch wenn er sich keineswegs sicher war: Irgendwie kam ihm dieser junge Mann bekannt vor. Sofort stellte sich bei Friedrich wieder ein deutliches Unbehagen ein, weil er sich nicht daran erinnern konnte, ob und gegebenenfalls wo er ihn schon einmal gesehen hatte. Er verscheuchte seine aufkommende Unzufriedenheit mit sich selbst, indem er unter Verstoß gegen jede Höflichkeitsregel abrupt in eine von Ernas wenigen Atempausen platzte. Sie war gerade bei einer ihrer Ansicht nach besonders interessanten Episode angelangt, aber Friedrich wechselte ungerührt das Thema und fragte sie nach Größe, Lage und Mietpreis der Südstadtwohnung. Was er zu hören bekam, klang außerordentlich vielversprechend, auch wenn Erna sich weigerte, ihm die genaue Adresse zu nennen.

»Natürlich ist es so«, versetzte Erna stattdessen mit gespielt ernstem Gesicht, »dass Gisela – Gisela ist meine Freundin – gar nicht mehr vom Telefon wegkommt. Tag und Nacht rufen Leute an, die die Wohnung mieten wollen. Aber noch ist nichts entschieden und ... ich könnte da schon ein gutes Wort für Sie einlegen.« Erna strahlte Friedrich an. »Und das würde ich selbstverständlich auch gerne für Sie tun. Aber dann müssen Sie auch etwas für mich tun.«

»Ja?«

»Nehmen Sie sich die alten Akten noch einmal vor! Ich meine die wegen des Selbstmordes meines Bruders. Und wegen der Anzeige, die mein Neffe, Sepps Sohn, aufgegeben hat.«

»Frau Marquardt, Sie sagen ja selbst, dass es ein Selbstmord war. Da kann die Polizei ...«

»Und warum hat mein Sepp sich erschossen? Warum denn? Doch allein wegen dieses kriminellen Fahrers! Und der muss dafür büßen! Wenn schon nicht wegen des Selbstmordes, dann wenigstens, weil er den Laster absichtlich zu Schrott gefahren hat!«

Friedrich war sich sicher, dass er die Wohnung in der Südstadt vergessen konnte, wenn er sich weigerte, dem Aktenkeller des Polizeipräsidiums einen Besuch abzustatten. Er ließ sich den Namen von Ernas Bruder sowie das genaue Datum seines Selbstmordes geben und notierte beides in sein Notizbuch. Währenddessen überlegte er bereits, wie er Erna danach möglichst schonend beibringen könnte, dass der Fall abgeschlossen war und auch mit Sicherheit nicht wieder aufgerollt werden würde.

* * *

Karsten Melchert saß in seiner Zelle. Obwohl ihm nichts fehlte, fing er auf einmal an, bestialische Schmerzensschreie auszustoßen. Ein junger, unerfahrener Wachmann ließ sich täuschen, öffnete die Zellentür und sah sich einem Karsten Melchert gegenüber, der mit dem Gesicht zur Wand an seinem Waschbecken lehnte und jetzt nur noch leise wimmerte. Der Polizist trat auf Karsten zu, beugte sich über ihn und ging nur Sekunden später zu Boden, weil Karsten sich blitzschnell umgedreht und einen extrem wirkungsvollen rechten Haken angesetzt hatte. Er nahm dem Polizisten die Waffe ab, hielt sie ihm an den Kopf und schob ihn vor sich her. Auf diese Weise gelangte Karsten ins Freie, weil den anderen Wachleuten nichts anderes übrig blieb, als ihn mit seiner Geisel ziehen zu lassen.

Auf der Straße ließ Karsten den Polizisten frei, nachdem er ein Auto angehalten, den Fahrer zum Aussteigen gezwungen hatte und selbst eingestiegen war. Das Auto wurde zwei Straßen weiter gefunden. Von Karsten Melchert fehlte seither jede Spur.

* * *

Als Friedrich ins Präsidium zurückkehrte, wurde er sofort über Karsten Melcherts Flucht informiert. Nach einem kurzen, aber bis ins übernächste Zimmer hörbaren Zornesausbruch hatte er sich wieder in der Gewalt. Natürlich hätte so etwas auf gar keinen Fall passieren dürfen! Aber es war nun einmal passiert. Jetzt kam es darauf an, mit allen zur Verfügung stehenden Mitteln dafür zu sorgen, dass Karsten Melcherts Ausflug in die Freiheit so schnell wie möglich wieder beendet wurde! Die Fahndung lief bereits auf Hochtouren. Erfahrungsgemäß war es nur eine Frage der Zeit, bis der Hausmeister wieder hinter Schloss und Riegel saß.

Friedrich setzte sich an seinen Schreibtisch. Dort lag ein Zettel von Annette, die ihm mitteilte, dass sie auf ihn gewartet habe und schließlich nach Hause gegangen sei. Wenn er noch eine Aufgabe für sie habe, könne er sie auf ihrem Handy jederzeit erreichen. Wenn nicht, wünsche sie ihm einen schönen Feierabend. Friedrichs Plan, Annette in den Aktenkeller zu schicken, um nach der Akte von Ernas Mann zu suchen, platzte wie eine Seifenblase. So blieb ihm nichts anderes übrig, als selbst nach den alten Unterlagen zu suchen.

Als er sie nach einer halben Stunde immer noch nicht gefunden hatte, begann er innerlich zu fluchen. Das durfte doch nicht wahr sein! In Tübingen musste man sich noch nach Dienstschluss völlig sinnlos durch uralte Aktenberge wühlen, nur damit bei einer potentiellen Vermieterin ein gutes Wort für ihn eingelegt wurde! Missmutig grub er weiter, und schließlich hielt er die nur wenige Seiten umfassende Akte in den Händen.

Zunächst hatte er vorgehabt, den Inhalt nur kurz zu überfliegen, um Erna wenigstens einigermaßen glaubhaft vermitteln zu können, dass er sich darum gekümmert hatte. Aber da stieß er plötzlich auf eine Information, die ihn veranlasste, die Unterlagen doch mit nach oben in sein Büro zu nehmen. Dort sah er sich die Akte Blatt für Blatt sorgfältig durch. Als er damit fertig war, fing er noch einmal von vorne an. Dann legte er sie beiseite und platzierte die Beine auf den Schreibtisch. In dieser Position blieb er mehr als eine Viertelstunde. Plötzlich sprang er auf und eilte mit großen Schritten zu seinem Auto, mit dem er ohne Beachtung der Geschwindigkeitseinschränkungen die Nordstadt ansteuerte. Nachdem er sich dort weniger als fünf Minuten aufgehalten hatte, stieg er wieder ins Auto und bog in den Nordring ein, der ihn in Richtung Weststadt brachte.

* * *

Erna Marquardt begrüßte ihn hocherfreut. »Herr Holzwarth! Das ist aber wirklich außerordentlich nett von Ihnen, dass Sie so schnell … Haben Sie schon etwas herausgefunden? Ich meine, wie man diesem Fahrer von damals beikommen …«

Friedrich ließ erneut jede Höflichkeit vermissen, ging wortlos auf das Bild des jungen Mannes zu, nahm es, ohne zu fragen, von der Wand und betrachtete es eingehend.

»Wer ist das?«, fragte er eine ziemlich verdutzte Erna Marquardt.

»Mein Neffe«, verkündete sie nicht ohne Stolz in der Stimme. »Warum?«

Statt Erna zu antworten, ging Friedrich einen Schritt auf Erna zu. »Haben Sie noch ein Bild von Ihrem Neffen? Eins, auf dem er älter ist als auf diesem Foto?«

Erna begriff intuitiv die Dringlichkeit, die in Friedrichs Frage lag, ging zum Einbauschrank, öffnete eine der Türen und holte ein Fotoalbum heraus. Sie blätterte darin herum, bis sie die gesuchte Seite fand.

»Hier! Das ist er. Mit seiner …Urlaubsbekanntschaft. Er hat sie am Swimmingpool seines Hotels kennengelernt. In Italien, glaube ich. Das war … vor ein paar Jahren. Ich weiß es nicht mehr genau. So ein nettes Mädchen! Wirklich schade, dass daraus nichts geworden ist. Finden Sie nicht? Na ja, wahrscheinlich hat sie es nicht auf Dauer mit ihm ausgehalten. Er hat den Tod seines Vaters nie verwunden. Bis heute nicht. Es konnte sein, dass er in einem Moment noch fröhlich gescherzt hat. Und im nächsten Augenblick ist er zusammengesackt und war dann stundenlang überhaupt nicht mehr ansprechbar. Trotzdem: So etwas darf doch kein Grund dafür sein, dass man gleich wegläuft! Früher! Ich hätte zu meinem Mann gestanden! Egal was passiert wäre. Aber heutzutage die jungen Dinger! Ein kleiner Windstoß, und sie fallen um! Glauben Sie mir! Als ich jung war, da waren die Mädchen noch von anderem Schrot und Korn!«

Friedrich hatte Erna nur mit einem Ohr zugehört. Während sie sprach, starrte er ausschließlich auf das Bild, und sein Blick verriet, dass er intensiv über etwas nachdachte.

»Frau Marquardt, ich nehme diese Fotos mit«, entschied er. »Keine Angst, Sie bekommen sie unbeschädigt wieder zurück, wenn ich sie nicht mehr brauche. Das verspreche ich Ihnen!«, fügte er hinzu, als er Ernas ablehnenden Blick wahrnahm.

Ohne ein weiteres Wort steckte er die Fotos ein, machte auf dem Absatz kehrt und ließ eine jetzt vollkommen verdatterte Erna Marquardt zurück.

Nur kurze Zeit später saß er erneut in seinem Büro. Nach fast dreißigminütigem, intensivem Nachdenken sprang Friedrich plötzlich auf, stürmte erneut in den Keller des Polizeipräsidiums und wühlte in alten Aktenbergen.

»Na bitte!«, bestätigte er sich selbst, als er endlich auf das gestoßen war, was er gesucht hatte.

Diesmal musste er die Akte nicht mit in sein Büro nehmen, denn er fand die von ihm gesuchte Information bereits auf der ersten Seite. Er klappte den Aktendeckel zu und stieß ein langgezogenes »Das wäre ja der Hammer!« aus.

Dann suchte er auf seinem Schreibtisch, bis er den Bericht fand, den er von der Technikabteilung erhalten hatte. Er las ihn Wort für Wort sorgfältig durch und ein weiteres, jetzt siegesgewisses, mit grimmiger Miene hervorgestoßenes »Das *ist* der Hammer!« folgte.

* * *

Annette Winter stieg gerade aus der Dusche, als von ihrem Handy die ersten Takte von Beethovens »Für Elise« erklangen. Sie stellte die Verbindung her und hörte eine Frauenstimme, die sich mit »Birgit Wahl. Guten Abend« meldete. Annette kannte den Namen. Birgit Wahl war wie ihre Wohngenossin Carolyn Baumann ebenfalls Kommissarin bei der Tübinger Kriminalpolizei. Obwohl Annette schon mehrfach mit Birgit Wahl gesprochen hatte, konnte sie sich im Moment überhaupt nicht vorstellen, warum ihre Kollegin jetzt anrief.

»Herr Holzwarth hat mich gebeten, mich mit Ihnen in Verbindung zu setzen«, erklärte Birgit.

»Warum das denn? Wieso ruft er mich nicht selbst an?«

»Weil er nicht kann! Er sitzt in der Chirurgischen Klinik. Seine Enkelin hat leider einen ziemlich schweren Unfall gehabt und wird gerade operiert. Man weiß noch nicht, ob sie durchkommt.«

»Das ist ja entsetzlich.«

»Ja. Hoffen wir, dass sie es schafft!«

Es entstand eine kurze Pause, bevor Birgit weitersprach.

»Er ist natürlich sofort in die Klinik gefahren, nachdem er von einem der Verkehrskollegen informiert worden war. Zu diesem Zeitpunkt wusste er noch nicht, wie schwer sich seine Enkelin verletzt hatte. Als er mich auf dem Gang getroffen hat, hat er mich deshalb noch gebeten, Ihnen Folgendes auszurichten: Eine gewisse ...«

Annette sah vor sich, wie Birgit auf den Zettel blickte, auf dem sie Friedrichs Anweisungen notiert hatte.

»... Stefanie hat ihn angerufen. Und behauptet, sie sei dabei gewesen.«

»Wobei?«

»In ... Adelberg. In der Nacht, als Simon Munz gestorben ist. Und vor allem: Die beiden haben sich nicht allein dort aufgehalten. Behauptet diese Stefanie zumindest. Es sei noch eine dritte Person dabei gewesen. Und Stefanie habe diese Person genau gesehen.«

»Wer? Wen hat Stefanie gesehen?«, platzte es aus Annette heraus.

»Das wollte sie Herrn Holzwarth am Telefon partout nicht sagen. Es war wohl absolut nicht aus ihr herauszubekommen. Deshalb hat er sich mit ihr verabredet. Am Hirschauer Baggersee. Um 22.30 Uhr.«

»Warum so spät? Und warum ausgerechnet dort?«

»Sie wollte es anscheinend unbedingt so. Keine Ahnung, warum.«

Birgit wartete ab, ob Annette etwas sagen wollte.

Als das nicht der Fall war, fuhr sie fort: »Herr Holzwarth will auf jeden Fall den ganzen Abend bei seiner Enkelin in der Klinik bleiben. Deshalb soll ich Sie darum bitten, mit dieser Stefanie zu reden.«

»Ich werde pünktlich sein.«

* * *

»Weißt du, was du bist? Eine ganz miese Ratte bist du!«

Holger Munz hatte seiner Wut freien Lauf gelassen, sodass sich die wenigen Besucher des Bellevue zu ihm und Lothar Wiest umdrehten.

»Ich an deiner Stelle würde noch lauter schreien! Die Leute auf dem Holzmarkt könnten dich sonst vielleicht nicht hören!«, zischte Lothar ebenfalls wütend. »Du weißt doch selbst ganz genau, dass du wegen der Sache mit deinem Simon nicht mehr tragbar bist. Oder sollen vielleicht die Grünen auch noch das Direktmandat in Berlin bekommen? Nachdem sie uns schon bei der Landtagswahl geschlagen haben? Ist es das, was du willst?«

»Erstens …« Holger hatte erhebliche Mühe, seine Stimme zu senken. »Mein Simon hat mit der Sache nichts zu tun! Er ist unschuldig! Und zweitens: Ich habe jahrelang auf diese Chance hingearbeitet. Und die machst *du* mir jetzt nicht kaputt! Du nicht! Wir werden schon sehen, wen die Mitgliederversammlung nominiert, dich oder mich!«

»Holger, du verkennst vollkommen die Lage. Die Entscheidung ist längst gefallen. Glaubst du im Ernst, ich erzähle ausgerechnet dir von meiner Kandidatur, wenn ich nicht definitiv die Rückendeckung vom Kreis- und Landesvorstand hätte? Das ist in trockenen Tüchern, da kannst du dir sicher sein. So ein Hickhack wie bei dieser Notärztin kann sich die Mitgliederversammlung kein zweites Mal leisten. Die stimmen geschlossen so ab, wie es von oben gewünscht wird! Da bin ich mir ganz sicher.« Lothar atmete hörbar aus und streckte die Wirbelsäule. »Ich werde es sein, den sie aufstellen. Und ich fahre für unseren Wahlkreis nach Berlin. Holger, du hast verloren. Je früher du das einsiehst, desto besser für alle Beteiligten.«

Während Lothars letzter Sätze hatte Holger gar nicht mehr zugehört. »Und ich Idiot liefere ihm auch noch die Munition, die er braucht, um die Eberharter abzuschießen!«, murmelte er tonlos vor sich hin.

Dann versank er in ein dumpfes Brüten, das mehrere Minuten anhielt. Schließlich nahm er sein Weizenbierglas, trank den Inhalt auf ex aus, drehte es um und schlug es mit aller Kraft auf Lothars Kopf.

* * *

Die beiden Gestalten mit den über die Gesichter gezogenen Sturmhauben sehen sich etwa nach jedem zehnten Schritt vorsichtig um. Weit und breit ist keine Menschenseele zu erkennen. Als es neben dem Radweg von Tübingen nach Rottenburg raschelt, zuckt einer der beiden zusammen. Er beruhigt sich, als ihm klar wird, dass sich nur irgendein Kleintier durchs Gras davonmacht.

Die beiden biegen vom Radweg ab. Nach kurzer Zeit erreichen sie das Schild, das das Betreten des Werksgeländes verbietet. Sie kümmern sich nicht darum und folgen dem im Mondlicht problemlos erkennbaren Pfad, der die Böschung hinaufführt. Oben angekommen, verfolgen sie den schmalen Weg, der jetzt nach rechts verläuft und sich etwa 100 Meter weiter im Gestrüpp verliert. Sie queren die Böschung nach unten. Sie sehen schon bald die dunkle Wasseroberfläche. Dann sind es nur noch wenige Meter bis zu der jungen Frau im orangefarbenen Kapuzenshirt. Sie sitzt mit angezogenen Knien bewegungslos am Ufer und starrt auf den Baggersee. Die beiden Neuankömmlinge sehen sich an. Nicken stumm. Sie bewegen sich noch einige Schritte lautlos vorwärts und stehen dann direkt hinter der Frau, die immer noch reglos dasitzt.

»Stefanie? Sind Sie das?«, fragt der eine mit leichtem Zittern in der Stimme.

»Ja, klar bin ich Stefanie«, antwortet die junge Frau, ohne sich umzudrehen.

Der Mann umklammert schraubstockartig Stefanies Oberarme. Die zweite Gestalt schnappt sich die Beine. Mit Schwung werfen die beiden Stefanie ins Wasser. Sie springen hinterher, sind mit zwei Schwimmzügen bei Stefanie und drücken ihren Kopf mit vereinten Kräften unter Wasser.

In diesem Moment geschehen mehrere Dinge fast gleichzeitig. Friedrich Holzwarth brüllt mit furchterregender Stimme »Zugriff!«, Scheinwerfer flammen auf und tauchen das Uferareal auf einer Länge von 100 Metern in taghelles Licht. Männer in Neoprenanzügen und mit Sauerstoffflaschen auf dem Rücken tauchen aus dem See auf und zerren die Angreifer von der jungen Frau weg.

Wenig später standen die junge Frau, eine Polizeibeamtin und ausgebildete Rettungsschwimmerin, die sich Friedrich freiwillig als Lockvogel zur Verfügung gestellt hatte, und die Angreifer triefend am Seeufer. Die beiden waren von einer Vielzahl Polizisten umringt, die sich ebenfalls im Gebüsch und hinter Bäumen versteckt hatten, bevor die beiden zum See gekommen waren. Jede Fluchtmöglichkeit war ausgeschlossen.

Friedrich baute sich vor den beiden auf und erklärte mit unverhohlenem Triumph in der Stimme: »Ich verhafte Sie wegen Mordversuchs an meiner Kollegin Bühler sowie wegen Mordes an Alexander Schief und Simon Munz!«

Dann ließ er es sich nicht nehmen, den beiden Handschellen anzulegen und ihnen danach die Sturmhauben persönlich vom Kopf zu ziehen. Zum Vorschein kamen im hellen Scheinwerferlicht die Gesichter von Annette Winter und Florian Schneider.

Freitag, 22. Juni

Die letzten Meter legte Friedrich noch langsamer zurück als den bisherigen Weg zum Polizeihochhaus. Er hatte die Täter überführt und war zwei Tage lang der bewunderte Held des Präsidiums gewesen. Aber ihm war klar, dass ihn heute der Alltag wieder einholen würde. Und zwar in einer Form, die er überhaupt nicht schätzte. Er würde sich hinsetzen und einen ausführlichen Bericht schreiben müssen. Er hatte es alles andere als eilig, ins Büro zu kommen. Als er noch etwa zwanzig Meter von der Eingangstür entfernt war, sah er, dass Brille, der

Freund Karsten Melcherts, einen Umschlag in den Briefkasten warf, sich nach allen Seiten umblickte und dann sehr zügig davonlief.

Da Friedrich sich beim besten Willen nicht vorstellen konnte, was für ein Schriftstück Brille der Polizei zukommen lassen wollte, ließ er sich den Briefkastenschlüssel geben und zog ein Kuvert heraus, auf dem nichts als »Holzwarth« zu lesen war. Er nahm den Brief mit in sein Büro, öffnete ihn dort und begann zu lesen.

Hallo Kommissar!

Ich bin das nicht gewesen, das mit dem Amoklauf! Das habe ich euch ja gleich gesagt! Aber ihr wolltet mir ja ums Verrecken nicht glauben. Deshalb ist mit ja wohl nichts anderes übrig geblieben als zu türmen. Das habt ihr jetzt davon! Jetzt könnt ihr mich nicht einmal wegen den Waffen aus Bayern drankriegen. Ihr findet mich nämlich nicht, weil ich schon weit, weit weg bin. Und mit zwei heißen Miezen in der Sonne liege. Und glaubt ja nicht, dass ich freiwillig zurückkomme. Noch was: Gebt euch keine Mühe! Brille weiß nicht, wo ich bin. Niemand weiß, wo ich bin. Tja, Kommissar, dumm gelaufen. Für euch!

Karsten Melchert

Friedrich brauchte einige Augenblicke, um das Gelesene zu verdauen. Aber dann erwachte sein Kampfgeist.

»Na warte, Bürschchen! Noch ist nicht aller Tage Abend!«, murmelte er vor sich hin, denn er war sich relativ sicher, dass Karsten Melchert bluffte. Wäre er wirklich, wie behauptet, »weit, weit weg«, könnte er kaum wissen, dass die Täter inzwischen gefasst waren. Und selbst wenn, hätte sein Brief Brille nicht so schnell erreicht, dass er schon heute bei der Polizei landen konnte.

Friedrich wählte die Nummer der Abteilung Eigentumsdelikte, berichtete den Kollegen von dem Brief, den er erhalten hatte, und vergewisserte sich, dass immer noch nach Karsten Melchert gefahndet wurde. Mehr konnte er im Moment nicht tun. Er gönnte sich noch knapp fünf Minuten, während derer er vor sich hin döste. Dann überlegte er sich, wie der erste Satz seines Berichtes lauten sollte.

Sonntag, 23. Juni

»Opa, das ist doch gar nicht so schwer!«

Wieder einmal saß Friedrich im Zimmer seiner Enkelin ratlos vor deren Computer, während Friederike ihm über die Schulter schaute.

Die Lage war ernst. Die Wohnung in der Südstadt, von der Erna Marquardt ihm erzählt hatte, war schon an eine junge Familie mit zwei Kindern vergeben gewesen, als Friedrich anrief. Erschwerend kam hinzu, dass Magdalenas Mann zum wiederholten Mal demonstrativ den Frühstückstisch verlassen hatte, als Friedrich – zugegeben, mit verschlafenem Blick und nur nachlässig mit einem Morgenmantel bekleidet – im Esszimmer erschien. Friedrich hatte sich entschieden, zum Äußersten zu gehen. Deshalb bat er seine Enkelin, ihm zu zeigen, wie er mit seiner Exfrau in Kalifornien nicht nur telefonieren, sondern sie auch gleichzeitig sehen konnte.

»Als Erstes musst du Skype aufrufen. Da. Das weiße S mit der blauen Umrandung.«

Friedrich tat wie geheißen.

»Siehst du, es geht doch! Als Nächstes will er mein Kennwort.«

Friedrich nahm mit Befremden zur Kenntnis, dass seine Enkelin eine Maschine zumindest sprachlich wie einen Menschen behandelte.

»Und? Wie heißt dein Kennwort?«, erkundigte er sich, ohne diesen Gedanken weiter zu verfolgen.

Statt einer Antwort schnappte sich Friederike die Tastatur. »Nicht kucken«, befahl sie Friedrich, tippte eine Buchstaben-

und Zahlenkombination mit Sonderzeichen ein und gab sie zurück. »So. Jetzt links bei den ›Kontakten‹ auf ›Oma‹, und dann auf ›Anrufen‹ klicken.

Nur Augenblicke später erschien das Gesicht von Hanna Kirschbaum auf dem Bildschirm. Sie saß mit ihrem Notebook in einem Strandkorb. Seitlich von ihr waren Menschen in Badehosen und Bikinis sowie im Hintergrund das Meer zu erkennen.

»Friedrich! Das ist aber eine Überraschung!« Erst jetzt nahm Hanna ihre Enkelin im Hintergrund wahr. »Ah, und da ist ja auch mein …« Hanna unterbrach sich. Ihr war klar, dass Friederike nicht sonderlich begeistert wäre, von ihrer Oma als »Schätzchen« bezeichnet zu werden. Deshalb vollendete sie ihren Satz mit: »… die frischgebackene Preisträgerin. Herzlichen Glückwunsch noch einmal zu diesem tollen Erfolg!«

»Danke, Oma«, tönte es hinter Friedrichs Rücken. »Wenn ihr fertig seid, möchte ich auch noch mit Oma reden«, sagte sie zu Friedrich und verließ das Zimmer.

»Was verschafft mir die Ehre deines Anrufs? Schließlich muss es dich doch eine gehörige Portion Überwindung gekostet haben, auf diese Weise mit mir in Kontakt zu treten.«

Auch wenn Friedrich Hannas Spitze keineswegs entging, reagierte er nicht darauf. Stattdessen berichtete er in ganz knappen Sätzen, dass der Amoklauf im Hesse-Gymnasium aufgeklärt und es ihm gelungen war, die Täter hinter Schloss und Riegel zu bringen.

»Respekt! Los, erzähl! Du hast *die* Täter gesagt. Wer war es? Und wie bist du ihnen auf die Schliche gekommen?«

»Darüber kann ich auf gar keinen Fall per Skype mit dir reden. Aber ich wollte dich eigentlich fragen …« Friedrich brach ab.

»Was ist los? Du bist doch sonst nicht so schüchtern!«

»Na ja, der Fall ist gelöst, und ich schleppe noch jede Menge Alturlaub mit mir herum. Mein Chef hat mir dringend ans Herz gelegt, sofort ein paar Tage freizunehmen. Und da habe ich gedacht …«

»Was hast du gedacht?«, fragte Hanna nach, obwohl sie bereits ahnte, worum es Friedrich ging.

»Ich ... dachte, ich setze mich in ein Flugzeug und fliege zu dir rüber.«

Friedrich wartete auf eine Reaktion Hannas.

Als außer gleichmäßigem Atmen nichts zu hören war, fuhr er fort: »Du brauchst dich um nichts zu kümmern. Ich nehme mir ein Hotel. Ich miete mir ein Auto. Nur, wenn du sowieso frei hast, könntest du mir vielleicht ein paar Highlights da drüben zeigen. Du weißt, dass ich mich da alleine etwas schwertue.«

Friedrich wusste nicht mehr weiter. Da auch Hanna nichts sagte, herrschte kurzzeitig Schweigen.

»Bist du dir darüber im Klaren, dass ich tagsüber keine Minute Zeit für dich haben werde?«

»Hanna, du weißt, dass ich nicht vorhabe, an deinem Rockzipfel zu hängen.«

»Prima. Dann freue ich mich auf deinen Besuch! Schick mir die Details. Ich meine, wann ich dich von welchem Flughafen abholen soll.«

Montag, 24. Juni

Als Friedrich das Polizeihochhaus in Derendingen verließ, wartete eine Überraschung auf ihn. Auf der gegenüberliegenden Straßenseite kam Kyra Fotiadou auf ihn zu.

Friedrich ging zu ihr hinüber und begrüßte sie freundlich.

Kyra dagegen war mehr als gereizt. Ohne Friedrichs Gruß zu erwidern, legte sie los: »Gut, dass ich Sie hier erwische, dann muss ich nicht mehr zu Ihnen ins Büro. Ich komme gerade aus der Klinik. Mein Mann ist endlich aufgewacht.«

»Das freut mich!«

Kyra ging nicht darauf ein. »Es war tagelang unklar, ob er überhaupt durchkommt. Und *Sie* haben nichts Besseres zu tun, als zu behaupten, dass er der Amokläufer von Tübingen ist!«

»So etwas habe ich nie gesagt«, versuchte er die Griechin zu beruhigen. »Ich habe lediglich …«

»Ja! Er *war* stinksauer! Er hat sich auf seine Yamaha gesetzt und ist wie ein Verrückter nach Tübingen gefahren. Er wollte dieser blöden Kuh noch einmal klarmachen, dass man so nicht mit dem Sohn eines Leonidas Fotiadou umgeht! Wenn sie ihm blöd gekommen wäre, hätte er ihr wahrscheinlich ein paar hinter die Löffel gegeben. Ich kenne meinen Leo. Aber als er hinkam, war schon alles voller Polizei. Da hat er umgedreht und ist mit allem, was die Maschine hergibt, zurückgefahren. An der Adlerkreuzung hätte er halten müssen. Aber er wollte nicht halten. Er konnte einfach nicht halten. Hat bestimmt geglaubt, dass er noch bei Dunkelgelb durchkommt.« Kyra hielt kurz inne. »Aber auf jeden Fall ist das alles noch lange kein Grund, meinen Mann als Mörder zu bezeichnen!«

»Jetzt aber mal langsam, Frau Fotiadou! Ich habe Ihren Mann nicht als Mörder bezeichnet. Ich habe meine Arbeit getan. Und dazu hat unter anderem gehört, dass ich mich danach erkundige, wo Ihr Mann zur Tatzeit war.«

Aber Kyra war nicht zu beruhigen. »Kommen Sie ja nicht auf die Idee, uns jemals wieder zu belästigen!«, sagte sie laut, drehte sich um und ließ ihn einfach stehen.

So kam Friedrich nicht mehr dazu, Kyras Mann gute Besserung zu wünschen, wie er es eigentlich vorgehabt hatte.

Mittwoch, 26. Juni

Der Flug über den Atlantik und quer über den amerikanischen Kontinent war anstrengend gewesen. Deshalb war Friedrich sehr froh, dass er sich mit Friederikes Hilfe über das Internet bereits von Deutschland aus ein Hotelzimmer und einen Mietwagen gesichert hatte.

Hanna hatte ihn zwar am Flughafen in Empfang genommen, war dann aber sofort wieder entschwunden, um ihren beruflichen Verpflichtungen nachzukommen.

Friedrich bestieg seinen Chevrolet Malibu und orientierte sich anhand eines Stadtplanes. Auch wenn ihm das Automatikgetriebe zunächst Probleme bereitete, verfuhr er sich auf dem Weg zu seinem Hotel, das etwas außerhalb von Downtown San Francisco lag, nur zweimal.

Sein Plan, zu dem er sich während des Fluges endgültig entschieden hatte, war einfach, aber, wie er hoffte, erfolgversprechend. Auf die unersättliche Neugier Hannas konnte er vertrauen. Deshalb wollte er ihr einen Deal vorschlagen. Sie bekäme jedes Detail des Amoklaufs und seiner Aufklärung geliefert. Aber erst, wenn sie ihm im Gegenzug erlaubte, vorübergehend in ihrem Haus in Reusten zu wohnen.

Da Hanna sich erst für den späteren Abend mit ihm auf seinen Wunsch hin in einem All-you-can-eat-Restaurant in der Stadt verabredet hatte, blieb Friedrich noch genügend Zeit, sich die nähere Umgebung des Hotels anzusehen und sich mit den Möglichkeiten vertraut zu machen, mit einem Taxi zum vereinbarten Treffpunkt zu gelangen. Da er schon viel von kalifornischen Weinen gehört hatte, war er fest entschlossen, einige von ihnen zu probieren. Deshalb schied die Variante, sich mit dem Chevrolet in die Stadt zu wagen, von vorneherein aus.

* * *

»Du schläfst auf dem Sofa im Wohnzimmer. Der obere Stock ist absolut tabu für dich. Insbesondere mein Schlafzimmer und mein Bad. Du putzt die Küche mindestens einmal in der Woche. Egal, ob du gekocht hast oder nicht. Das Altglas kommt samstags in die Container. Und du trennst den Müll. Außerdem: Eine Woche bevor ich zurückkomme, bist du wieder draußen. Sind wir uns über diese Punkte einig?«

Friedrich nickte stumm, um seine freudige Überraschung darüber zu verbergen, wie bereitwillig Hanna ihm erlaubt hatte, in Reusten zu wohnen, nachdem er ihr sowohl den Grund als auch den Verlauf seiner Wohnungssuche ausführlich geschildert hatte. Zumindest für das nächste halbe Jahr waren seine akuten Wohnungsprobleme gelöst, und er konnte sich in Ruhe nach einer neuen Behausung in Tübingen umsehen.

»Schön. Dann kommen wir jetzt zu deinem Part. Ich will alles wissen. Jedes Detail.« Hanna blickte Friedrich erwartungsvoll an. Als er nicht zu reden begann, verdunkelte sich ihr Gesicht leicht. »Friedrich Holzwarth, wir haben einen Deal! Du bist dran! Ich warte!«

Friedrich wollte gerade mit seinen Erläuterungen anfangen, als ein amerikanischer Kollege von Hanna das Restaurant betrat, sie entdeckte und unaufgefordert an ihren Tisch kam, um sie überschwänglich zu begrüßen. Hanna erinnerte sich, ihm ein- oder zweimal auf einer der vielen Partys begegnet zu sein, zu denen sie eingeladen worden war, ohne mit den Gastgebern mehr als ein »Hi, nice to meet you« gewechselt zu haben. Ihr blieb nichts anderes übrig, als die Männer miteinander bekannt zu machen. Friedrich wurde förmlich überrumpelt. Obwohl ihn sein Gegenüber noch nie in seinem Leben gesehen hatte und ihn mutmaßlich auch nie wieder sehen würde, beteuerte er Friedrich mehrmals herzlich, wie schön es sei, ihn hier zusammen mit Hanna zu treffen. Friedrich müsse ihn unbedingt einmal mit Hanna zusammen besuchen. Er könne dann auch seine Frau Nancy und die beiden Kinder bei einem Ausflug zum Ferienhaus am See kennenlernen. Dort liege auch ein »kleines Boot«, auf dem sich ein Angelwochenende »gut aushalten« lasse.

Friedrich, der von alledem höchstens ein Viertel verstanden hatte, blickte hilfesuchend zu Hanna, die sich an ihren Kollegen wandte und erklärte, sie werde ihn anrufen. Damit war ihr Kollege offensichtlich zufrieden, denn er verabschiedete sich, nicht ohne Friedrich kameradschaftlich auf die Schulter zu klopfen, und steuerte einen Tisch im hinteren Bereich des Restaurants an.

»Was war das denn?«, erkundigte sich Friedrich halb belustigt, halb verständnislos.

»Das ist typisch amerikanische … nein, US-amerikanische Oberflächlichkeit. Weißt du was? Wir zahlen und fahren zu mir nach Hause. Dort können wir auf jeden Fall ungestört miteinander reden.

* * *

Auch wenn Hannas Wohnung wirklich nicht groß war, besaß sie doch die Imitation eines offenen Kamins mit elektrisch simulierten Flammen, vor dem es sich die beiden zusammen mit einer Flasche Rotwein gemütlich gemacht hatten.

»Also«, forderte Hanna Friedrich auf. »Ich höre.«

»Ja …« Friedrich verschränkte die Hände hinter seinem Kopf. »Wo soll ich da anfangen?«

»Mein Gott, das kann doch nicht so schwer sein!« Hanna ließ ihrer Ungeduld freien Lauf. »Sag mir einfach, wer's war und wie es dir gelungen ist, ihn zu überführen!«

Friedrich schob seinen Stuhl so zurück, dass er eine bequemere Sitzposition einnehmen konnte, legte die Fingerspitzen beider Hände aneinander und begann zunächst, Hanna in epischer Breite vom erfolglosen SEK-Einsatz gegen Lorenz Förster zu berichten, der wegen eines Aidstests ins Landratsamt gekommen und aufgrund seiner schwarzen Bekleidung für den Amokläufer gehalten worden war.

Hanna hörte ihm etwa zwei Minuten schweigend zu, bevor es aus ihr herausbrach: »Friedrich Holzwarth, du sagst mir jetzt *auf der Stelle*, wer der Amokläufer war!«

»Aber Hanna«, widersprach Friedrich mit diabolischem Lächeln. »Wenn ich mich richtig erinnere, warst doch *du* es, die mich ständig darüber belehrt hat, dass wir menschliches Verhalten nur dann verstehen können, wenn wir den jeweiligen Kontext mitberück…«

»Den Namen! Oder du kannst dir einen Platz unter der Neckarbrücke suchen, wenn du nach Tübingen zurückkommst!«

»Gut, gut«, lenkte Friedrich gespielt widerwillig ein. »Wenn du es so haben willst. Aber gib nicht nachher mir die Schuld, wenn ...«

Hannas Blick, eine Mischung aus Zorn und Angriffslust, brachte Friedrich zum Verstummen. Er wusste aus langen Ehejahren mit Hanna genau, wann eine Situation ausgereizt war. Deshalb holte er tief Luft, sah Hanna direkt in die Augen und nannte die Namen der beiden Täter.

»Florian Schneider? Doch nicht etwa *der* Florian Schneider? Friederikes ...«

»... Mathelehrer. Genau der! Und seine Komplizin war meine eigene Kollegin!«

»Wie um alles in der Welt hat Friederike das verkraftet?«

»Den vermeintlichen Amoklauf meinst du? Sie hatte einen furchtbaren Schrecken danach, wie viele andere auch, aber sie hat sich zum Glück bald wieder beruhigt, so hat es zumindest ausgesehen!«, sagte Friedrich.

»Männer! Hast du nicht bemerkt, dass sie bis über beide Ohren in ihren Lehrer verliebt war?«

»Nein. Mir sagt ja nie jemand was!«

»Meine Güte!« Hanna verdrehte die Augen. »Gesagt hat sie es mir auch nicht. Aber zum Glück hat ihre Mutter Augen im Kopf. Friederikes Strahlen in den Augen, wenn sie von ihm erzählt hat. Und ihre auf einmal bessere Noten in Mathe. Da braucht man doch nur eins und eins zusammenzählen! Also, wie hat sie reagiert?«

»Sie sitzt ständig in ihrem Zimmer und hört schreckliche Musik. ›Gothic‹ oder so ähnlich ... Jetzt wird mir einiges klar!«

»Gut. Sie arbeitet offensichtlich daran. Und wie ich sie kenne, ist sie stabil genug und kommt in absehbarer Zeit darüber hinweg. Zumal die Sache ja ohnedies keinerlei Perspektive hatte.«

Hanna schenkte Wein nach und forderte Friedrich auf, ihr jedes Detail seiner Ermittlungsschritte haarklein zu schildern.

»Da muss ich ziemlich weit ausholen ...«

»Und? Worauf wartest du?«

Friedrich berichtete zunächst in sehr knappen Worten vom Ende seiner Beziehung zu Heiderose Bernrieder. Wenn bei Hanna ein Gefühl von Ich-habe-es-ja-gleich-gewusst aufkam, zeigte sie es nicht. Friedrich ging zu seiner durch die Trennung notwendig gewordenen Wohnungssuche über und kam dann zu der Geschichte, die er von Erna Marquardt über den Selbstmord ihres Bruders erfahren hatte.

»Als ich mir dann notgedrungen die Akten über diesen Selbstmord angesehen habe, sind mir zwei Dinge ins Auge gestochen. Erstens war der Name des Selbstmörders Schneider.«

»Schneider heißen Tausende in deutschsprachigen Ländern«, wandte Hanna ein.

Friedrich ließ sich nicht beirren. »Richtig. Aber das war ja noch nicht alles. Denn zweitens tauchte in der Akte der Name des Sohnes auf. Dieser Sohn hieß Florian. Plötzlich hatte ich mehr als einen Verdacht, wer der junge Mann war auf dem Foto mit dem aufwändigen Rahmen, das ich in Frau Marquardts Wohnung gesehen hatte. Er war mir von Anfang an irgendwie bekannt vorgekommen, ohne dass ich draufgekommen wäre, wer er ist. Frau Marquardt bestätigte mir dann tatsächlich, dass der Junge ihr Neffe ist. Auf meine Frage, ob sie noch ein Bild habe, auf dem er älter ist, hat sie mir ein Urlaubsbild gegeben, auf dem Florian Schneider eine junge Frau im Arm gehalten hat. Und das war meine Kollegin Annette Winter! Und mir hatten die beiden an Annettes Geburtstag vorgespielt, dass sie sich erst seit kurzem und nur ganz flüchtig kennen!«

»Und weiter?«

»In der Akte war der Name des Fahrers, der nach Ansicht von Frau Marquardt ihren Bruder auf dem Gewissen hatte, mit ›Klink‹ angegeben. Diesen Namen hatte ich doch erst kurz zuvor noch irgendwo gelesen! Ein kurzer Abstecher in den Tübinger Norden zum Pappelweg hat mir Gewissheit gegeben: Der Fahrer hieß Jörg Klink, geborener Schief. Er war der Sohn des Mannes, der im Hesse-Gymnasium erschossen wurde. Und Florian Schneiders Vater hatte sich – zumindest nach Ansicht seiner Schwester – wegen Jörg Klink das Leben genommen. Auf der Fahrt zu meinem zweiten Besuch in der Gössstraße habe ich darüber nachgedacht, was Erna Marquardt mir über ihren Neffen Florian erzählt hatte: Dass er bis heute nicht über den Tod seines Vaters hinweggekommen ist. Und fast im selben Moment ist mir wieder eingefallen, wie Karsten Melchert, der Hausmeister der Schule, davon gesprochen hatte, dass Florian Schneider deswegen sogar lange in psychotherapeutischer Behandlung gewesen war. In meinem Kopf hat sich daraufhin eine reichlich verrückte Idee eingenistet. Und unmittelbar danach ein vager Verdacht. Konnte es sein, dass ich bei allen bisherigen Ermittlungen einen entscheidenden Fehler gemacht hatte? Immer war ich, ohne es je zu hinterfragen, davon ausgegangen, dass Alexander Schief nur ein zufälliges Opfer war. Der Täter, davon war ich stets überzeugt gewesen, hatte wahllos in die Menge geschossen. Er hätte genauso gut jemanden ganz anderen treffen können. Aber war es nicht vielleicht auch möglich, dass der Tod von Alexander Schief keineswegs zufällig war? Sondern die späte Rache für den Selbstmord von Sepp Schneider?

»Entschuldige, aber mit dieser Theorie habe ich zwei Probleme.«

Friedrich seufzte hörbar. Er wusste nur zu gut, dass es häufig zu ellenlangen Diskussionen kam, wenn Hanna »Probleme« mit einer seiner Behauptungen hatte.

Hanna ignorierte Friedrichs Unmutsäußerung. »Erstens: Wie konnte Florian Schneider sicher sein, dass sein Opfer überhaupt zu der Schulfeier kommt?«

»Ganz einfach. Er hat seinen ehemaligen Kollegen einen Tag vorher angerufen und ihn ausdrücklich gebeten zu kommen. Angeblich, weil der Mathematiklehrer in einem Buch ein griechisches Zitat gefunden hatte, das er gerne von jemandem übersetzt haben wollte, der wirklich etwas davon versteht. Das spätere Opfer war geschmeichelt und hat Florian Schneider versichert, dass er auf jeden Fall komme.«

Hanna nickte. »Gut. Kommen wir zu meinem zweiten Problem. Was ich nicht nachvollziehen kann, ist: Wenn schon Rache für einen lange zurückliegenden Selbstmord, warum dann am Vater und nicht an Jörg Klink selbst? Schließlich konnte der Vater mit Sicherheit nichts dafür, dass Schneider senior sich umgebracht hat.«

»Genau diese Frage habe ich mir auch sofort gestellt. Und mein vages Gedankenspiel deshalb gleich wieder verworfen. Bis ich mich daran erinnert habe, dass Jörg Klinks Frau ebenfalls von einer besonders innigen Beziehung ihres Mannes zu seinem Vater gesprochen hatte. Das hat mich zu der Frage geführt, ob Florian Schneider – unterstellt, er hatte überhaupt etwas mit dem Schuss auf das Opfer im Hesse-Gymnasium zu tun – nicht möglicherweise ganz besonders perfide vorgegangen war. Statt Jörg Klink direkt anzugehen, hat er die Person getötet, die ihm am meisten im Leben bedeutet hatte: seinen Vater Alexander Schief!«

»Das lässt sich hören«, räumte Hanna nach einigem Nachdenken ein.

»Eben! Ich habe also begonnen, alles, was passiert war, unter diesem neuen Blickwinkel zu durchdenken. Und mit einem Mal kam bei meinen Überlegungen Annette Winter ins Spiel. Sie war es, die durch ihr mutiges Eingreifen weitere Schüsse verhindert hatte. So zumindest hatte es bisher ausgesehen. Wenn ich aber davon ausging, dass es gar nicht um einen Amoklauf, sondern um die gezielte Tötung lediglich einer bestimmten Person gegangen war, dann hatte Annette Winter etwas ›verhindert‹, was gar nicht verhindert hätte werden müssen. Die Schüsse auf die beiden Leute vom Catering hatten allein die Funktion, den Eindruck eines Amoklaufs zu unterstreichen. Deshalb hatte Florian Scheider auch so gezielt, dass dabei keine ernsthaften Verletzungen entstanden sind.«

Friedrich blickte fragend zu Hanna, die nickte, ohne etwas zu sagen.

»Anfangs«, begann Friedrich erneut, »hatte ich wie selbstverständlich unterstellt, dass Annette so, wie sich ihr die Situation in der Schulaula darstellte, ebenfalls von einem Amoklauf ausgehen musste. Aber jetzt, unter den neuen Vorzeichen, fing ich an zu grübeln. Wenn von Anfang an ein Individualmord geplant war, konnte sich der Täter doch keinesfalls darauf verlassen, dass die liebe Annette Winter genau im richtigen Moment auftauchen würde, um ihn an weiteren Schüssen zu hindern. Das konnte dann aber nur bedeuten, dass Annette eingeweiht und alles mit ihr abgesprochen war!«

»Friedrich, falls – ich betone falls – ich dir jemals in meinem Leben geistiges Phlegma vorgeworfen haben sollte, nehme ich das hiermit in aller Form zurück!«

Friedrich ging nicht auf Hannas Bemerkung ein.

»Ich habe jedoch auch diesen Gedanken sofort wieder verworfen. Die Vorstellung, dass meine Kollegin die Komplizin des Schützen sein sollte, wollte mir einfach nicht in den Kopf. Aber du weißt, wie das ist. Hat sich so eine Idee einmal im Hinterkopf festgesetzt, bohrt und bohrt man immer weiter. Es kam eins zum anderen. Annette hatte mich angelogen. Im Hinblick auf ihre Beziehung zu Florian Schneider. Na und? Was ging mich ihr Privatleben an. Andererseits war sie es, die ständig darauf gedrängt hatte, die Tat Simon Munz anzulasten und den Fall endlich abzuschließen. Hatte sie das möglicherweise getan, um der Gefahr vorzubeugen, dass der wahre Täter doch noch zur Rechenschaft gezogen wird? Aber welchen Grund hätte sie haben sollen, einer verflossenen Urlaubsbekanntschaft dabei zu helfen, einen Mord zu begehen? Nein, ich war mir nahezu sicher. Ich hatte mich da in etwas verrannt, was einfach unmöglich war.«

»Und was hat dich dann zum Umdenken gebracht?«

»Ich habe eine mehr als plausible Antwort auf die Frage gefunden, was Annette Winter davon gehabt haben könnte, mit Florian Schneider zusammenzuarbeiten.«

»Welche?«

»Wenn Simon Munz nicht der Amokläufer war, hat sich natürlich die Frage gestellt, warum er sich erschossen hatte. Und das hat mich zu der Überlegung gebracht, ob er sich vielleicht gar nicht selbst getötet hat, sondern vielmehr getötet *wurde*. Aber das führte natürlich sofort zu der Frage, welchen Grund es dafür gegeben haben könnte.«

»Das ist nicht besonders schwer zu beantworten. Sollte Simon Munz vom eigentlichen Täter als Amokläufer auf dem Silbertablett präsentiert werden, war ein vorgetäuschter Selbstmord inklusive eigenhändig geschriebenem Geständnis zwingende Voraussetzung dafür.«

»Schon richtig. Es erklärte aber meiner Auffassung nach nicht, warum sich Annette auf den Plan des Täters eingelassen hat. Hättest du – selbst in unseren besten Zeiten – nur mir zuliebe dabei geholfen, einen Doppelmord zu begehen?« Friedrich gab sich die Antwort selbst. »Natürlich nicht. Genauso wenig wie ich im umgekehrten Fall. Also musste ich nach einer Motivation suchen, die Annette unabhängig von Florian an der Ausführung der Taten haben konnte. Was ich finden musste, war also irgendeine Beziehung zwischen meiner Kollegin und Alexander Schief oder Simon Munz. Ich habe mir das Hirn zermartert, kam aber zu keinem Ergebnis. Ich musste meine Fragestellung ändern. Was war für Annette Winter so wichtig, dass sie bereit war, dafür bei der Ausführung eines Mordplans mitzuwirken? Mir wurde klar, wie wenig ich überhaupt von ihr wusste. Ich hatte während unserer ganzen gemeinsamen Zeit in meinem Kommissariat nur ein einziges Mal zu ihr Kontakt gehabt, ohne dass es um berufliche Belange gegangen wäre. An ihrem Geburtstag. Da war ich zusammen mit der ganzen Mannschaft bei ihr in der Wohnung gewesen. Ich bin den Abend, soweit ich mich erinnern konnte, noch einmal durchgegangen. Die Lüge von der lediglich flüchtigen Bekanntschaft mit Florian. Das bemühte, aber absehbar erfolglose Balzen von Tobias, weil es offensichtlich einen ›Max‹ in Annettes Leben gab. Und die berührende Entdeckung, dass

›Max‹ nicht etwa ein Liebhaber, sondern der bereits verstorbene Sohn von Annette Winter war.«

»Das ist nicht viel. Aber offensichtlich hat es doch gereicht«, ermunterte Hanna Friedrich, als der verstummte.

»Ich habe mich auf Max konzentriert. Er dürfte sehr wahrscheinlich ihr Ein und Alles gewesen sein. Aber was um alles in der Welt hatte Max mit Alexander Schief oder Simon Munz zu tun? Es war zum Auswachsen! Ich konnte mir das Hirn zermartern, soviel ich wollte, ich habe keine vernünftige Antwort gefunden. Bis ich mir klar machte, dass Florian Schneider nicht am eigentlichen Mordopfer, sondern an dessen Sohn Rache nehmen wollte. Konnte es nicht sein, dass der Fall bei Annette Winter ähnlich lag? Also habe ich meine Überlegungen auf das Umfeld von Simon Munz ausgedehnt. Seine Cousine Stefanie? Konnte ich mir nicht vorstellen. Seine Eltern? Welche Informationen hatte ich über sie? Der Vater wollte in den Bundestag. Sonst wusste ich nichts von ihm. Die Mutter. War die Schulleiterin am Hesse-Gymnasium. Taffe Frau. Intelligent. Karrieretyp. Na und? Das hat nicht weitergeholfen. Simons Tante Liliane. Therapeutin. Mutter der Vorzeigetochter Lucie. Aber all das konnte Annette kaum interessieren. Lupo Poschner. Annette hatte ihn nie persönlich kennengelernt. Was konnte er ihr angetan haben? Gar nichts. Ich blieb an dem Wort ›angetan‹ hängen. Wer aus Simons Umfeld konnte Annette Winter etwas angetan haben? Und was? Als Erstes ist mir Max eingefallen. Und in diesem Moment hat es bei mir geklingelt. Silke Wittenberger-Munz hatte bei einem Verkehrsunfall einen Menschen getötet und war nie deswegen zur Rechenschaft gezogen worden. Nach Angaben meines Kollegen Tobias Kemper hatte der Fall damals eine riesige Menge Staub aufgewirbelt. Und wann tritt eine so außergewöhnlich heftige Reaktion der Öffentlichkeit auf? Meiner Erfahrung nach sind es meistens zwei Fallgruppen, die für richtigen Wirbel sorgen. Entweder ein Prominenter ist das Opfer. Oder aber … ein Kind.«

»Annette Winter! Sie hat ein Kind verloren. Friedrich, du bist einfach unglaublich!«

»Ich bin also noch einmal hinunter in den Aktenkeller. Das von der Schulleiterin getötete Kind hieß tatsächlich Max Winter. Annette hatte sich im Jahr 2011 Städte angesehen, bei deren Polizeidienststellen sie sich möglicherweise nach Abschluss ihres Studiums bewerben wollte. Nach Esslingen und Reutlingen war Tübingen an der Reihe gewesen. Als es zu regnen anfing, nahm sie die Hand vom Kinderwagen, weil sie nur so ihren Regenschirm aus dem Rucksack holen konnte. Max hat wohl herumgezappelt. Das hat ausgereicht, um den Kinderwagen in Bewegung zu setzen. Er ist auf die Straße gerollt, wo er vom Auto von Silke Wittenberger-Munz erfasst wurde.

Ein aufwändiges, von ihrem Verteidiger in Auftrag gegebenes Sachverständigengutachten kam zu dem Schluss, dass der Unfall für die Fahrerin des Autos unvermeidbar gewesen war. Die verbleibende Reaktionszeit für die Fahrerin war nach Auffassung des Experten trotz ihrer zu hohen Geschwindigkeit zu kurz gewesen, weil der Kinderwagen kaum mehr als einen Meter vom Straßenrand entfernt gestanden hatte. Das Gericht folgte diesem Gutachten und so wurde die Unfallverursacherin schließlich freigesprochen.«

Friedrich atmete hörbar aus und lehnte sich zurück.

»Das heißt«, fasste Hanna das Gehörte für sich noch einmal zusammen, »sowohl Florian Schneider als auch Annette Winter wollen Rache nehmen. Rache dafür, dass sich im einen Fall der Vater umgebracht hat. Und im anderen Fall dafür, dass das Kind getötet wurde. Und durch den Doppelmord fügen beide Jörg Klink und Silke Wittenberger-Munz genau dasselbe zu: Sie töten den Vater des einen und das Kind der anderen.«

»Wobei die Schulleiterin noch zusätzlich dadurch ›bestraft‹ wird, dass man ihren Sohn der Öffentlichkeit als Amokläufer präsentiert«, ergänzte Friedrich.

Hanna ließ das Gehörte einige Zeit auf sich wirken. Dann legte sie ihre Stirn in Falten.

»All das klingt in sich schlüssig. Aber was hattest du in der Hand, eine rein theoretische Spekulation in greifbare Beweise umzumünzen?«

»Zunächst nichts«, gab Friedrich zu. »Bis ich mir den Bericht unseres Technikers zu Simons Handy noch einmal genau angesehen hatte. Was mir beim ersten Lesen nicht aufgefallen war, ist das Datum, an dem Stefanies SMS gelöscht wurde, mit der sie ihn angeblich nach Adelberg gelockt hatte. Der Bericht gab das Löschungsdatum mit Montag, 17. Juni, an. Das bedeutete, dass die SMS erst zu einem Zeitpunkt gelöscht worden war, zu dem Simon bereits einige Tage tot war. Er konnte die Nachricht also keinesfalls selbst gelöscht haben. Da das Handy offensichtlich bereits im Moment von Simons Tod im Pfrondorfer Haus lag, konnten nur drei Personen die SMS gelöscht haben. Simons Eltern oder … eben Annette Winter. Es war kein Grund ersichtlich, warum Simons Mutter oder Vater das Handy ihres Sohnes hätten manipulieren sollen. Also blieb nur noch meine Kollegin übrig. Als wir zusammen bei Simons Mutter waren, um das Handy abzuholen, war sie lange genug allein im Nebenzimmer, um die SMS zu entfernen. Dafür, dass sie es tatsächlich getan hat, spricht, dass ich sie praktisch mit den Fingern auf der Tastatur dort angetroffen habe. An dieser Stelle meiner Überlegungen war ich mir sicher, dass ich auf dem richtigen Weg war.«

»Und dann hast du ihr die Falle am Baggersee gestellt. Diese Stefanie hat nie bei dir angerufen? Stimmt's?«

»Natürlich nicht. Aber Annette konnte zumindest nicht ausschließen, dass es so war. Und genau darauf kam es mir an. Wenn Stefanie wirklich Zeugin des Geschehens in Adelberg gewesen wäre, hätte sie gesehen, dass Annette Winter in der Nacht von Mittwoch auf Donnerstag in Adelberg war. Vielleicht sogar, wie sie Simon erschossen hat. Deshalb musste Stefanie aus Annettes und Florians Sicht unbedingt zum Schweigen gebracht werden. Dadurch, dass ich angeblich nicht selbst zum Baggersee kommen konnte, sondern Annette gebeten habe, das zu erledigen, sollte sie den Schluss ziehen, dass ich keinerlei Verdacht gegen sie hegte. Wenn Annette Stefanie also ertränken würde, könnte sie ihren Tod hinterher problemlos als ebenso tragischen wie bedauerlichen Unfall darstellen, der bereits vor ihrem Eintreffen passiert war.«

»Sie hat dann ja auch genau so auf deinen Anruf reagiert wie von dir beabsichtigt. Respekt. Ehrlich!«

Friedrich, der noch nie gut mit einem Lob hatte umgehen können, vermied es, Hanna in die Augen zu sehen.

»Den Mordversuch der beiden an der Polizistin, die Stefanies Rolle spielte, habe ich mit mehreren in den Büschen versteckten Beamten live mitverfolgt. Als sie überführt waren, haben Annette und Florian noch am See gestanden, die beiden Morde an Simon Munz und Alexander Schief begangen zu haben.«

»Gratuliere!«

»Am nächsten Tag hat Florian Schneider dann vollständig ausgepackt. Annette und er hatten sich im August 2012 an der Felsenküste von Golfo Aranci auf Sardinien kennengelernt. Es dauerte keine zwei Tage, bis sie sich ineinander verliebt hatten. Weitere zwei Tage später hat jeder die traurige Geschichte des anderen gekannt. Sie haben wohl bald danach begonnen, Rachepläne zu schmieden. Als Erstes beschlossen sie, so zu tun, als würden sie sich nicht kennen. Es sollte von Anfang an niemand eine Verbindung zwischen ihnen herstellen können. Aus diesem Grund wusste nicht einmal Erna Marquardt, dass die beiden ein Paar waren. Erst wenn Gras über den angeblichen Amoklauf gewachsen war, wollten die beiden heiraten. Während dieser Zeit wurden die Überlegungen, wie der Rachefeldzug aussehen sollte, immer konkreter. Florian war bereits seit drei Jahren am Hesse-Gymnasium beschäftigt. Annette hat dann alles darangesetzt, ebenfalls eine Stelle in Tübingen zu ergattern.«

»Was ja ganz offensichtlich hervorragend geklappt hat.«

»Ja. Die beiden haben sich weiterhin nur heimlich getroffen. Sie sind zunächst nicht darüber hinausgekommen, ihre Pläne wieder und wieder miteinander zu besprechen. Dabei wäre es möglicherweise geblieben, wenn Florian nicht eines Tages im Keller der Schule nach dem Modell einer Rechenmaschine gesucht hätte, das irgendjemand vor Jahren ›vorübergehend‹ dort abgestellt und nie wieder hochgeholt hatte. Bei dieser Gelegenheit hat er gesehen, wie Karsten Melchert sich mit leuchtenden Augen eine Pistole angesehen und sie dann wieder versteckt hat. Florian hat gewartet, bis der Hausmeister verschwunden war, und hat sich das Versteck angesehen.

Ab diesem Moment gab es die konkrete Möglichkeit, die Rachepläne ernsthaft weiterzuverfolgen und dann auch Wirklichkeit werden zu lassen. Kurze Zeit später hat sich Florian erneut in den Keller geschlichen, zwei der Pistolen mitgenommen und durch eifriges Training seine Zielgenauigkeit perfektioniert. Eine der Pistolen hat er benutzt, um Alexander Schief zu erschießen. Die andere hat er Annette Winter gegeben, die sie nach dem tödlichen Schuss neben Simon Munz in der Adelberger Wohnung auf den Boden gelegt hat.«

»Wenn ich das richtig sehe, war es Florian Schneider, der Simon nach Adelberg gelockt hat?«

»Exakt. Florian war Simons Nachhilfelehrer gewesen. In dieser Zeit hatte Simon ihm von Stefanie, deren Problemen und davon erzählt, dass er ihr immer wieder aus der Patsche geholfen hat. Und aus dieser Zeit kannte er auch Simons Handynummer.«

»Also«, folgerte Hanna weiter, »hat er die SMS geschickt, die ihr auf Simons Handy gefunden habt.«

»Richtig«, bestätigte Friedrich. »Dass die Mitteilung nicht von Stefanies eigenem Handy aus erfolgt war, hätte Simon stutzig machen können. Deshalb hat Florian Schneider am Schluss der Nachricht dafür eine plausible Erklärung angefügt.«

»Was ich allerdings nicht verstehe«, wandte Hanna ein, »ist, dass er ein so hohes Risiko eingegangen ist. Dass ihr die SMS findet, war ebenso abzusehen wie die Tatsache, dass ihr bei Stefanie nachfragen würdet. Sie hätte nichts von einer SMS an diesem Tag gewusst und ihr wärt schon viel früher davon ausgegangen, das da irgendetwas faul ist.«

»Daran haben die beiden sehr wohl gedacht! Der Plan war, dass Annette Simons Handy nach der Tat im Schurwald mitnimmt und vernichtet. Genau das hat sie dann auch getan. Was sie allerdings nicht gewusst hat, war, dass Simon zwei Handys besaß. Das wurde den beiden erst in dem Moment klar, als sie festgestellt haben, dass Florians SMS nicht auf dem Mobiltelefon gelandet war, das Simon am Tattag bei sich hatte. Deshalb lag Annette auch so auffallend viel daran, das zweite Handy aufzutreiben! Und dann hat sie in der Wohnung von Simons Mutter ihre Chance genutzt und die verräterische SMS gelöscht.«

»Was ihr letztlich nichts genützt hat, weil sich ein gewisser ziemlich cleverer Kriminalhauptkommissar nicht an der Nase herumführen ließ.«

Friedrich freute sich sehr über Hannas Äußerung, ließ seine Gefühlsregung aber in keiner Weise sichtbar werden.

»Wenn es nicht um die Ermordung zweier Menschen ginge, könnte man den beiden Tätern fast so etwas wie Respekt zollen. Ihr Plan war wirklich raffiniert. Florian stürmt in die Schule. Annette ›entwaffnet‹ ihn. In der darauffolgenden Nacht fährt sie nach Adelberg, wo sie Simon mit der zweiten Pistole umbringt und den Abschiedsbrief schreibt. Danach richtet sie es so ein, dass Simons Leiche möglichst bald gefunden wird, indem sie die Terrassentür offen und das Licht brennen lässt. Annette Winter hat sich als Heldin der Nation feiern lassen und war zudem jederzeit über alle deine Ermittlungsschritte auf dem Laufenden. Eigentlich unglaublich!«

Friedrich nickte, sagte aber weiter nichts.

Auch Hanna überdachte das Gehörte noch einmal in aller Ruhe. Von Mal zu Mal schüttelte sie den Kopf.

Friedrich, der sich vorstellen konnte, was gerade in Hannas Kopf vorging, störte sie nicht.

Sie schwiegen lange, bevor Hanna wieder das Wort ergriff.

»So. Das war die Kurzversion. Und jetzt berichtest du mir haarklein, ob du sonst noch jemanden verdächtigt hattest. Und warum.«

Friedrich stöhnte. Aber er wusste genau, dass seine Exfrau keine Ruhe geben würde, bis er ihrer Aufforderung nachkam. Also schilderte er ihr so kurz wie möglich, aber so ausführlich wie nötig, wie Leonidas Fotiadou, Karsten Melchert und Olga Breuninger in Verdacht geraten waren und welche Ermittlungsschritte er jeweils unternommen hatte.

»Diese Olga interessiert mich«, verkündete Hanna, als Friedrich sich entspannt zurücklehnte, weil sein Bericht beendet war. »Bekommt sie die Hilfe, die sie braucht? Oder wird sie nur für eine bestimmte Zeit weggesperrt?«

»Strafrechtlich gibt das bei ihr nicht viel her. Sachbeschädigung. Nötigung. Vielleicht Bedrohung. Wenn sie Glück hat, kommt sie vielleicht sogar mit einer Geldstrafe davon. Wenn sie überhaupt schuldfähig ist.«

»Eben! Die Frau ist doch offensichtlich schwer krank. Die muss in Behandlung, nicht ins Gefängnis!«

»Ihr Anwalt hat zugesagt, ihr eine Therapie schmackhaft zu machen. Aber ob er das geschafft hat: keine Ahnung.«

Friedrich war anzuhören, dass er keinerlei Lust hatte, dieses Thema zu vertiefen. Hanna bohrte deshalb auch nicht weiter nach. Es entstand erneut eine längere Gesprächspause, während der beide an ihrem Wein nippten und ihren Gedanken nachhingen. Erst als Friedrichs Glas leer war, stand er auf, nahm die Weinflasche zur Hand und blickte Hanna fragend an. Sie nickte, und er füllte zunächst ihr und dann sich selbst nach. Sie prosteten sich zu. Jeder trank einen Schluck und stellte das Glas zurück auf das Tischchen, das zwischen ihnen stand.

Während Friedrich den Wein schwenkte und zusah, wie er Schlieren am Glasrand hinterließ, betrachtete Hanna ihren Exmann ausgiebig. Auch wenn jeder sofort sah, dass er kein junger Mann mehr war, fand Hanna, dass er sich durchaus immer noch sehen lassen konnte. Und dass er intelligent und clever war, hatte er wieder einmal eindrücklich unter Beweis gestellt. Unvermittelt kam ihr das Schiller-Zitat aus Wilhelm Tell in den Sinn:

Das Alte stürzt.
Es ändert sich die Zeit.
Und neues Leben blüht aus den Ruinen.

Auch wenn Hanna meilenweit davon entfernt war, Friedrich oder gar sich selbst als Ruine zu empfinden, ertappte sie sich gleich anschließend bei der Überlegung, ob sie wirklich wollte, dass ein Taxi Friedrich demnächst zu einem dieser Hotelzimmer brachte, die ihr in diesem Augenblick wie Sinnbilder von Fremdheit und Alleinsein vorkamen.

Nur einen Wimpernschlag später prüfte sie gedanklich die Breite des Bettes in ihrem derzeitigen Schlafzimmer. Sie war mit dem Ergebnis zufrieden.